O INCRÍVEL CASO DO MORTO-VIVO

ROBERTO FRANÇA

O INCRÍVEL CASO DO MORTO-VIVO

Copyright © 2012 Roberto França

EDITOR
José Mario Pereira

EDITORA ASSISTENTE
Christine Ajuz

REVISÃO
Ana Lucia Gusmão

CAPA
Adriana Moreno

DIAGRAMAÇÃO
Filigrana

CIP-BRASIL. CATALOGAÇÃO-NA-FONTE
SINDICATO NACIONAL DOS EDITORES DE LIVROS, RJ

F883i

França, Roberto, 1939-
   O incrível caso do morto-vivo / Roberto França. - Rio de Janeiro : Topbooks, 2012.
   285p. : 23 cm

   ISBN 978-85-7475-211-2

   1. Ficção brasileira. I. Título.

12-5307.	CDD: 869.93
	CDU: 821.134.3(81)-3

25.07.12 06.08.12   037667

Todos os direitos reservados por
Topbooks Editora e Distribuidora de Livros Ltda.
Rua Visconde de Inhaúma, 58 / gr. 203 — Centro
Rio de Janeiro — CEP: 20091-000
Telefax: (21) 2233-8718 e 2283-1039
Email: topbooks@topbooks. com. br
Visite o site da editora para mais informações
www. topbooks. com. br

Dedico este livro aos meus queridos netos Stephanie, Pedro Sol e Davi. Extensivo a todos os homens e mulheres que consagram suas vidas à educação e ao avanço cultural de toda a humanidade.

ADVERTÊNCIA:

QUALQUER SEMELHANÇA COM A REALIDADE SERÁ UMA MERA E INFELIZ COINCIDÊNCIA.

MISÉRIA, VIOLÊNCIA E CORRUPÇÃO SÃO AS CAUSAS MAIS COMUNS DA QUEDA E DA RUÍNA DAS NAÇÕES.

A RÍGIDA OBSERVÂNCIA DA MORAL DÁ VITALIDADE À ORDEM JURÍDICA.

SUMÁRIO

I:	O homem e o político	11
II:	Os coronéis	14
III:	O pacto e outras avenças	19
IV:	A trama diabólica	23
V:	O velório	30
VI:	A dança macabra	37
VII:	As exéquias	51
VIII:	O *bunker*	56
IX:	O amigo	63
X:	O réquiem político	75
XI:	Missa de defunto ausente	81
XII:	O socorro urgente	95
XIII:	A *via-mortis*	99
XIV:	O jagunço	104
XV:	A viagem derradeira	115
XVI:	A ressurreição	122
XVII:	O inferno	125
XVIII:	A noite dos fantasmas	129
XIX:	A dúvida cruel	138
XX:	O espantalho	146
XXI:	A noite dos mascarados	151
XXII:	O *day after*	156
XXIII:	O cavaleiro negro	164
XXIV:	A metamorfose	168

XXV:	DO PROCESSO ELEITOREIRO	177
XXVI:	A CONFISSÃO	180
XXVII:	A DISPUTA	186
XXVIII:	O DOSSIÊ	191
XIX:	O FEITIÇO E O FEITICEIRO	198
XXX:	O ENCONTRO	204
XXXI:	O DESENCONTRO	211
XXXII:	O CONFESSOR E O CONFIDENTE	218
XXXIII:	O AMOR E OS AMANTES	223
XXXIV:	A ARTE DE AMAR	229
XXXV:	A ELEIÇÃO	237
XXXVI:	O FRUTO DO AMOR	241
XXXVII:	A AMARGA VINGANÇA	249
XXXVIII:	O MARTÍRIO	253
XXXIX:	NO CEMITÉRIO	262
XL:	DESESPERO E MORTE	268
XLI:	O ACERTO DE CONTAS	275
XLII:	CONCLUSÃO	281

∼ I ∽

O HOMEM E O POLÍTICO

Há muitos anos, por incansáveis andanças através desse fabuloso e encantado mundo das letras ou da literatura, sua lídima princesa — que, apesar de tão jovem e atraente, é contudo uma amável vovozinha contadora de histórias, que, embora velhinha, ainda faz parte felizmente de nossas vidas — tomamos conhecimento de uma interessantíssima e invulgar história exemplar aos moldes do *Decamerão*, de Giovanni Boccaccio, no qual são narradas cem histórias, contadas por sete moças e três rapazes, em dez dias, durante a mortífera pestilência na bela e formosa Florença do século XIV.

O citado autor explica, no prólogo do livro, que inventou as histórias para servir de consolo e distração às pessoas infelizes no amor, sobretudo às mulheres, que, por imposição social, reprimiam seus sentimentos amorosos, ao contrário dos homens. E, por isso, nossa história dele se aproxima, com a nossa máxima vênia, e não apenas pelos dez dias das tais jocosas e muito educativas cem narrativas.

Necessário, entretanto, se faz advertir ao atento leitor que, por tudo que se diga na história, não deva de modo algum confundi-la com a triste realidade da confusa e desbaratada era medieval. Qualquer semelhança com os nossos magros tempos, se assim lhes parecer, será, como se costuma dizer, uma mera e maldosa coincidência, da qual desde já nos penitenciamos.

Aviso nunca por demais prudente, já que responsabilidade alguma poderíamos assumir por fatos alhures acontecidos, ou até por virem a acontecer, dada a fértil imaginação dos nossos competentes "guias"; e mesmo por estarem tais coisas muito além do que realmente podemos. Dado que "devemos ter precaução sobre as coisas que dependem de nós, e apenas confiança sobre as que de nós não dependem", como recomendava sabiamente o filósofo estoico Epicteto.

Feitas as devidas e prudentes advertências de praxe, iniciaremos a narrativa, como de bom alvitre, o que também achamos de bom tempo e de bom-tom, apresentando a figura central da tal história.

Trata-se de um carismático prefeito de um desses milhares de municípios perdidos na imensidão de um país muito extenso, aquinhoado por grandes riquezas minerais. Governado pelo princípio da descentralização, que, levado ao extremo, como os remédios, mais matava do que curava, haja vista que o povo por lá andava de tangas, melhor dizendo, nus, como a gente daquela conhecida história exemplar, com a diferença que não eram reis, mas somente pobre cortesões.

O tal "exemplar" prefeito, cuja administração, se diz por aí em voz muito corrente, se espraiou em fama graças a uma melhor e mais direta eficiência em seus meios e seus fins, nem sempre reconhecidos e justificados pela maldosa oposição, o que nos recusamos a acreditar, por acharmos ser apenas uma solerte intriga, nada mais, propalada por seus invejosos rivais. Estes sempre procuraram atrapalhá-lo, difundindo meias verdades, com o precípuo fim de encampar o poder a seu benefício; e, quando tal assim acontecia, por uma descuidada exceção, faziam-se de desentendidos, esquecendo-se, por uma esperta amnésia, tudo aquilo que antes, no ostracismo, condenavam de modo veemente os seus "desiguais". Adotavam para tal o conhecido expediente de dar nomes novos para coisas velhas, incutindo a impressão de mudança no imutável, pois, como é sabido, nada se muda, tudo se transforma. E, portanto, Viva Lavoisier! Afinal de contas, a política é uma confraria esotérica acessível apenas aos iniciados. Pena que algum mago-escritor não tenha ainda se preocupado com ela. Uma grande perda, com certeza, porquanto, de outro modo, poderia pelo menos tornar conhecido o que é de interesse comum, o que a todos bem aproveitaria. Mas isso já seria outra história!

Cesário, Cesário de Albuquerque para sermos mais exatos, era o nome da personagem que estamos ora, com muita honra, diga-se de passagem, a apresentar.

E Cesário por quê? Talvez o leitor mais exigente, e com toda razão, pela magnitude do assunto aqui abordado, esteja indagando a respeito. No entanto, infelizmente, não podemos satisfazê-lo do porquê da bizarria do nome. Deixamos, assim, as explicações a cargo do leitor à medida que irão conhecendo melhormente a personalidade e vida do citado prefeito. De minha parte, todavia, recorrendo à história antiga, não quero me furtar de pelo menos tentar uma preliminar explicação, mesmo que hipotética, já que todo leitor merece o nosso penhorado respeito e consideração por ser hoje em dia coisa rara e preciosa. Achamos, então, como faria todo bom "achista," que pode, como César, o quase imperador romano e grande general, ter igualmente nascido através de um difícil parto, que hoje chamamos de cesariano, muito embora seja em nossos dias um expediente prático, indolor e muito proveitoso.

Contudo, outra razão não se justificaria, até porque qualquer semelhança com o outrora famoso e poderoso general romano seria uma verdadeira heresia e não teria igualmente qualquer embasamento fático. Mas isso, sem qualquer intenção de menosprezar a nossa principal personagem, e Deus que nos livre de qualquer julgamento! Aliás, temos muito receio de tais conclusões. A uma, por medo de ser igualmente julgado, pois, como é sabido, quem julga será julgado, e aquele que se sentir isento de qualquer pecado que atire a primeira pedra. A duas, por não acreditarmos em julgamentos apressados, apesar de sermos contrários aos processos longevos e cheios de evasivas recursais. E, finalmente, a três, em respeito tão somente à divina trindade e por temermos que a questão se transforme numa dessas odiosas pesquisas de opinião, tão a gosto hoje em dia, na bem denominada "era da incerteza", a se transmudar em um imprevisível e terrível resultado que nos daria muito o que pensar...

Mas lá vamos nós, enfim, ao encontro de nossa personagem. Cesário era um desses políticos "carismáticos" que lá em seu país nasce como banana e grassa como erva; entes espinhosos como porco-espinho e escorregadios como sabonete, contudo, cheirando a cravo e canela, como cheirava Gabriela. São eles frutos de uma região tropical bem temperada nas imediações do trópico do Equador. Talvez uma praga ou uma endemia. Castigo de Deus!, como diria o povo dessas infelizes terras, lídimas fabricantes de tais figuras, ali apelidadas, ambiguamente, de "coronéis".

~ II ~

OS CORONÉIS

Certa feita, um tal doutor juiz, ouvindo o testemunho de alguém que se dizia coronel, perguntou-lhe, a título de substancial esclarecimento, se ele era coronel militar, coronel de terras ou coronel de mulher... Só não sabemos, enfim, qual teria sido a resposta daquela pobre testemunha; mas, antecipando-nos a qualquer maledicência alheia, acreditamos piamente que a escolha tenha sido pela primeira hipótese, por questão profissional e moral, em razão da origem histórica dos coronéis de terras, que hoje, felizmente, dizem, não mais existir; e porque queremos crer que ninguém, ninguém mesmo, em sã consciência, gostaria de portar um belo e luzidio par de chifres!

Os tais coronéis da segunda opção, os quais, na maioria dos casos, investiam as funções da primeira categoria, não deixavam de exercer a última, pois quase sempre integravam a famosa e pacífica Confraria de São Cornélio, a famigerada *cornutus confatalis*, seja pela dura realidade ou pela língua ferina do povo, e disso se faziam tão indiferentes, como se faziam igualmente as garotas de uma famosa praia, nos bons tempos, é claro. E só não passavam com graça, como aquelas, porque, afinal de contas, eram "cabras" muito machos, embora fora do seu sacrossanto território conjugal, e disso ninguém duvidava!

E tem mais! Alguns foram até santificados pelo povo. Não acreditam? Pois é! É realmente difícil de se acreditar, mas realmente foi o que se deu. Esse um já tem até contratado um "advogado do diabo" para lhe defender a santidade e com isso lhe conferir a auréola oficial do Vaticano. É só uma questão de tempo, quem viver verá. Quando isso acontecer, o tal santo se tornará o grandessíssimo protetor de todos os "coronéis" do mundo, porque é impossível, segundo as características, serem exclusivamente um produto regional. Alhures se lhes dá, com certeza, outro pomposo nome que os universaliza, pois não acreditamos em pragas e epidemias inteiramente tropicais.

Mas nada disso é tão importante e tão significativo como a principal característica da espécie: a sede desmesurada de poder que sofrem esses pobrezinhos seres de Deus, que vivem atormentados pela ganância e vaidade faraônicas, com a grande diferença, é claro, de não levarem mais, como estes faziam, sua enorme riqueza para o túmulo, junto com seus escravos e mulheres. Bem que gostariam, mas têm muito medo de que o "leão" lhes roa, como os ratos costumam fazer, as suas ricas vestimentas, não podendo assim, nus, comparecer diante do outro maior e mais sublime soberano, que, segundo sua crença, lhes indulgenciaria, em troca das tais riquezas, os seus pecadinhos, abrindo-lhes, portanto, a porta do paraíso, onde passariam a gozar dos mais finos acepipes nos eternos jantares celestes. E claro está que na companhia daqueles fabulosos querubins femininos de tenra idade. Anjo não tem sexo? Bobagem! História pra boi dormir...

Soube, por um amigo muito ligado a um deles, que a respeito teve o seguinte pesadelo à guisa de premonição: Tinha morrido sem antes confessar os seus pecadinhos que, pelo cômputo geral e total, dava-lhe direito a um daqueles infernos mais brandos, um daqueles genialmente descritos por Dante Alighieri. Talvez o terceiro (dos glutões) ou quarto (dos avaros e pródigos), que dizem ser destinados aos dignos representantes do rei, já que estes (não todos, é notório, mesmo que nos seja difícil acreditar que a exceção confirme a regra geral) vão direto para o oitavo (os corruptos e hipócritas). Realmente não sabemos, mas talvez não chegasse até lá e tivesse ficado apenas no segundo (o daqueles que atentam contra o pecadinho da carne, que sabemos ser bem fraca — a tal luxúria, um dos sete pecados capitais, invenção não menos genial de um gozador, certamente.

Aconteceu então, no sonho, que também morrera um seu conhecido concidadão, tido por todos como homem de muito caráter, coisa rara nos tempos bicudos em que vivemos! Esse "babaca", como assim era de resto considerado, a todos ajudava sem qualquer prévia ou posterior imaginável contraprestação, apenas por bondade mesmo, acredite se quiser, ou mesmo se puder. Assim era o tal inusitado cidadão. Parecia uma encarnação de Ivan, de *O idiota* de Dostoiévski. Além do mais, era igualmente um ingênuo, acreditava na bondade e na justiça social.

Inútil dizer que essa exemplar espécie, ao morrer, fora direto para o paraíso, sem passar pelas graças intermediárias do purgatório. Lá chegando, foi destinado a ficar entre os anjinhos, que lhe serviam tudo aquilo que pedisse. No início, achou mesmo um barato, mas, com o passar do tempo, foi ficando entediado, nada mais tinha o que querer ou que realmente apreciasse. Desse modo, acabou por fazer, com todo o respeito, uma reclamação a São Pedro, o administrador do Paraíso. São Pedro ouviu-o atentamente, como de resto fazem todos os santos, e perguntou-lhe o que ele gostaria de ter ou de fazer. O cidadão pediu-lhe licença para conhecer o famigerado Inferno. O bom pescador negou-lhe o pedido peremptoriamente, todavia acabou por ceder-lhe o desejo, até para que estabelecesse as devidas comparações, para que as julgasse por si mesmo, democraticamente. E assim se deu.

Logo de saída, São Pedro, muito espertamente, levou-o até uma sala onde estava o seu conhecido coronel, morto ao mesmo tempo. E lá estava ele numa boa, com um "mulheraço" de fazer inveja a qualquer santo, porque, aliás, ninguém é de ferro, não é mesmo? O tal "avião" estava pousado a rigor no colo do coronel e lhe fazia carinhos mil. Junto dele, uma mesa com tira-gostos das mais variadas e refinadas espécies e um copo de fino uísque, *on the rocks*. Diante daquela inesperada cena, o cidadão se sentiu tremendamente injustiçado e com isso volveu prontamente para o seu santo condutor:

— Mas o que é isso, São Pedro?! Isso não se faz com uma pessoa como eu, que passou a vida inteira praticando o bem e se furtando dos prazeres mundanos! Agora, eu estou naquele chato daquele Paraíso, gozando dos santos prazeres, incansável e eternamente, ao passo que este corrupto e lascivo coronel está aí, numa boa, gozando de todos aqueles prazeres que sempre me disseram proibidos e pecaminosos! Eu não posso acreditar, isso é uma infâmia!

São Pedro olhou para o cidadão compadecidamente por alguns instantes e disse-lhe:

— Meu amigo, nem tudo que reluz é ouro, nem tudo que balança cai.

Fez uma pausa e logo a seguir, diante do espanto do cidadão, prosseguiu:

— Você está vendo aquele copo de uísque ali? Sim, pois não tem fundo não! E aquela mulher ali? Tem de tudo, não? É, pois é. Tem de tudo... mas não passa de uma ilusão... pois não tem buraco!

O cidadão, que permanecia impassível e pensativo, manifestou-se:

— Mil perdões, oh, meu querido São Pedro, esse lugar é mesmo um verdadeiro Inferno! Leve-me rapidinho de volta ao Paraíso!

Realmente, nem tudo que reluz é ouro. Nem o nosso "coroné Cesaro", como lhe chamava o povo; pois, como sói acontecer com essa incrível e insondável maravilhosa espécie humana, possuía traços específicos que, parecia, lhe marcavam o caráter às avessas. Talvez por uma compensação, ou sabe-se lá o porquê. Verdade é que tais traços lhe caíam como uma luva, de tal modo a acreditar numa inexorável força do destino, mais do que em outra qualquer imaginável e possível interferência que nem o sapientíssimo Freud poderia explicar.

Assim é que tinha ele uma compleição física avantajada, própria dos brutos, sem o ser; e, como a maioria dos seus pares, não era obeso nem tampouco barrigudo. Seu rosto transparecia bondade e tolerância paternais, seja por compensação genética ou mesmo como uma adrede lapidada ferramenta de trabalho, o que seria mais explicável no seu caso. Além do mais, andava sempre muito bem vestido e asseado, exibindo cabelos aparados à moda parlamentar. Carregava sempre uma elegantíssima bengala de puro mogno, encimada por um dragão de prata, artisticamente talhado, e cujos olhos eram dois lindos rubis de invulgar brilho. Dizia ele que a bengala tinha sido de seu bisavô, grande cacique político e dono de imensa propriedade fundiária, atualmente, por sucessivas transmissões hereditárias, bastante reduzida, sem contudo empobrecer os seus afortunados descendentes. Nas prodigiosas mãos do nosso personagem, afirmam os entendidos, multiplicou-se enormemente, tal como se deu na narrativa bíblica do milagre dos peixes.

Quanto ao temperamento, só para nos antecipar um pouquinho, era o de um indivíduo extremamente pragmático, determinado e possuidor de sentido de justiça. Este, para ele, com muita naturalidade, devido talvez a sua nobre estirpe, tinha por precípua finalidade atribuir-lhe a parte do leão (não confundir com aquele outro e muito mais temido leão, que, aliás, era mantido devidamente domado e subserviente), dando aos demais aquilo que dela restava, embora tivesse que se conformar com a parte atribuída, injustamente, é claro, à alcateia que o cercava, a seu exclusivo serviço, como de vassalos ao senhor.

~ III ~

O PACTO E OUTRAS AVENÇAS

Acossado pela ambição — outra de suas não menos marcantes características —, que gera em contrapartida o terrível sentimento de desconfiança, acabou Cesário por forjar sua própria morte, tão somente para descobrir o que realmente dele se pensava, o que dele se esperava e, principalmente, o que se pretendia fazer contra ele. A finalidade era se proteger de qualquer tentativa de sedição ou traição através do conhecimento antecipado de qualquer pretensão por parte de seus considerados amigos, já que os inimigos ele os conhecia bem e os mantinha por perto, e bem amarrados na coleira. Claro que o receio tinha base na triste realidade humana, sobretudo quando ele era o dono absoluto do poder político e econômico de seu "curral". O receio era potencializado na medida em que seu poder aumentava, acrescido igualmente por uma necessidade de controle de tudo e de todos, diante de suas bem acobertadas fraquezas. Nesse contexto psicológico, a sedição ou traição eram as únicas coisas que de fato temia e o deixavam completamente fora de si e irremediavelmente abatido, tal qual um câncer o faria na parte física.

Assim é que montou uma diabólica farsa com auxílio de seu acreditado amigo Amaral, o boticário, que muito já lhe havia ajudado com infalíveis poções abortivas, bem como outras panaceias da química apaziguadora do bom viver.

O boticário, astuto conhecedor da alma humana, muito versado em química e alquimia, das quais era um profundo estudioso, sabedor das angústias do "amigo" e de seu propósito, logo se prontificou — com a solicitude e subserviência que lhe moldavam a triste personalidade, distorcida por uma infeliz vida de privações e frustrações — a preparar-lhe uma fantástica poção que satisfizesse aquele inconcebível mas irresistível desejo de poder versus vaidade (orgulho dos tolos), que nele, Cesário, exerciam uma irresistível compulsão, como se fora uma verdadeira droga.

Era, pois, Cesário, um daqueles tipos que são frequentemente prisioneiros da aparência e do fácil consumo, cujo principal propósito é o de transmudar a farsa em sucesso, e este em felicidade. Como se sabe nesses casos muito comuns, o que realmente importa é ter e não ser, visto que a miragem, de qualquer maneira, apazigua o desespero e fortalece a esperança.

Pode, ao leitor, causar espécie a necessidade de Cesário de, por um esdrúxulo meio, conhecer os outros e a si mesmo, e até mesmo achar tal desejo uma imensa insensatez. Mas nada é mais comum ao gênero humano, o qual, inacreditavelmente, não possui qualquer elemento de aferição, a não ser a pobre e imperfeita opinião de seus semelhantes. Estes, por sua vez, igualmente nada sabem de si mesmos, dada a atual relatividade dos valores sociais, o que, depois de Einstein, se tornou de grande valor científico.

Cristo, que estava muito além da vaidade e das tentações humanas, certa vez quis saber o que se pensava dele. Assim, perguntou aos seus apóstolos o que ouviam a seu respeito. Foram inúmeras as respostas, nenhuma satisfatória. Perguntou, então, o que pensavam que fosse; a resposta geral foi aquela que apenas repetia o que Cristo dizia sobre si mesmo: "Tu és o filho do Deus vivo."

Voltemos, portanto, ao assunto principal, isto é, ao inusitado pacto macabro. A poção, provinha, segundo Amaral, de uma fórmula secreta de conhecimento muito restrito. Ela lhe fora dada por um grande mestre feiticeiro do Haiti, quando cumpria um estágio em química naquele país há mais ou menos uns dez anos. Tal poção, tinha o poder de transformar uma pessoa viva em um defunto aparente, sem que o paciente ficasse totalmente adormecido, podendo, desse modo, ver e ouvir tudo que se passasse ao seu redor. Como tudo tem suas limitações, contudo, poderia mesmo ser fatal caso fosse ministrada em excesso ou inadequadamente. Administrada convenientemente por quem tivesse conhecimento específico, manteria o paciente em estado cataléptico por umas 12 horas no máximo, nada além disso. Seu efeito se manifestaria 30 minutos depois de sua ingestão.

Amaral, bastante animado a infundir ânimo ao amigo, quase que não conseguindo dissimular a sua verdadeira e pérfida intenção, informou ao infeliz prefeito, de maneira exemplificativa, que, se ele ingerisse a dita poção vodu às seis da manhã, despertaria do pretenso sono mortal, impreterivelmente ao meio-dia. Isso lhe daria uma margem muito grande de segurança, pois o sepultamento, em casos semelhantes, como era de costume no município, somente se daria após nove horas do falecimento, atestado por médico. Ou seja, depois das três da tarde do mesmo dia da morte. E, ainda assim, estaria por perto, bem vigilante, a evitar qualquer imprevisto, que na vida sempre aparece de maneira incômoda a atrapalhar os mais belos e desejados intentos humanos.

Era, fora de dúvida, um plano muito arriscado! Cesário sempre teve um enorme medo de ser enterrado vivo, a ponto de mandar adaptar o suntuoso mausoléu da família para lhe garantir uma efetiva e completa segurança. Ele administrava e remediava seus medos e angústias de maneira muito eficiente, como igualmente o fazia na política. Esconjurava, dessa forma, o terrível e furtivo sentimento de culpa, seu velho amigo desde a tenra infância, quando começou a ser preparado para assumir o controle do vasto poder familiar, tal como um príncipe herdeiro. Sua mãe, vítima da opressão a que eram submetidas todas as mulheres das "nobres" famílias, por óbvias razões, queria que Cesário se preparasse para a vida eclesiástica. Chegou mesmo a obter o beneplácito do esposo, pai de Cesário, para mandá-lo estudar em um seminário diocesano, argumentando que com aquela educação ficaria muito mais preparado para a assunção das árduas e difíceis obrigações futuras que o esperavam.

Com toda aquela segurança adrede e previamente preparada em completo sigilo, a qual se afigurava como um coringa em manga de camisa, acrescida da garantia de que seu amigo boticário estaria sempre por perto administrando a farsa, evitando assim qualquer consequência funesta, Cesário se entregou em suas mãos, como jamais faria com outro qualquer, por uma daquelas contradições inexplicáveis da insondável alma humana, movido pela promessa de polpudas vantagens políticas e financeiras, dado que, como sabemos, ninguém está isento de pecado.

    E ferido que estava, o pobre coitado, pela ambição e desconfiança que sempre andam de mãos dadas como boas amigas, não fora capaz, como se esperaria de um homem esperto e poderoso como ele, de resistir àquela perigosa e traiçoeira oferta. Desse modo, após muitas outras considerações com o cúmplice daquela insólita trama, determinado como era, decidiu-se por tomar a poção milagrosa logo no dia seguinte e no horário recomendado, ou seja, às seis horas da manhã. Acredite quem quiser, ou se, por outra, puder. Fica claro, porém, que Cesário, um tremendo *bon vivant* e bom patusco que era, no fundo não acreditava muito naqueles resultados escalafobéticos anunciados pelo boticário. O que ele realmente esperava era pregar uma boa peça nos seus acólitos, bem como desmascarar-lhes sua solerte hipocrisia e falsas intenções...

~ IV ~

A TRAMA DIABÓLICA

E aconteceu exatamente como tudo tinha sido previsto e combinado, com as exceções de praxe, ou pressões das circunstâncias, impostas, é claro, por forças imperiosas da natureza, que o homem jamais conseguiu nem conseguirá algum dia dominar. As poderosas imposições das conjunturas foram tão somente as de ordem política e social; e graças a Deus!

Assim, quando sua mulher, Lucrécia, foi acordá-lo para o trabalho por volta das sete horas, e não às seis horas como era de costume, por ter-lhe o marido recomendado, em razão de não estar se sentindo bem e bastante cansado, teve ela dificuldade em fazê-lo. Não conseguindo o intento, passou a sacudi-lo. A princípio levemente, depois com sofreguidão, ao constatar a rigidez cadavérica que envolvia todo o corpo do marido. Correu, logo em seguida, esbaforida, gritando por socorro, o que produziu imediatamente um tremendo rebuliço em toda a circunspecta casa senhorial.

Pouco depois chegou, às sete e meia horas, o médico da família, o doutor Hilário Hipócrates, não menos esbaforido, transparecendo uma calculada preocupação profissional. Ao fim de minucioso exame, declarou sentenciosamente a morte de Cesário, sem dúvida de um fulminante infarto do miocárdio, porque prontamente atestou o infeliz e inesperado óbito, acontecido, segundo as circunstâncias do evento, logo após às seis horas da manhã daquele triste e nefasto dia.

Cesário, o grande chefe político, infalível e acreditado como imortal, pasme!, estava realmente mortinho da Silva, como o doutor acabara de declarar. Inacreditável!, Era tudo que se podia depreender dos rostos pálidos e petrificados das pessoas que ora rodeavam o leito do recém-falecido, com exceção de sua esposa, que, num cantinho, sufocava com um lencinho de cheiro silenciosos soluços de poucas lágrimas.

O prefeito Cesário, conquanto seus membros imobilizados e endurecidos, a tudo acompanhava, ouvindo o que dele e do inusitado fato se dizia. Não conseguia ouvir, como esperado, um choro convulsivo por parte de sua mulher, o que o fez sentir-se desamparado, apesar de já a ter escutado lamuriando-se de sua morte de maneira bastante exagerada, o que não era mesmo de seu feitio recatado. Mas para que, afinal, julgar um sentimento alheio em uma situação tão difícil como aquela? Cesário transmudou o seu sentimento de desamparo em arrependimento pelo juízo precipitado, lembrando-se daquela conhecida frase cristã: "Não julgueis para que não sejais igualmente julgado", na qual tanto acreditava, que se fizera durante toda a vida um homem muito reservado a julgamentos. Consoante tal pensamento, passou a se sentir mais seguro, apesar de todos os pesares. Afinal, a brincadeira estava apenas começando, e era, portanto, mister gozá-la com toda a intensidade, até porque ele mesmo a havia encomendado. Por isso lhe cabia, mesmo naquelas mórbidas circunstâncias, adotar uma atitude tranquila e mesmo de bom agrado.

Cesário foi prontamente asseado e vestido por duas mulheres bastante conhecidas por sua verve alcoviteira e igualmente eméritas carpideiras, que não faltavam a nenhum velório de respeito. Eram elas grandes campeãs na categoria e, como tal, logo após os preliminares preparos de praxe, iniciaram suas funções, entoando lamentos e cantilenas fúnebres adrede encomendadas, a fim de que o defunto bem entrasse em sua última morada e liberasse a família e os mais chegados do incômodo sentimento de culpa que reside lá no fundo das almas. Entrementes, as "urubulinas" trocavam furtivamente, a meia voz, como era também de costume, considerações a respeito do funesto acontecimento e do seu principal protagonista:

— Mas que sorte da Dona Lucrécia, não é mesmo, Maria?

— É mesmo, Joana, a justiça, como se diz por aí, tarda mais não falha!

— É... é mermo... e não tarda pra falhá como a justiça dos home daqui... Cala-te boca!

— Vigem, também não vamos exagerá, não é? Sei de causos e mais causos em que não tardô e não falhô...

— Bem... também sei... mas com quem?

— Ah... aí é que a porca torce o rabo, não é mermo, comadre?

— Sim, sim, mas o que prova isso?

— Sei lá, menina! Talvez aquela velha história dos peso e das medida, a que a gente já conhece muito bem... É ou não é... Ou será que estou mentindo?

— Seja como for, mia querida, isso é coisa do diabo... De Deus é que não é! Só sei dizê que não é coisa pra gente se metê... Vamo cantarolá mais uma cantigazinha, que vem gente chegando por aí.

E mais adiante, em outro intervalo a título de descanso, prosseguiram em sua costumeira maledicência:

— E o que vosmecê me diz desse aqui, comadre?

— Sujeitinho mais safado ainda está pra nascê... Só sei que vai sê muito difícil encontrá um substituto...

— Bem... também não vamos exagerá... não é mermo? Ninguém é todo ruim... nem todo bom... até santos pecam. Mas vá lá, vá lá que tinha suas bondades...

— Ah, isso tinha sim — retrucou a outra com amarga ironia —, adorava fazer as viuvinha felize da vida e gostava ainda mais de aliviar a consciência dos que muito tinha e nada dava, surrupiando deles algum — acrescentou, esfregando disfarçadamente o dedo polegar direito contra o indicador, como complemento explicativo.

— Ora, não seja assim também tão dura, menina! Afinar de conta o cabra aqui já fechô o paletó... e dos defunto a gente só deve falá é bem...

— Conversa pra boi dormir, comadre. Comigo não tem nada disso não! Safado é safado, vivo ou morto! Depois... é muito mais cômodo falar dos morto, já que não pode se defender, não é mermo, mia fia? — Concluiu, com um risinho abafado e meio safado.

Cesário, que a tudo acompanhava, até então muito satisfeito pelos comentários ali tecidos, embora desairosos, mas que lhe eram caros, acompanhando-os contemplativamente como uma criança a ouvir gostosas fofocas de adultos, ficou de orelha em pé como a antecipar o que vinha.

— Bem, lá isso é verdade — concordou Maria, prosseguindo —, e essezinho aí vivia perseguindo o meu falecido maridinho... Só porque ele pertencia à oposição. Não daquela dita oposição de merda, dos faz de conta, que é só pra levar vantagem... Já vi um montão deles lá no salão, doido pra mostrá falso sentimento com lágrimas de crocodilo. Mas meu finado não, porque, justiça seja feita, era um homem direito, muito direito, como você bem sabe...

— Sabê eu sei pelo que me conta, mas vosmecê, minha nega, sabe tão bem que a política é coisa do diabo! Não dá pra gente entendê não, minha nega — respondeu Joana com um leve sorriso amarelo, ao mesmo tempo que meneava a cabeça de um lado para o outro em franco sinal de impotente desânimo.

— Deixemos pra lá o que não toca à gente. Afinar de conta, a gente tava mermo é falando do defunto, desse ladrão safado de pai e mãe. Lembra daquela reforma da pracinha? E da merenda escolar? Nem é bom lembrá, minha querida, nem é bom lembrá... Esse aí não valia nadinha mermo, não é? Mas o que mais me aborrecia, além disso tudo, eram as sacanagens que fazia com a mulher. Isso é que eu não perdoo não. De jeito maneira!

— Que sacanagens? Conta, conta, acho que ainda não sei de tudo não — indagou a outra, visivelmente interessada.

— Vai sabê, vai, se vai! Ele só não comeu o padre porque, apesar da saia que veste, é muito macho! E isso, com as graça de Deus, porque, quando não é assim, ainda é muito pió... — e nesse ponto, diminuindo o tom de voz sorrateiramente. — Quando não dão para outra coisa, vosmecê bem sabe, não quero nem falá! Deus nos acuda... Nossa Senhora! Mas está na moda, não é mermo? Não quero nem sabê porquê — concluiu, benzendo-se rapidamente com o sinal da cruz.

— Mas mia fia, como é que tu sabe que o nosso padim é macho pra cacete? — Perguntou a companheira com um arzinho de fina ironia.

— Tu tá me estranhando, sua bandida?! — disse, em defesa daquilo que, por absoluta falta de oportunidade, sempre considerou imaculável, como a virgem Maria.

— Longe de mim quarquer julgamento, criatura! É que vosmecê falô com tanta certeza! Eu cá comigo não aposto em cavalo dos outro não, de jeito maneira! Sou católica apostólica e o cacete, mas tenho que admiti que tem muita sem-vergonhice por aí. Antigamente, minha fia, padre era padre, vosmecê bem sabe... Eram verdadeiro, pais, quase santos... Bem, mas acho que nesse tempo tinha também sua exceção, mas quem sô eu pra dizê? Lembro de uma história que me contaram, esconjuro, menina!, de um que tinha fio bem nascido e tudo, do modo que Deus manda. Parece que isso foi há muito e muito anos, mas eu não acredito nisso não! Deve se intriga da oposição, não acha? Afinal, em todo lugar tem gente ruim e gente boa, em qualquer profissão... Em algumas, como a gente sabe, até mais ruins do que boas. Tem uma, cala-te boca, que é campeã de sacanagem, mas não digo qual... Tá na cara, não é mia fia, adivinhe quem quiser... — E terminou apontando a boca em bico em direção ao defunto, à guisa de velada insinuação.

— Tudo nesse mundão de Deus é possível, comadre! — disse a outra em sussurro antes de prosseguir. — Mas, voltando as vaca fria, a respeito das sacanagem do nosso sacripantinha aqui estendido como um santinho, eu lhe digo que justiça pra sê boa tem que sê imparciá, doa a quem doê, como diz por aí quando não se quer puni, apena justificá. É claro que não justifica, e disso eu bem sei... e sei muito bem! É que faz muito tempo, muito tempo mermo, que eu desconfio dessa santinha que vosmecês vive adorando por aí, a nossa Evita de Capivara da Serra. Ela não é lá bem o que se crê por aqui. Bem, é aquela velha história, sabe? Por fora bela viola, por dentro pão bolorento — sentenciou a alcoviteira.

— Não me diga! conta, conta... — pediu, com imensa curiosidade, fingindo-se de ingênua para tirar tudo o que a outra sabia, se é que sabia.

— Cala a boca, cala a boca que vem vindo gente aí — disse a outra sem nada adiantar, murmurando disfarçadamente. — Ao trabalho, ao trabalho... — E começaram outra mastigada cantilena fúnebre, enquanto olhavam desconfiadamente, de través ou para cima, justo quando chegava o caixão, o fechado e derradeiro paletó. Bonito de fazer inveja a qualquer mortal, acredite! Fabricado de nobre madeira, parecendo jacarandá, ou talvez fosse mesmo, quem sabe? Nessa terra de Deus tudo é possível. Todo ornado aqui e ali de artísticos entalhes em alto-relevo, exibindo no alto de sua tampa uma destacada flor-de-lis, remanescente da antiga nobreza gaulesa. Como se não bastasse, a fim de abrandar e confortar as consciências, vinha todo forrado de cetim branco de boa cepa, com luzidias alças douradas, de metal de alta qualidade. Talvez para melhor proveito da ingenuidade do povo que, embasbacado, certamente acreditaria ser de ouro tal e qual se dava com os ricos esquifes dos faraós, dignos representantes de Deus neste diminuto e inexpressivo planeta. Enfim, tudo que não desmerecesse o seu precioso conteúdo que, logo enterrado, se transformaria inexoravelmente em pó. *Revertere ad locum tuum*, como se lê ainda hoje nos frontispícios dos cemitérios.

Ah, quase íamos nos esquecendo da exceção de que aqui cuidamos. O defunto, sujeito desta incrível história, estava na realidade mais vivo do que nunca, em razão do "esperto" pacto que narramos algumas páginas atrás, fruto da fátua vaidade humana que, ainda hoje, pretende negar a sua descendência, apesar de já muito bem provada cientificamente pelo genial biólogo Darwin, há quase dois séculos. E é assim que caminha a humanidade: cega, surda e muda.

Certo mesmo está, portanto, que o nosso personagem Cesário, vivinho que estava, tomava ciência de todas aquelas terríveis verdades pelas ferinas línguas das duas agourentas alcoviteiras, as quais, para ele, eram todas muito justas, com a única exceção, bem compreensível admitamos, das concernentes a sua queridinha esposa, Lucrécia.

"Ah, que infâmia miserável! Que maldade! Logo da minha pombinha, tão pura e tão ingênua! Ah, se eu não estivesse impossibilitado, como agora estou, e essas víboras iriam ver só o que é bom pra tosse. Mas é só uma questão de tempo! Deixem estar... não perdem por esperar, essas filhas de uma puta." Assim pensava ele e assim o desejava lá bem no fundo de sua ferida macheza, mas não de coração, é claro.

Pela primeira vez ele sentiu o lado amargo da história. Ouvir impropérios e traições já lhe era esperado, e o que bem queria, sobretudo tomar conhecimento dos autores e de seus métodos. Mas uma traição de sua própria esposa não estava decerto em suas previsões. O que na realidade seria? Eis a torturante questão que agora o abatia e o fazia sentir-se completamente impotente. Parecia-lhe que, ainda que sem querer, o tiro lhe saíra pela culatra.

~ V ~

O VELÓRIO

Aconteceu, então, que o nosso falso defunto foi surpreendido pelos bem-vestidos e enluvados funcionários da funerária "oficial" da cidade, que o trasladaram para um luxuoso caixão já encomendado especialmente para o caso. Funerária essa cujo proprietário pertencia, naturalmente, à política da situação, segundo aquele cômodo e muito comum provérbio do "aos amigos tudo, aos inimigos a lei", do qual o prefeito sempre fora um extremado e justo defensor. Esse provérbio, na verdade, não passava de um expediente ou, melhor dizendo, jeitinho, muito a gosto popular, para amenizar outro não menos famoso, o *Dura Lex Sed Lex* (A lei é dura, mas é lei). Sim, porque afinal somos filhos de Deus... ou não somos?

Necessário se faz observar, para sermos bem mais corretos, que aqui se estava retribuindo ao amigo, mesmo que inconscientemente e por uma triste e trágica contradição, com o mais duro desses provérbios, ao contrário do que deveria se dar, se o mundo tivesse leis sociais rígidas, como as tem no campo natural. Infelizmente é assim que acontece as mais das vezes neste mundo imprevisível, no qual habitamos involuntariamente. Acostumamo-nos, por uma questão de ilusão de ótica mental, a acreditar que a tudo dirigimos, segundo a nossa própria vontade.

O bem urdido plano de Cesário de conhecer as consciências e as verdadeiras intenções dos que o rodeavam, a fim de, sem dúvida, as controlar a seu bel-prazer, ia dando certo... certíssimo! Entretanto, a porca começava a torcer o próprio rabo, como se diz no popular, quando a coisa vai ficando mais feia. Muito a contragosto, ele ia conhecendo *pari passu* a horrenda face da verdade. Aquela que sempre costumamos negar, embora seja justamente a que nos poderia ser a mais útil e a mais sincera das amigas. Cesário, que não constituía qualquer exceção da tão orgulhosa raça humana, vulgo *Homo erectus* (nome por demais apropriado, dada a sua principal função), virou-lhe as costas açodadamente pela euforia de dar um golpe nos seus semelhantes, os quais para ele não passavam de mero instrumento de sua desvairada ambição.

O feitiço começava a virar contra o feiticeiro, como de regra acontece. O arrependimento vinha muito cedo para quem tinha planos tão ambiciosos. Mas venhamos e convenhamos: uma coisa é a fantasia, outra, a realidade. Entre elas, nunca nos damos conta, existe um abismo muito profundo. Acresce-se mais que Cesário, em razão da droga que ingerira, tivera um afrouxamento de sua consciência, perdendo muito de sua crença nas mentiras e na falsa imagem que comumente fazia de si mesmo. Isso por si só constituía considerável motivo de pavor; com toda a razão, pois o pior dos receios do homem é encarar a si mesmo sem a proteção da *persona,* ou melhor, da máscara social. Agravava ainda mais o quadro a imobilidade em que jazia. Sentia-se indefeso e abandonado, como uma cobaia em um experimento científico. Quis gritar, mas não pôde. Quis desesperadamente levantar-se, mas não o conseguiu. O arrependimento crescia e lhe invadia a alma como erva daninha. Sentiu, então, um tremendo calafrio a lhe percorrer toda as veias e se localizar, por reflexo, em sua espinha dorsal.

Restava-lhe tão somente esperar e esperar pacientemente que o efeito daquela miserável droga passasse e, então, pudesse retornar à "vida". Entrementes, pensava com os seus botões, que, por sinal, estavam já muito bem abotoados nas casas respectivas daquele fúnebre terno de cambraia preto. Justamente aquele terno que odiava, que sempre o fazia pensar na morte toda vez que abria o seu guarda-roupa. "Diacho!", pensava ele. "Por que eu nunca consegui me desfazer desta coisa funesta e agourenta? Parece até uma fatalidade! Decerto ele estava ali me esperando, e me esperando pra me fechar de vez. Foi um verdadeiro presente de grego de Lucrécia, de Lucrécia! De Lucrécia?! Oh, e tem mais? O que será que aquelas feiticeiras filhas de uma puta sabiam a seu respeito? Oh, meu Deus, eu não posso acreditar em qualquer traição. Não posso nem devo. Deve ser tudo mentira, uma deslavada mentira. Quem teria a coragem de me trair!?"

Em seu desvario, continuava a cogitar, já que outra coisa naquelas tristes circunstâncias não poderia fazer: "Mas espere... eu ainda tenho o meu amigo Amaral, que prometeu estar sempre a meu lado, defendendo-me de qualquer imprevisão. Ainda é cedo, muito cedo. É isso mesmo, isso é... mas onde estará o Amaral? Até agora não o vi, não foi dele a voz que impediu aquelas estúpidas carpideiras de me entupirem as narinas com algodão? Foi, claro que foi, não poderia ser outro. Tenho toda certeza! Afinal, eu não conheço a voz do homem? Onde diabo estará esse sacana do Amaral? Onde estará? Meu Deus, o que fui fazer! Que idiotice eu cometi... querendo saber coisas que não me competiam saber ou que não deveria... Não, não deveria! Ah, como é útil e bom ser ignorante, e como é bom acreditar em nossa onipotência, é como se realmente o fôssemos... Mas espera aí! Eu não esperava isso tudo. Esse entorpecimento desgraçado! Não acreditava mesmo! Isso tudo não passa de uma loucura, de um sonho, um pesadelo, do qual logo acordarei... "Tentava em vão acordar, mas seus olhos não enganavam, pois permaneciam entreabertos a lhe roubar a esperança de estar de fato sonhando.

Mais uma vez seus pensamentos foram interrompidos, dessa vez por sua mulher, que entrava no quarto onde ele jazia muito bem jazido naquele imponente ataúde, agora muito a contragosto.

A sua companheira de muitos anos, que era para ele de fato uma santa sem andor, portava um semblante sofrido, mas não muito convincente, principalmente para aqueles que a conheciam, ou que pensavam conhecê-la muito bem. Era realmente uma boa mulher; no entanto, o tratamento humilhante e desprezível que seu marido e senhor lhe dispensara ao longo dos anos de convivência conjugal fora pouco a pouco, como devoradores cupins, roendo a sua tolerância, a ponto de ressuscitar o monstro oculto que mora lá no fundo do inconsciente de nossas pobres almas penadas, o pavoroso Mr. Hyde, de *O médico e o monstro*.

Ao se deparar com as duas alcoviteiras, Lucrécia ensaiou um choro muito sentido, cuja ausência de lágrimas era disfarçada por um formoso e fino lencinho emoldurado com delicadas rendas. Por isso teve, em contraponto, outra merecida encenação das ferinas e argutas carpideiras:

— Não chora não, mia fia — disse-lhe Joana com exagerada suavidade. — Ele agora está bem... está com certeza lá no céu, no paraíso, ao lado de Nosso Senhô Jesus Cristo, a quem tanto procurou imitá em toda a sua vida... Era um justo, um grande home, um grande chefe de famía!

— Eu sei, eu bem sei — respondeu a pretensa viúva com voz chorosa, no mesmo tom de sua irônica interlocutora —, mas é duro, é muito duro... Ele fará uma grande falta... É insubstituível!

— Era? Era ao certo, meu anjo! — Nesse ponto Joana olhou debochadamente de soslaio para sua colega, Maria, que, por sua vez, ensaiou um estudado pranto convulsivo. As três ficaram ali quase abraçadas, consolando-se mutuamente. Logo em seguida, as duas aves de rapina se afastaram com passos solenes e suaves, espertamente adquiridos ao longo do exercício daquela funesta e rendosa profissão.

A viúva dirigiu-se ao seu defunto marido e, após olhá-lo com um jeito muito terno e compassivo, ensaiou o seguinte e comovente monólogo, que mais parecia uma oração labial do que um discurso:

— Meu querido e amado esposo... como gostaria de ter certeza de que estás realmente a me ouvir! — E olhando de soslaio para certificar-se de que as duas carpideiras tinham realmente saído, prosseguiu voltando a atenção inteiramente ao candidato a defunto:

— Ah, como gostaria que soubesses de todo o meu sofrimento ao longo dos anos que perdi a seu lado. Longos anos de agonia, buscando em vão o teu amor, homem insensível e corrompido! Quantas das vagabundas, suas amiguinhas, eu tive que engolir a seco, quando minha domada vontade era de esfolá-las vivas. A ti também, que, antes de tudo, eu caparia como a um porco, sem qualquer misericórdia. Tiraste-me de uma santa vida para quê? Ah, quanta humilhação passei calada! Vai, vai... e que o bom Deus tenha piedade de sua empedernida alma!

Interrompeu o seu prazeroso e sádico monólogo, há muito tempo sonhado, logo que sentiu passos atrás de si. Sem se voltar, sentiu a quente mão de alguém a pousar em seu ombro, cujo toque, embora lhe fosse familiar, a fez estremecer de medo e repulsa.

Era o tal "amigão" do defunto, aquele mesmo que não poupara esforços para ajudá-lo com a tal poção miraculosa, a fazê-lo conhecer o verdadeiro julgamento de cada um de seus súditos, mesmo que isso lhe fosse bastante desagradável. Enfim, a verdade nua e crua. Agora, tão cedo, estava bastante arrependido, principalmente após ouvir com horror a explícita confissão de sua queridinha esposa. Antes tivesse acreditado nas duras palavras de um filósofo existencialista, cujo nome não se recordava, bem como em todos os outros bons princípios que recebera através de sua esmerada educação religiosa. Nesse momento, infelizmente, só se lembrava das cristalinas palavras do tal filósofo, ecoando bem fundo como a lhe arrebentar os tímpanos: "Não somos aquilo que os outros pensam que somos, mas aquilo que pensamos que os outros pensam que somos."

Simples, não? Mas lamentavelmente o homem é como seu irmãozinho de penas, o pavão: abre e suspende a magnífica cauda, deixando o rabo exposto. Que fazer?! O pobre Cesário não era, convenhamos, muito diferente. Pelo contrário, sua incomensurável vaidade iludia os sentidos e a razão, como sói acontecer com os fracos de espírito ou com um reverendo escravo, alienado para bem servir a seu amo.

Desse modo, trocando as bolas, Cesário sempre acreditara no que os outros diziam a seu respeito, sem indagar sequer o que eles verdadeiramente pensariam sobre o que realmente era, o que somente se dava em seus constantes pesadelos; mas estes, para ele, não passavam de obra do diabo e nada mais. Essa filosofia era creditada ao fato de ser avesso a leituras, chegando a proclamar publicamente, e com todo o orgulho, o grande feito de jamais, em tempo algum, ter levado a sério qualquer livro, nem mesmo o de sua primeira comunhão, já que tinha nascido, como os reis, onisciente. Tudo bem, tudo bem, mas acreditamos piamente não ser totalmente verdadeira tal assertiva, devido ao fato de ter tido uma boa instrução. Sabemos que há livros e livros, e a escolha, bem como a sua interpretação, vai de acordo com o gosto e a necessidade de cada um.

Mas retornemos ao sinistro diálogo da pombinha com o gavião, como diria La Fontaine.

— Vamos, minha filha, vamos — disse Amaral de maneira melíflua e compassiva à esposa do desditoso, que ali jazia completamente a seu dispor. E continuando no mesmo tom, acrescido de ironia:

— Ele já se foi e não vai voltar nunca mais. Console-se... — e certificando-se de que agora estavam completamente a sós, prosseguiu, mudando para um tom de solidária e criminosa cumplicidade:

— Temos agora que apressar o enterro, minha cara, a fim de acabar com esse sofrimento inútil... Espera aí que vou mandar que se apresse essa droga dessa farsa, digo, desse velório! Ah, não sei se já lhe disseram que o presidente da Câmara Municipal ofereceu o salão da casa para as últimas homenagens. Mas fique calma... eu recusei, em seu nome, alegando que não deveríamos adiar mais o seu sofrimento... Sabe-se lá o que poderia acontecer... Eu ministrei uma dose bem acima do recomendado para manter o efeito por pelo menos umas doze horas no mínimo, mas acho que a essa altura ele realmente já embarcou desta para outra melhor, como se diz por aí... No entanto, nunca se sabe. Seguro morreu de velho, não é mesmo, minha queridinha? O problema agora é que aquele porre do padre Camilo cismou com uma missa de corpo presente, e isso a gente não pode negar. É a Igreja na pessoa de um de seus representantes, mesmo que um trapalhão, mas adorado pelo povinho. Não, não podemos de modo algum desatender aos costumes religiosos da nossa terra. Depois, como você bem sabe, eu agora sou um forte candidato ao cargo, por isso tenho que manter a minha imagem com a arraia-miúda. Justiça seja feita, com o aval deste que agora vai nos deixando... "Rei morto, rei posto", como dizem por aí, ah, ah, ah...

— Mas Amaral — sussurrou Lucrécia, com ar apreensivo —, você tem mesmo certeza de que ele está nos ouvindo?

— Oh, minha bobinha, isso tudo é conversa pra boi dormir, entendeu? Eu, na verdade, não tenho qualquer certeza! Foi só mesmo pra convencê-lo a participar da "brincadeira", como você bem sabe... O que eu sei é que a poção é verdadeira e que ele pode realmente voltar do túmulo, como aconteceu com algumas vítimas haitianas. Mas veja bem, isso também não é certo não! É apenas uma hipótese que dizem ter acontecido em casos raríssimos, nunca comprovados cientificamente... Todo o resto é conversa fiada! Mas, como não há certeza absoluta de nadinha neste velho mundo de Deus, bom mesmo é enterrá-lo o mais breve possível — concluiu, baixando mais ainda o tom de voz, dada a terrível e criminosa sentença prolatada, acrescendo ainda, como era de seu costume, que prudência e caldo de galinha não fazem mal a ninguém.

— Está bem, está bem — respondeu Lucrécia cheia de medo e inquietação que lhe produziam tremores e calafrios. — Mas, de qualquer modo, não vamos falar mais qualquer coisa perto dele... Sei lá... Sinto, às vezes, que ele está a nos ouvir e parece que nos está observando com esses olhos esbugalhados. Não sei como não conseguiram fechá-los. Que coisa horrível! Huuuu... Olha como estou toda arrepiada! — disse esfregando um dos braços.

— Bobagem! Minha flor... Será que você não acredita em mim? Tá certo, tá certo, vamos ficar afastados dele, principalmente quando quisermos trocar algumas palavras... Ok? — Inadvertidamente, ela esboçou um leve sorriso amarelo, denunciador da falsa cumplicidade que poderia ser captada por maldosos e atentos observadores presentes ao velório.

Entretanto, feliz ou infelizmente, Cesário já tinha ouvido tudo o que aqueles traidores tinham dito, sem sequer se preocuparem em disfarçar, seja por pudor, seja por dúvida. É sabido, no entanto, que o crime não compensa, porque os criminosos sempre deixam vestígios, mesmo que aparentemente imperceptíveis; e que sempre voltam ao local do crime por uma incrível e inexplicável atração. O coitado do "defunto", vítima de sua própria concupiscência e vaidade, quase rangia os dentes de raiva, suando frio de medo ao antecipar o que lhe poderia acontecer pelo balanço não menos frio da matemática das probabilidades, que sempre usara em sua vida de negócios e patifarias.

~ VI ~

A DANÇA MACABRA

Lá pelas dez horas da manhã, o "cadáver" finalmente foi servido "quentinho", embalado em seu luzidio caixão, à voraz e maldosa curiosidade alheia. Jazia ele agora todo enfeitado em cima de um majestoso e elevado cadafalso em plano inclinado para que a exibição do conteúdo fosse facilitada. Ou, quem sabe, para que pudesse observar aquele inusitado, falso e funesto carnaval.

Nos quatro cantos do cadafalso foram postos imponentes castiçais de prata encimados por altaneiras velas, cujas chamas bruxuleavam como a chorar de tristeza e saudade.

Seja por maldade, por compaixão ou mesmo por desprezo, não se sabe ao certo, alguém nas redondezas reproduzia em alto e bom som a "Dança Macabra", de Saint-Saëns, a qual, caindo como uma luva, emoldurava aquela mórbida cena, ressaltando o lúgubre acontecimento e o inesperado desespero do autor da farsa. Ao mesmo tempo, contrastava com o teatro representado pelos atores presentes, que não cansavam de manifestar os seus falsos pesares.

Era, realmente, um estranho e macabro som que se iniciava com uma batida incômoda, sincopada e reverberante, contudo bastante atraente, seguida de um lamentoso e rouquenho som de violino, precedendo a um balé estonteante e impulsionando, pouco a pouco, com o seu crescente som a uma apoteótica entrada de toda orquestra. Sonoridade capaz de despertar os instintos mais recônditos e perigosos, empolgando toda cena, atraindo os mais variados sentimentos e produzindo uma verdadeira catarse geral de estranhas manifestações d'alma. Almas povoadas de inconvenientes e negados fantasmas que habitam as regiões mais profundas da mente humana.

Incontidos ressentimentos, malignas perversidades, somente encontradiças no inexplicável e complexo gênero humano. Havia, entretanto, como de regra há, infelizmente por exceção, positivas emanações provindas de almas plenas de sincero amor, compaixão e altruísmo, as quais dão à vida um qualquer sentido maior.

Essa macabra música invadia todo o ambiente, estonteando e confundindo as cabeças, à medida que crescia e se repetia, chorando, bailando e soprando como um vento louco. Poderia, talvez, a arremedo de uma escrita própria, traduzir-se como gotas pingando e precedendo sinistros passos, que dava vez a um rangente som de violino, logo seguido por uma feroz dança. A "Dança Macabra"!

    Lará... lará... lará... lará...
    La ra ra ra ra ra ra lará.
    Lará... lará... lará... lará...
    La ra ra ra ra ra ra lará...

    Lamenta o violino
    Ribomba o tímpano

    E a dança prossegue...

    Lará... lará... lará... lará...
    La ra ra ra ra ra ra lará.
    Lará... lará... lará... lará...
    La ra ra ra ra ra ra lará...

    Range o violino,
    Ribomba o tímpano
    E a louca dança prossegue...
    Num ritmo crescente e estonteante,
    A repetir sempre a mesma estrofe,
    Ora doida, violenta, ora acariciante,

> Como um vento ou presságio mau,
> Num crescente e incessante rodopio
> De horripilantes e secos estrondos,
> Descontrolados até o silêncio final,
> Precedidos de alto e estridente som,
> E nada, de nada, nada mais, então...
> Descansa do gozo a solerte morte,
> De sua malvada e determinada ação,
> De onde sai o irreversível vencido,
> O infeliz adverso que luta em vão...

Ao final, muitos dos presentes, sem se dar conta, ensaiavam uma incontida e estranha dança, movimentando-se para cá e para lá como bonecos fantoches. Assim, bebiam e comiam compulsivamente e se abraçavam a título de cumprimento, acompanhados de estranhos sorrisos, soltando frases desconexas, carregadas de ironia e disfarçando o pavor que nem eles mesmos se davam conta.

Catarse, catarse... O espírito está à solta. Livre de todas as convenções, tal qual num passe de mágica, metamorfose. E silêncio. Silêncio geral. As consciências voltaram a comandar o espetáculo! Pobre homens, tristes mulheres. O teatro continua, misturando realidade com sonho e sonho com realidade. Duas faces do mesmo sombrio e doloroso rosto.

Pobre Cesário! Também ele, contra sua vontade, bailava, Deus sabe como, aquela macabra dança, sem que pudesse lutar contra a morte que sorrateira lhe rondava os pés. Sentia-se totalmente impotente diante da poderosa inimiga que lhe arrebatava a vida lentamente, e o que é pior, rindo-se de sua agora comprovada estupidez. Por um milagre inexplicável, produto talvez de seu inconsciente, lembrava-se daquele terrível, mas verdadeiro pensamento de Iwan Goll, muito citado por um seu antigo professor de teologia: "Trabalhamos juntos por centenas; amamos aos pares; mas na morte achamo-nos sempre sós."

Todavia, a chama da esperança, que nunca nos abandona enquanto há tempo, mantinha-o calmo, porque no estado em que se encontrava era-lhe impossível qualquer agitação. Olhava a todos, no grande salão de sua casa, como que assistindo de camarote a uma peça, ao mesmo tempo em que representava. Não podia aplaudir, nem em pensamento, pois se considerava o maior idiota do mundo, enganado da maneira mais ladina e mais safada. E logo ele, que sempre se considerara tão esperto e imbatível! "Ah, meu Deus", pensava, "só não quero é ser enterrado vivo, principalmente por esses dois canalhas traidores. Não, não e não! Que horror!", gritava sem poder ser ouvido. Imagine o que aquele coitado e infeliz, por vaidade e cobiça, estaria passando.

Sabemos, contudo, que nenhuma imaginação, por mais preciosa que seja, poderá traduzir qualquer sentimento alheio. E se isso nos faz sentir irremediavelmente isolados neste mundo de mistérios inextrincáveis, que pelo menos nos sirva de consolo no colo sempre aconchegante da solidariedade humana, apesar de andar por aí um tanto ou quanto esquecida. Por isso mesmo alguns até diriam, como se diz por aí a mais das vezes: "que se dane, quem é que mandou?", esquecendo-se de que todos somos feitos do mesmo barro de que foi feito o pobrezinho do Adão e de onde surgiu o seu *alter ego*, a mulher, segundo os princípios e fins da humanidade de então.

Os acautelados, para não se dizer outro nome muito mais feio, hipocritamente diriam: "Que Deus lhe perdoe os seus pecados, coitado!", não levando em conta que tal assertiva já contém um inexorável tom de condenação implícito. Mas deixemos tais considerações um tanto reprováveis e vamos direto aos fatos que mais interessam.

Em pouco tempo o salão funéreo fervia de gente vinda de toda parte. Entre elas muitos acólitos da política municipal, estadual e até federal! Afinal, Cesário, apesar de ser apenas prefeito, era tido como um dos mais importantes políticos do partido da situação, e somente não se convertera num senador por suas próprias conveniências locais. Estas lhe rendiam muitos e maiores dividendos, que não nos são tão difíceis de imaginar, enquanto detinha quase toda a economia da região que governava. E como!

Agora ali estavam todos os políticos, cumprindo à risca aquela dolorosa e maçante encenação, porque o senhor todo-poderoso se ia, mas deixava vazio um imenso poder e polpudos benefícios, nos quais eles já vinham encartados como numa grande promoção comercial. E sabe-se de longa data que o poder é como um saco que nunca se esvazia, sob pena de sua negação existencial, ou seja, o poder se transfere, mas nunca perece. É imortal, em outras palavras.

Vendo aquela multidão, o "mui amigo" boticário quase teve um troço! Em seus planos isso jamais fora esperado e concebido. É que a manifestação poderia obviamente colocar em perigo as suas muito "boas intenções" já em curso. E nesses termos pensava, estupefato: "Como pode esse filho da puta ser tão querido assim... Caramba! Se ele pudesse ver isso... Aposto que iria pros quintos do inferno muito satisfeito da vida! Notoriedade e reconhecimento eram, como se diz em termos bíblicos, a sua maçã proibida. Eu é que não tenho pena nenhuma deste safado, pois se ele a mordeu, muito bem que se fodeu."

A enlutada viuvinha foi, muito a contragosto, obrigada a dar início a um imprevisto velório caseiro em proporções inesperadas... Mas, que fazer? Afinal de contas ainda havia tempo suficiente para o enterro, estava agendado para as dezessete horas. Mandou, portanto, para agradar as autoridades, trazer comes e bebes do mais refinado gosto e qualidade.

E na medida em que comiam e bebiam, como se ali se comemorasse algum feliz acontecimento, diversos assuntos passaram a interessar o morto. Embora angustiado, e com toda a razão, passou, como funéreo remédio, a aproveitar o ensejo para satisfazer o sonhado objetivo de tomar conhecimento das consciências de seus pretensos amigos correligionários e subalternos, extensivos agora, infelizmente, ao seu próprio *domus*, ou sacrossanto lar. Tudo por causa da sua desmesurada vontade de poder, que nada tem a ver com a "Vontade de Potência", pois esta significa criar, e não dominar. Para Cesário, o poder era, como sempre dizia, mais importante do que o vil metal, apesar de admitir a inseparabilidade de ambos. Uma inevitável parceria com o diabo, como diria o infausto Fausto, de Goethe.

Há aqueles que negam tal inseparabilidade, mas o fazem tão somente para chegarem mais rapidamente ao topo por um processo astucioso de inversão, teoria negada tão logo encampem o poder ou se apossem de algum esplendor áureo. Diz-se que nada melhor para conhecer um homem do que vê-lo no poder.

E foi com essa diabólica teoria de intenções que dois de seus melhores correligionários, ao subirem o degrau que elevava o caixão do nível comum do salão, trocaram entre si com estudado respeito as seguintes considerações, após o costumeiro sinal da cruz:

— Você sabe de uma coisa, José? Essa vida não vale nada mesmo... não é?! Esse nosso amiguinho aí, todo metido, fazia e acontecia... Passava todo mundo pra trás. E agora, José? Virou vaca... Olha só a cara do machão, o grande garanhão das menininhas da cidade... Olha só, meu amiguinho...

José, com um leve sorriso disfarçado em comoção pesarosa, respondeu ao amigo, depois de olhar cuidadosamente de soslaio a ver se tinha alguém por perto:

— Pois é, não é? Agora é a nossa hora e a nossa vez, e sem Augusto Matraga! Quem come por último é que come bem melhor, não é mesmo, meu companheirinho?

— Sem dúvida, meu irmãozinho — respondeu o outro arrastada e pausadamente antes de prosseguir com o mesmo debochado disfarce:

— Vamos agora passar numa boa. É como eu sempre digo... como naquela velha historinha: "Nada como um dia atrás do outro!", e nesse ponto não resistiu a emitir um contido risinho de satisfação, a quase esfregar as mãos, o que foi contido por um velho e surrado lenço enxugador de pretensas ou falsas lágrimas. Percebendo de soslaio a aproximação de alguém, o outro advertiu seu companheiro à boca pequena.

— Vamos saindo de fininho que aquele miserável do Severo vem vindo para cá.

— Vamos, vamos descer rápido e tomar alguma coisa. Assim a gente aproveita por completo o inesperado e venturoso acontecimento... Vamos!

E assim se afastaram de mansinho, com aquelas falsas caras de profundo pesar, antes que Severo, o digníssimo presidente da Câmara de Vereadores, os alcançasse. Este, por seu turno, alçou-se para junto do morto-vivo, e, após um longo olhar adrede compadecido, murmurou:

— Meu caro companheiro de partido... devias ter levado junto contigo o teu vice. Assim, eu agora seria o teu substituto legal. Que pena! Tenho para mim que seria muito melhor. Mas, agora, nem mesmo poderás, ó pífio faraó, levar contigo tudo que subtraíste do teu "querido povo". Deverias ter pensado nesta simples questão, terias certamente chegado à conclusão de que caixão não tem gaveta, e se chave tem, será tão somente para evitar que voltes, por um desses tristes azares de que a vida, infelizmente, está cheia. Mas, felizmente, há, em compensação, momentos de sorte, de muita sorte, como este aqui. Ah, meu amiguinho, a vida é breve, muito breve mesmo... Ah, tenho que te confessar uma coisinha para o meu orgulho, já que não podes mais participar dos meus feitos, e disso sinto uma grande pena mesmo. — Aqui ensaiou um choro meio fungado para que os circundantes pudessem bem julgá-lo, pois a política não é só a arte do possível, mas sobretudo a arte da representação, ou seja, o perfeito casamento do lobo com a raposa.

— É que forjei as assinaturas para a constituição da CPI da merenda escolar, favorecendo desse modo a oposição, que tu tanto querias ferrar... E por quê?, se pudesses, tu perguntarias. E eu, por amor à verdade, responderia: Ora, porque seria muito poder em tuas perigosas mãozinhas, meu irmãozinho. Mas pode agora descansar em paz, *requiescat in pace*, como diziam os sábios romanos, que aliás foram bons mestres na guerra e na política. César, teu xará, que o diga!, se ferrou como tu. Descansa em teu inesperado e eterno sono, que em tua ausência, juro, me empenharei com todas as minhas forças para frustrar a oposição, usando, é claro, dos mesmos meios que usei para enaltecê-la. Isso eu o farei em tua homenagem, já que agora pretendo candidatar-me ao teu posto em nome do nosso verdadeiro e querido partido, o nosso PRF, Partido do Rouba mas Faz. Adeus, amiguinho, adeus... Ah, ia me esquecendo de dizer que não pretendo juntar, como tu fizeste, uma riqueza faraônica, porque o que quero mesmo é gozá-la numa boa enquanto vivo, depois... quero mesmo que todo mundo se foda, meu irmão. Adeus, adeus... *Requiescat in pace*!

Cesário quase que se levanta do caixão para pegar aquele desgraçado pelo gogó, não fosse o entorpecimento que lhe dominava todos os músculos por força daquela diabólica poção. Sempre achara uma babaquice a dramática cena final de Romeu e Julieta, mas agora se sentia na pele de Julieta, engazopado por Romeu, que estava mais para enterrá-lo vivo do que qualquer outra coisa mais romântica neste atrapalhado e inexplicável mundo.

"Não se perde nada por esperar, porque malandro demais se atrapalha. Tenho um coringa na minha manga, e trouxa mesmo é aquele que pensa que é mais esperto que todo o mundo. Ah, que prazer vai ser a minha vingança, que tarda, mas não falhará certamente", pensava, o infeliz, de si para si, num arroubo de tola esperança.

Nesse exato momento, o grande relógio pendular do salão iniciou as doze badaladas do meio-dia. Passara-se, portanto, seis horas do evento *mortis*, faltando consequentemente mais seis horas, segundo a última previsão de Amaral, para a cessação do efeito paralisante daquela terrível droga. Pela própria opinião do seu inventor, no entanto, os resultados não eram assim tão absolutos, o que trazia uma grande preocupação não só para o desvairado aprendiz de feiticeiro, como igualmente para o infeliz Cesário. Este, ainda vivo, ansiava por acordar daquele tresloucado pesadelo, agravado pelo fato de ter o boticário confessado, junto de sua própria mulher, que exagerara propositadamente a dose da poção prescrita, o que, por outro lado, equivalia a uma verdadeira sentença de morte. Estava assim Cesário, entregue ao incerto destino que a todos açoita impiedosamente, principalmente para os que nele acreditam piamente.

As homenagens fúnebres prosseguiam com animação àquela altura, apesar dos pesares, pois lá fora fazia um tempo sufocante e ali dentro, um frescor artificial produzido por enormes ventiladores, dando a todos uma desavergonhada e não percebida sensação de bem-estar, realçada pela suave e doce bebida e pelos suculentos pratos de doces e salgadinhos. Uma das mais conhecidas fofoqueiras da cidadezinha comentou com outra, de não menos reconhecimento, sentada a seu lado:

— Hum, mas que delícia de serviço! Sabe, Rosinha, parece até, cala-te boca!, que a nossa amiga viuvinha já tinha previsto e encomendado o serviço antes do falecimento de seu bem-amado...

— E foi mesmo, Odilea.

— Não me diga, mas como?

— Não é nada do que você esta pensando, não...

— Mas eu não estou pensando nada, nadinha, você é que está levando para o outro lado, sua maldosa... Acho que você sabe de alguma coisa que não quer dizer, não é?

— Eu não, cruz-credo! E não vem com esse negócio de que eu sei de tudo sobre a vida alheia.

— Mas, então?

— Foi tudo uma coincidência. É isso aí...

— Ei, explica esse negócio direitinho pra mim, que essa pílula não deu pra engolir não.

— Nada de mais, sabe? Ah, veja só que coincidência! Ela queria é fazer uma surpresa ao seu Cesinha pelos vinte anos de casados. Por sinal, muito bem casados, não é mesmo?

— Dizem, né? Mas que coisa, menina!

— É, a vida tem dessas coisas. Hoje a gente está aqui, amanhã, ali... — respondeu a outra apontando em direção ao caixão, com a boca em bico para não ser indiscreta — ... esticadinho da silva.

— Que horror, não é mesmo? Esconjuro!

— É isso aí — retrucou a outra com um triste e pensativo ar de conformismo.

— Mas, me diga uma coisa... quando era mesmo o aniversário de casamento? — Perguntou logo a outra, com ares desconfiados.

— Bem, acho que hoje... senão... não estaria tudo tão prontinho, não é mesmo?

— É, deve ser isso mesmo, mas deixa pra lá... é tudo uma mera e malfadada coincidência. O que importa mesmo é aproveitar, porque não é qualquer dia que morre um medalhão desses... não é mesmo, minha queridinha?

— É, vamos aproveitar mesmo que o nosso dia é hoje, como diz aquela antiga canção. Amanhã... sabemos lá o que será?

— Mas, mudando de conversa, você sabe que o Cesinha estava no listão, muito cotado, diga-se de passagem, para ser o novo ministro da Fazenda!

— Menina! Isso eu não sabia não... o que eu sabia é que ele era assim — disse em sussurro, esfregando os dedos indicadores um contra o outro —, unha e carne com o presidente da República, o dr. Prudêncio, pois começaram a vida política quase ao mesmo tempo, na dureza da oposição... e, cala-te boca, na sacanagem...

— Bem, isso todo mundo já sabia, não é mesmo, queridinha? Mas esse negócio de ministro... Papagaio! É mesmo uma grande novidade, principalmente pra nós aqui de Capivara da Serra... Já pensou?

— Não, realmente não, o que se pensava era na possibilidade da governança do Estado, mas ministro... e da Fazenda, essa não! Veja lá essa bisca na Fazenda, o que ia ser deste pobre país?

— Sei lá, mas aqui pra nós, bem que poderia ser uma boa, não acha? Afinal, como se diz por aí com toda razão: a sardinha pra sua brasa, pois não é, minha cara?

— É, pra sua brasa, você tem toda razão, mas nem toda. Pra brasa dele, não pra nossa, porque aqui sempre vigorou outro ditado não menos famoso: farinha pouca meu pirão primeiro.

— Puxa, também não precisa exagerar, minha filha!

— Não? Pois é! De onde nada se espera é que realmente não vem nada mesmo, minha queridinha... Vá acreditar nessa gente!

— Tem razão, minha filha, tem razão... O que eu não entendo e não consigo entender mesmo... eu não sou bem lá nenhuma letrada como você, é que tudo fica depois aí, pois da morte, graças a Deus, ninguém escapa, e caixão não tem gaveta.

— É mesmo... é mesmo... pra que tanto orgulho? Pra que tanta ambição?

Lá longe, em pano de fundo, como que de caso pensado, novamente reverberava a tal "Dança Macabra", que agora zumbia ao som dos enlouquecidos violinos de sons fricativos e de ritmos inconstantes. E por que não se colocava pelo menos o "Réquiem", de Mozart, ou a "Marcha Fúnebre", de Chopin? Seria, talvez, bem mais apropriado. Não concordam? Mas não! A preferência musical não era, como se podia pensar, a de um pesaroso amigo do "defunto", mas, que fazer? Era, sim, a de um inimigo figadal que não queria, e sabemos lá por quê?, se identificar, extravasando e babando a sua raiva há tanto tempo contida e agora libertada pelo inusitado e, para ele, feliz acontecimento. E somente para ele? Não, claro que não, pois todo mundo poderia, se fosse de público interesse, claramente e de sã consciência descobrir, sem grandes dificuldades, de onde provinha aquela desavergonhada manifestação macabra que tinha mais sabor vingativo do que o de tristeza fúnebre. Contudo, pasmem, havia um acordo tácito, geral e irrestrito, tal como uma geral e irrestrita anistia.

E... tam, tam, tam, tam...

E lá vamos nós para o ávido leitor descobrir. A tal "Dança Macabra" provinha mesmo da casa de Cornélio, o triste e tolerante marido de Josefina, a doce amante do "finado". O infeliz esposo ficaria ainda mais triste e raivoso se soubesse que Josefina, trancada em seu quarto, chorava desesperada a inaceitável perda de seu "gostoso prefeitinho", como ela costumava chamá-lo nas horas mais quentes de sua vazia existência conjugal.

E... tam, tam, tam, tam...

Logo que ela pôde, partiu toda em luto fechado para junto de seu ex-amado. E assim adentrou o salão funéreo em passos lentos de dor, que alguns, não todos, é claro, confundiriam como um ato de profundo pesar e respeito. Não deixava de sê-lo, embora fosse para si mesma, assim o podemos compreender. Caminhava cabisbaixa como se todos a olhassem, julgando-a pelo que sabiam e pelo que não sabiam de acordo com suas paixões e preconceitos. Já não chorava. Não porque não tivesse o que lamentar, mas porque já tinha chorado muito desde que soubera do triste acontecido. Seus olhos não podiam esconder a sua enorme tristeza. Também nem isso era mesmo necessário, já que a cumplicidade social servia-lhe de manto protetor a justificá-la perante todos aqueles que, como ela, vestiam a velha fantasia do "não sei de nada ou do não me comprometa". Essa estratégia era muito usada em todas as relações de convivência social, principalmente na política, embora, contraditoriamente, tal hipocrisia mantivesse os "bons costumes" intactos por força do princípio basilar de agregação social.

Josefina, agora de cabeça erguida por força do amor que nutria em seu peito, apesar dos despeitos, já que tinha a convicção de sua pureza, e disso se orgulhava, aproximou-se do féretro e decididamente subiu os degraus. Com a voz embargada, sussurrou-lhe como se estivesse em um confessionário:

— Oh! Meu querido e amado prefeitinho, como vai ser daqui pra frente a minha vida, sozinha, neste covil de falsos moralistas e perversos malditos homens de bem? Dizem que tu eras a pior das víboras, mas para mim isso nunca teve e nunca terá a menor importância, pois o que de fato importava era mesmo o carinho e a atenção que tu me davas. Se eras realmente falso e cruel, eras em razão da maldade que te rodeava... Era, eu sei e tenho certeza, de que fora por legítima defesa, e isso eu creio de todo o coração... Para mim sempre fostes o melhor dos homens, o mais puro e o mais sincero..., apesar de tudo, sempre o serás. Sempre estarás comigo, pois os sentimentos nunca morrem.

Cesário, ao escutar tudo isso, exultava e se sentia um justiceiro, sempre relegado pelos seus súditos. Tinha, sim, consciência de alguns de seus defeitos, não de todos, é claro, mas daqueles mais reconhecíveis, ou que não eram tão incomuns entre os seus pares, compadres ou não. A precária situação em que estava, amortalhado e prestes a ser enterrado vivo, não poderia jamais negá-los e melhor seria aceitá-los como uma penitência que lhe desse alguma perspectiva de perdão, libertando-o assim daquele malfadado sonho, ou melhor, daquele não sonhado pesadelo. Era tanta a emoção que lhe invadia a alma empedernida que quase, quase!, se não fora a circunstância do impossível, e levantou-se para abraçar aquela mulher que ali estava a lhe dizer doces e sinceras palavras que nunca ouvira. E isso sem nada esperar! Como se deixara enganar! Movido pela vaidade fátua que lhe adocicava suas profundas feridas existenciais e sua impotência diante da vida, aquelas palavras eram um odorífico bálsamo que lhe perfumava a pouca vida que ainda lhe restava. Ah! como gostaria de voltar ao passado e apagar suas faltas e seus erros com relação a esta que lhe externava com sinceridade amor incondicional. E logo por ele, que sempre a tratara como objeto de sua mórbida e viciada libido de macho irracional.

Josefina nada mais balbuciou além de um adeus cheio de saudade. Ao descer do "patíbulo", foi surpreendida por disfarçados olhares de reprovação. E o que mais feriu, contudo, foi o de sua *ex adverso* Lucrécia: frio, amargo e ameaçador, como a exigir vingança ainda mais reparadora, ao mesmo tempo em que deixava transparecer um estranho orgulho de vitória.

Mas deixemos de lado a pobre Josefina com o seu terrível e inexplicável sentimento de perda, agravado por um pesado constrangimento que não era propriamente resultado de sua consciência, mas, sim, das distorcidas consciências dos presentes naquele salão funéreo, onde se velava o seu adorado e saudoso amante.

A essa altura, por volta de meio-dia e meia, o calor tornou-se mais incomodativo. Ao contrário de outros defuntos, Cesário não tinha até agora exalado qualquer cheiro desagradável, o que incomodou por demais o boticário Amaral. À medida que o tempo se esvaía, ele se tornava mais nervoso, a ponto de chamar a atenção e desencadear observações bem maldosas, sobre impensáveis tendências extravagantes e coisa e tal. Venhamos e convenhamos, por demais injustas, mesmo sabendo-se que, nos dias conturbados em que vivemos, nada se pode descartar, sob pena de se incorrer em grave erro ou perigosa contradição.

É mister, portanto, que se vá direto aos fatos, pelo menos àqueles que se nos apresentam à luz das aparências, mesmo que sejam bastante enganosos. Como acreditavam piamente os racionalistas, para os quais o mundo sensível ou material não nos pode transmitir o conhecimento verdadeiro das coisas, as aparências enganam... Freud, coitado, sempre citado nesses escabrosos casos, o que diria? Explicaria ou não explicaria? Eis a questão!

Cesário a tudo acompanhava com um misto de satisfação e horror, acrescido de raiva e impotência, que decerto fulminariam o coração, pondo fim a todo aquele inútil sofrimento, se não fosse o efeito paralisante da diabólica poção. A miséria precisa de companhia, como alhures se diz, e com muita propriedade. Mas para o orgulhoso amortalhado, por incrível que pareça, o que mais doía era a vergonha da raposa capturada pela galinha, como bem definiu La Fontaine. No entanto, em compensação, como não há mal que sempre dure nem bem que não se acabe, Cesário retomou a esperança de sair daquela terrível situação por um leve e quase imperceptível sorriso. O movimento em sua face meio cadavérica, prenunciador, feliz ou infelizmente, de sua ressurreição, não fora e jamais seria percebido pela turba insensata, anestesiada pela miséria do próximo e regada pelos delicados e raros acepipes da ocasião.

～ VII ～

AS EXÉQUIAS

Nesse exato momento, a tal turba fora despertada em espanto reverencial pela chegada de uma enorme coroa de flores, enviada pelo excelentíssimo sr. presidente da República, dr. Prudêncio, a qual arrancou dos presentes uma homenagem reflexiva de contida e respeitosa salva de palmas, como se fora a própria augusta pessoa do primeiro magistrado do país que estivesse ali presente em carne e osso.

Cesário, por toda aquela comoção, logo tomou conhecimento da homenagem que lhe fazia o amigo presidente. Por isso mesmo, encheu o peito de satisfação, pois tinha por ele uma grande afeição. Aprendera com o presidente uma das regras básicas, um tanto maquiavélica, que, se tivesse levado à risca, não estaria na precária e triste situação em que jazia: "Na política não se tem amigos, somente adversários e poucos companheiros."

Alguns chegaram até a comentar o boato de que o sr. presidente da República viria em pessoa prestar as últimas homenagens ao seu dileto "finado" parceiro político, o que mais tarde foi categoricamente desmentido pela viúva, que recebera as condolências presidenciais através de um telegrama. O supremo magistrado da nação desculpava-se por não poder estar presente, devido a compromissos que o impossibilitavam de se ausentar da capital. Formalidade que nunca foi e jamais será entendida e, consequentemente, perdoada, dada a frustração sofrida pela orgulhosa comunidade de Capivara da Serra. Quanto a Cesário, isso fora uma benção, porque jamais pensara em ver o primeiro magistrado, seu amigo, testemunhando ele se levantar com espanto geral daquela mortalha de madeira, nem muito menos pensara ouvir dele, como dos demais, aquilo que jamais esperar ouvir.

Como tudo neste mundo tem as suas compensações e, como é comum se ouvir, quando Deus fecha uma porta, abre sempre uma janela, foi anunciada a presença do sr. excelentíssimo governador do estado, o doutor Pôncio. Representante do partido da situação por aquelas bandas, igualava se politicamente, fora o cargo maior que ostentava, ao nosso desventurado Cesário. O prefeito "finado", nesse momento, parecia estar mais morto do que vivo, já que se aproximava célere a triste e irreversível hora do enterro, a não ser que despertasse antes cedo do que nunca, ou do que nunca mais. Isso ele sabia e amargava, pois, ao ouvir as doze solenes badaladas do imponente relógio do salão, sentiu um mortal calafrio percorrer toda a sua coluna vertebral de cima a baixo, e vice-versa, e mais uma vez tentou desesperadamente se mexer. Tudo em vão. Apenas uma grossa lágrima anuviou-lhe a visão, o que mais ainda o angustiou.

Houve ainda outros calafrios, dessa vez por parte de Lucrécia e Amaral, que viam o tempo se escoar. Aquela e este mordidos pela enorme incerteza de um prognóstico, bom ou mau, pois Amaral, embora tentando passar confiança no que fizera, não podia mais, à medida que o tempo passava, manter serenidade e tranquilizar sua "cúmplice". A título de arranjar as aparências, foi até o caixão para certificar-se do que acreditava e não tinha a menor certeza. Ficou por uns instantes a olhar o defunto, fixado no embaçado de seus olhos, tocando suas mãos como que querendo auscultar-lhe alguma furtiva batida cardíaca, o que significou um esforço tão forte que lhe sacudiu ligeiramente o corpo. Voltando a si, deu de cara com uma outra pessoa, uma desconhecida, postada do lado oposto, olhando-o fundo nos olhos, o que o fez emitir involuntariamente um sorriso pálido de alheamento e desespero do "não me comprometa".

Cesário, à vista de seu algoz, que pairava ali como um urubu, sentia pouco a pouco o momento de enfrentar a maior provação de sua vida e, por que não?, a mais temível e terrível para um homem que era até bem pouco capaz de todas as proezas e de todos os desafios. E não fosse por uma estúpida e inconcebível tentação, não estaria ali, embalado em sua mortalha encomendada, naquela inusitada e estranha experiência pela qual muito poucos passaram, e nisso queremos acreditar piamente! Huf!

A chegada do doutor Pôncio, precedido por uma rica e muito vistosa coroa de flores, a competir com a enviada por seu correligionário maior, o excelentíssimo presidente da República, assinalava um sentimento de pesar em nome de todo o povo do orgulhoso estado de Santo Afanaso, de Afanasovitch (acredita-se que se tratava de um santo russo que teria obrado milagres naquela distante e abandonada região do país, fazendo aparecer coisas misteriosamente desaparecidas). Fato é que a chegada da pomposa coroa aliviou o incontido sentimento de inferioridade e de culpa dos capivarenses, principalmente de suas personagens mais destacadas, que fazem parte dessa estranha e comovente história.

À sua inesperada entrada no salão fúnebre, Pôncio foi ovacionado pelo povo que se aglomerava à frente da elegante mansão do "morto", curioso, solidário e confrangido. Foi um tal de beija-mão a causar um irreprimido despeito no bispo, Dom Inocêncio, que o acompanhava, seguido por seu aprendiz, o humilde padre Camilo, o qual cumpria bem a importante missão de afastar carinhosamente os beijoqueiros, à guisa de poupar a paciência e a privacidade do excelentíssimo senhor governador e de sua eminência.

E dessa mesma forma o governador foi recebido pelos convidados de honra que, dentro do salão, representavam a farsa brechtiana de um enterro daquela calibre. Sentiam-se por isso mais próximos de Deus do que a plebe ignara, agradecendo a Ele pela preferência, o trigo bem separado do joio, cujo rompimento suportavam em certas ocasiões em nome da altaneira política e da exigente e inadiável necessidade.

Pôncio figurava como um perfeito charlatão carismático, travestido de grande pai e mestre, envergando sempre o sorriso característico que adquirira ao longo do exercício da política paternalista do seu partido, o famigerado Partido Republicano Federativo, que o povo, carinhosamente ou não, apelidara com muita propriedade e bom humor de Partido do Rouba mas Faz. Definindo melhor: um Robin Hood às avessas. Enquanto este transferia para os pobres a maior e melhor parte de sua rapina, os dignos representantes do PRF ficavam sempre com a parte do leão, como acontecia na conhecida fábula de La Fontaine. Fazer o que, se o mundo sempre foi assim?

    Antes que o eminente governador chegasse perto da triste viuvinha para as suas ensaiadas condolências de praxe, esta tremia de medo, apesar do amparo do seu consolador oficial, o sinistro boticário, que com ela trocava sussurros de grande apreensão, pois tudo aquilo ia se tornando cada vez mais sério e arriscado.

    — Meu Deus, e se o homem acordar agora, Amaral? Justo com a presença incômoda e inesperada do governador?! — Dizia Lucrécia, transfigurada pelo medo que lhe dava uma falsa expressão de sofrimento. A curiosidade dos presentes, a tudo atentos e sempre ligados pelo telégrafo da maldosa futrica, levava, através de autores jamais identificados, todas as impressões perceptíveis, e até mesmo imperceptíveis (as inventadas), segundo a regra de que quem conta um conto aumenta um ponto, daquele cinematográfico acontecimento.

    — Não se preocupe, meu bem, não se preocupe, o homem a essa altura está nos quintos dos infernos — respondeu-lhe Amaral, tentando demonstrar uma segurança de que ele próprio duvidava. Contudo, ficou pasmo de ver que suas palavras tiveram um efeito contrário porque Lucrécia explodiu em um inexplicável choro convulsivo, justo no momento em que Pôncio segurava a sua mão para beijá-la em atitude de respeito como antecipação de suas políticas condolências, fazendo-o perder o jeito formal, bem como as palavras, que afinal lhe saíram a contragosto.

    E para piorar, logo após os pêsames do governador, Lucrécia e Amaral perceberam a aproximação de Severo, o melífluo e temido presidente da Câmara Municipal, que a ela dirigiu as seguintes palavras em tom de falsa pesarosa ternura:

    — Minha filha, eu sei o quanto isso tudo está sendo penoso; não quero de modo algum lhe fazer sofrer ainda mais, contudo, nós não temos escolha... você sabe como é que é... coisas da política... Vamos ter, é claro que com a sua autorização, que levar o féretro para a Câmara Municipal... É que os nossos correligionários estão a exigir que se lhe preste uma homenagem oficial, como ele bem merece. Afinal de contas, seu marido era uma pessoa muita querida e muito respeitada por todos nós da política... Eu sei, repito, o que isso representa para a senhora, eu sei... mas, veja bem, não há como impedir. Se pudesse, eu o faria com todo gosto, sinceramente... Isso, como a senhora bem sabe, em política, é muito importante... mas lhe garanto que tudo será feito com toda a rapidez possível, como o caso exige. Será apenas o tempo suficiente para um discurso de despedida que eu mesmo preparei, com todo carinho e atenção. — E, diante da nervosa indecisão que assolava a pretensa viúva, ainda chorosa, acrescentou: — E então, posso contar com você, meu bem? — Ante o apelo irrecusável pela artimanha que continha, Lucrécia não teve outro jeito senão esboçar um assentimento mudo, balançando a cabeça lentamente.

Assim que o presidente se afastou, Amaral sussurrou:

— Muito bem... você agiu perfeitamente, afinal de contas, ninguém sabe de nada... e depois, o que temos a perder? De qualquer modo, para tranquilizá-la, vou providenciar para que se antecipe logo a saída do féretro. Ficarei encarregado de evitar qualquer atraso no enterro, está bem? Lucrécia concordou com um pálido sorriso de cordialidade, num gesto infantil de impotência e abandono.

Cesário, a essas últimas palavras de seu algoz, quase pulou de alegria, se para isso não estivesse impedido pelo torpor que o dominava. Essa alegria logo se esvaiu ao lembrar as terríveis palavras de Amaral, que, deliberadamente, tinha aumentado o seu suplício para umas doze horas pelo menos. Restava-lhe um trunfo, que preparara para o caso, embora incerto e frágil, por depender de circunstâncias alheias a sua vontade, ou mesmo de um outro, em cujas mãos, de certo modo, agora, colocava toda a sua esperança, o que mais tarde veremos.

～ VIII ～

O *BUNKER*

Efigênia, bastante confrangida, a tudo assistia, grudada em um dos umbrais da porta que dividia o grande salão da cozinha, situada ao final de um longo corredor, estreito e pouco iluminado, sua área exclusiva, de onde poucas vezes se afastava por humildade própria de sua condição serviçal, e não por qualquer proibição a ela imposta. Ali, naquele local meio segregado, era onde se forrava a barriga da casa, de onde saíam diariamente as apetitosas iguarias que deleitavam os senhores, servidas no salão onde agora, por uma estranha ironia da vida, se velava o corpo inerte do patrãozinho todo-poderoso.

Tinha sido ela a fiel empregada da mãe de Cesário, e a ajudara muito, como era de costume naqueles tempos senhoriais, a criá-lo com todo esmero e carinho, tendo o amamentado até um ano de idade. O leite de sua mãe secara por amargura diante de uma tragédia que abalara profundamente a família: uma nefasta e braba endemia, daquelas que ainda hoje se propagam pelos abandonados sertões, não poupando senhores e gente do povo, ceifara a vida da bela Maria das Graças, a Gracinha, como era chamada carinhosamente a irmãzinha mais velha de Cesário. Perda muito dolorosa, ainda hoje sentida por toda a família, que até quisera, com o consentimento e ajuda do reverendíssimo pároco de então, transformá-la em santa pela reverência que o povo passou a lhe prestar em sua tumba mortuária. Por incrível que pareça, isso perdura até os tempos atuais, principalmente no Dia de Finados.

Tudo acabou, segundo o sempre citado ditado de que a miséria requer companhia, com a precoce morte da mãe de Cesário, acometida por uma doença endêmica semelhante a que ceifara a vida de Gracinha. O povo, no entanto, que tudo sabe quando se trata da vida, e não precisa de ciência para tal entendimento, afirmava categoricamente que a pobre mulher tinha na verdade morrido de desgosto, já que era obrigada a enfrentar cotidianamente o estúpido e grosseiro autoritarismo de seu marido, pai de Cesário, que, além de maltratá-la, ignorava-a e sufocava-a totalmente, solapando o que é mais essencial à vida humana: o amor e a liberdade.

De fato, *mutatis mutandis*, ou seja, com a devida alteração, a ama de leite de Cesário sentia a dor que toda mãe sente pela perda de um filho, bendito fruto da feminilidade, seja ele como e quem for, isso não importa. O que constitui uma verdade incontestável, que, no caso da negra Efigênia, apresentava um aspecto muito especial, pois, embora Cesário não tenha sido fruto de suas entranhas, fora nutrido por seu precioso leite, acrescido do doloroso fato de aquela pobre mulher nunca ter podido parir filhos com seu próprio útero, riqueza, valor e direito existenciais que, ao contrário de outras fêmeas melhormente aquinhoadas, fora-lhe negado pela triste condição social que lhe exigiu total abnegação a satisfazer interesses alheios com inteira exclusividade.

Como a evolução é lenta, apesar de inarredável, ainda hoje prevalece a falsa teoria do controle demográfico de mão única, isto é, a do controle da população pobre e miserável, pois, afinal, "quem são eles para ter filho, se não os podem educar e mantê-los devidamente?" É o que *prima facie* erroneamente se prega. Em tese, tudo muito bem, tudo muito bom, pois ninguém em sã consciência poderá negar a necessidade do autocontrole da natalidade no limitado mundo em que vivemos. Entretanto, não se poderá negar também o direito daqueles à maternidade, à educação e a uma vida digna, já que toda a sociedade é diretamente responsável pelo bem-estar social, ou o *welfare state*. Assim, a teoria do controle de mão única é sem dúvida um sofisma injusto e prejudicial ao verdadeiro fim da humanidade, a luta renhida por uma vida plena e feliz. Utopia? Talvez sim, mas quem poderá negá-lo?

Mas voltemos à infeliz dor que Efigênia sentia pela morte de seu único "filho". A dor era tão real que lhe aguçava a percepção intuitiva (aquela que vem lá do fundo da alma e é libertada das correntes do inconsciente, logrando o superego pela necessidade de sobrevivência), a ponto de conseguir ver o que não estava aparente e de ler o que não estava escrito. Intuição ou sexto sentido... Sentia, por isso mesmo, que tudo que via naquele insólito velório não passava de uma ilusão de ótica, que não se assentava na realidade, e não sabia o porquê. Foi esse impulso tão forte o mesmo que receber uma mensagem do além ou uma incorporação espiritual de seu querido Cesário (seu protetor de sempre contra as maldades e perseguições alheias, principalmente as vindas de Lucrécia, que a via como uma perigosa competidora). Resolveu então por sua própria conta chamar o jagunço Raimundo, braço direito de Cesário contra tudo e contra todos. E lá foi ela célere convocar o moleque Moacir, o Moa, para que fosse montar em um bom cavalo da preciosa coleção de Cesário a fim de percorrer o longo caminho entre a casa do "ex-patrão" e o sítio onde residia Raimundo, o famoso Sítio do Encontro.

Moa, um fagueiro mulatinho, cria do patrão, era tido pela oposição como um ser híbrido, ou melhor, um felicíssimo cruzamento de Cesário com a ama de sua esposa Lucrécia, a Doroteia. Aliás, diga-se de passagem, uma formosura de mulher de raro estilo benguelo-angolano, possuidora de traços bem-feitos, realçados por encantadores seios de fazer inveja a própria Vênus de Milo. Uma beleza! Tudo isso era tão flagrante e tão tentador que até justificava o adultério, o qual lhe era mordaz, mas sub-repticiamente imputado, servindo igualmente como prova insofismável do fato, segundo a máxima latina *facta no probantur monstrantur*, ou, em bom português, o fato não é provado, é mostrado.

Mais estranho ainda era o fato de que Lucrécia mantinha aquele irresistível petisco em seu próprio domínio conjugal. Fato que somente Freud (não tem jeito) pode explicar, se é que ainda está explicando alguma coisa neste mundo altamente tecnológico e consumista, onde as neuroses são pretensamente curadas com fórmulas mágicas. Prescritas através da mídia, as fórmulas muito bem pagas pelos falsos profetas, pregam e vendem a felicidade como um produto democrático ao "alcance de todos", fazendo esquecer que a felicidade, queiramos ou não, é o orgasmo da dor.

Moa era uma figura muito importante dentro daquela casa, sendo a ele permitido atos de molecagem, no bom sentido, que para os outros, igualmente crias da casa, eram vedados com castigos, às vezes um tanto exacerbados, como cuidar das cabras, ou dos porcos, ou perder uma das apetitosas refeições a que tinham direito. Moa também cuidava das cabras, contudo de uma maneira bem mais gostosa e divertida... Era o molequinho, o chefe de todo o bando da meninada servil, filhos de sabe-se lá quem, uma vez que nunca se permitia qualquer tentativa de descobrimento do mistério. Tal desiderato era considerado uma perigosa e grave "invasão de privacidade", proibida até pela própria lei maior do estado. Todavia, apesar da boa intenção, a lei era sempre burlada, sem cerimônia; às vezes, confundida pela própria justiça, naquela estranha terra de cegos, mormente quando em atrito com os chamados "altos interesses". Ah, aí é que a porca torcia e retorcia o rabo!

Observe-se, no entanto, que o mau costume nada tinha a ver com os seus primitivos habitantes, que eram muito bons observadores das regras sociais. Viviam muito bem, obrigado, em harmonia natural com sua "santa ignorância", até serem aculturados pelo homem branco, que decidiu lhes tirar os pecados de sua primitiva condição, dita incivilizada.

Ah, quase íamos nos esquecendo de considerar, também, a respeito daquele princípio constitucional acima tratado (nomeado genericamente pelos doutos como "garantia individual", e, sem dúvida, de máxima importância), um outro tema que vem se aperfeiçoando rapidamente nos conflitos de interesses. É o que diz respeito a um dos mais importantes pilares da ordem jurídica, o chamado "direito adquirido", que tem passado como relativo por influência da Teoria da Relatividade, ou pela aplicação de princípios afins, com base em uma pretensa igualdade dos desiguais. Mas vamos deixar de digressões, embora muito próprias, e voltemos rápido ao que mais nos interessa, ou seja, ao insólito conto para não se aumentar mais um ponto.

Moaça, como também era chamado o nosso querido molequinho por força do carinho que lhe era dispensado, era tão considerado quanto o seu padrinho, Cesário. Se não fosse mestiço, poderia contar com um bom futuro político, pois não lhe faltavam pendores para tal. Era, sobretudo, inteligente e muito prestativo, bem como estava sempre de bom humor, exibindo um largo e atraente sorriso. Fisicamente, fora dotado de pernas longas e musculosas, que lhe davam velocidade e prontidão. Aliás, seu verdadeiro mister partia disso, uma vez que fora oficializado em casa como moleque de recados, e não havia nas redondezas outro melhor que ele. Não se sabia ao certo o que nascera primeiro: se o ovo, sua vocação para as corridas, ou a galinha, suas pernas muito bem dotadas para aquele mister.

Bem, deixemos tais firulas de lado, e vamos para o que mais nos prende no momento.

Moa, mandado à procura de Raimundo por Efigênia, a quem respeitava como sua própria mãe, na falta ou desconhecimento da verdadeira, pegou prontamente sua mula de estimação, partindo em seu lombo a bom galope a vencer os aproximadamente 30 quilômetros de chão batido que separavam a cidade do Sítio do Encontro.

O nome do sítio fora com o tempo deturpado por sua finalidade principal, que era a de deixar o patrão em completo isolamento físico e mental, nos braços de uma de suas "franguinhas" de estimação — um verdadeiro galinheiro, crias de sua volúpia incontinente e insaciável. Era ali, exatamente ali, que o todo-poderoso prefeito se refazia das agruras de sua incansável luta política, já que das árduas tarefas administrativas do cansativo e repetitivo dia a dia tinha sempre quem por ele se preocupasse, com toda dedicação, em troca apenas de um cargo público respeitável e bem remunerado. Esses servidores eram em considerável número a atender mais aos espúrios interesses do partido e da classe dominante do que aos justos reclamos das necessidades da sociedade, vergada por pesados impostos e taxas de serviços, quase nunca prestados devidamente, já que a ignorância do povo, teúda e manteúda, para tanto se impunha. Os serviços públicos eram uma verdadeira balela que a população engolia a seco na esperança de um dia obter alguma compensação pelo que pagava. Um sistema bem urdido, diga-se de passagem, à semelhança da antiga venda de indulgências, apesar de esta ter sido ao longo da história sempre imitada, mas nunca igualada, felizmente!

Foi ali também, no recôndito Sítio do Encontro, que se urdiu, na calada da noite, muitas das tramoias políticas que fizeram história naquele famigerado município, e, pasmem!, fora também orgulhosamente palco de conluios da política nacional! Verdadeira enciclopédia de fatos aéticos e, dizem as más línguas, até de fatos da extensa lista dos tipos criminais previstos em lei. Mas tudo isso, naturalmente, não passa de uma tremenda injúria dos invejosos da oposição, ou daqueles que não usufruem as deliciosas benesses do gordo e inesgotável erário público. Ou melhor, erário de ninguém, como querem os espertinhos que dele se fartam. Crime, mas que crime? Pelo amor de Deus! Afinal de contas é sabido que o lobo sempre tem razão diante dos argumentos da pobre ovelhinha idiota. Até mesmo de mudar a natureza da corrente dos rios, conforme a vontade do freguês.

Apesar da real existência do refúgio cesariano, por incrível que possa parecer pairava naquela sociedade uma quase completa ignorância de sua realidade, seja por falta de informações a seu respeito (pelo silêncio imposto) ou mesmo por completo desinteresse. Este era movido por uma profunda necessidade psicológica de se conformarem, pelo inconsciente coletivo que os move para o bem e para o justo, tornando-os às vezes cúmplices involuntários de atos imorais ou criminosos praticados por terceiros. Uma verdadeira lenda, sempre negada e nunca cultuada. E tal era a negação quase genérica que se poderia, a arremedo de um famoso princípio jurídico-processual, afirmar que se não está nas consciências, também não está no mundo.

O desconhecimento do Sítio do Encontro tinha sua causa maior na misteriosa localização ou, como se diz em termos jurídicos, "lugar de difícil acesso". Afinal, sabe-se que os fatos não se provam, se demonstram. Ficava ele bem no alto de uma colina, parte de um sistema de montanhas que atravessava estados vizinhos. Além do mais, ficava escondido e protegido por uma vegetação muito fechada e hostil ao homem, principalmente para os pouco afeitos ao seu conhecimento. Somente uns mil metros depois da travessia daquela mata é que se podia contar com uma estreita estrada de pedras rústicas, do tipo colonial, uma espécie de Via Ápia sertaneja, estendendo-se por cerca de um quilômetro de subida bastante íngreme. Como se vê, um verdadeiro *bunker*.

Refúgio e proteção para um avassalador sentimento de culpa por ações reprováveis de causas inomináveis. Exagero? Bem, se assim for, tem-se pelo menos o *habeas corpus* de ser produto de narrativas alheias, mas que não se pode afirmar de modo algum, sob pena de se estar atribuindo falsos fatos criminosos. Isso seria um imperdoável crime de calúnia, reprovável e passível de pena, o que de resto é uma tranquilidade abençoada para alguns.

Moa, apesar de jovem cheio de energia e muito ladino, além de dedicado ao seu poderoso patrão, a quem tudo devia como um verdadeiro deus encarnado, levou cerca de uma hora a galope para alcançar o famigerado sítio à procura do jagunço Raimundo.

IX

O AMIGO

Por estranha coincidência, chegava à cidade um velho amigo de Cesário, Mateus, dos fagueiros tempos de rapaz. Há mais de vinte anos tinha ido para a capital com a firme determinação de estudar Direito e realizar o tão sonhado anseio de justiça, compensação pelas iniquidades sofridas e assistidas sem qualquer ação, embora com as dificuldades impostas por sua condição social não muito privilegiada.

Não era, claro, um pobretão, mas um rapaz de classe média, sem qualquer tradição familiar. Seu pai era um pequeno comerciante, daqueles que trabalham dia e noite para manter a família com dignidade, sem vislumbrar, pelos parcos meios que possuía, qualquer pretensão a ingressar um dia no "paraíso".

Mateus vinha com o coração pulsando de emoção, a antecipar o gozo alegre da felicidade ali vivida em sua adolescência, que acreditava ter sido a melhor do mundo, e que, pobre coitado!, esperava recuperar, ludibriado pelas dificuldades dos tempos de então. Não se recordava que as águas do rio correm sempre para o mar e dali jamais retornam. Se voltassem, voltariam de outra maneira, mas nunca como dantes, porque, como sabemos, bom tempo é o tempo da infância e da juventude, quando tudo são flores e esperança.

Por uma mentira cruel, aconteceu que, à primeira vista, a paisagem lhe devolvia o tempo passado, trazendo-lhe de novo toda aquela felicidade para sempre perdida. Ia, ainda, carregado pelos sentimentos de desencanto com sua difícil vida profissional e sacudido impiedosamente pelos quatros ventos de uma triste realidade que lhe fora paulatinamente arrancando os mais belos sonhos de suas já perdidas infância e adolescência.

Era, por incrível que pareça, como aqueles tempos felizes, mas estes, como bem dizia Proust, são anos perdidos... mas restava a busca de alguma coisa que, comum ao passado e ao presente, fosse mais essencial do que ambos.

Durante a viagem, Mateus saboreava a paisagem que, por ser constituída de pura natureza, conservara-se a mesma ao longo dos tempos. Era, de fato, uma grande coisa, pois ali a ganância ainda não tinha chegado a produzir a matança das árvores nativas, principalmente as nobres e de elevado valor. Um verdadeiro fenômeno! Atribuía isso, ingenuamente, ao amor que Cesário nutria pela natureza, um dos seus maiores dons, segundo o amigo forasteiro. Outro dom do prefeito, apreciado por seu amigo de então, era o gosto pela música, a doce e sublime rainha de todas as artes, assim considerada por gente de renomada sensibilidade e apurada cultura. E era sobretudo um excelente tocador de violão e viola.

Lembrava-se agora das inúmeras serestas que com ele e outros amigos fazia nas noites de lua cheia, debaixo das janelas das belas e apaixonadas moçoilas da cidade. Ah, que maravilha era aquilo! Ficavam até o dia amanhecer curtindo as canções mais amorosas e belas do rico cancioneiro popular; composições impregnadas de lirismo poético, às vezes nostálgicos, como sói acontecer com as desilusões do amor; outras, de conteúdo social, cheias de idealismo e compaixão pelos menos aquinhoados pela vida, como as que falavam dos intrépidos e arrojados pescadores, lançados ao mar, ao Deus dará, em suas frágeis e pobres jangadas; ou a epopeia das migrações levadas pela miséria, ou pela intempéries da natureza, já que ninguém deixa sua terra natal sem ter por quê. Havia também canções joaninas, com suas fogueiras a céu aberto, coberto de estrelas mil e salpicado aqui e ali pelos distantes e misteriosos brilhos dos balões. Todas elas eram, àquela altura de suas vidas ainda em flor, interpretadas com exacerbado sentimento.

Nesse momento de profundo devaneio, Mateus se viu entoando uma daquelas músicas que estava indissoluvelmente gravada em sua alma e lhe arremetia, como em um passe de mágica, sobre um mundo cheio de beleza e doçura que não mais existia. Evocava um pequeno mas muito significativo verso feito por um dos mais inspirados amantes das ditas serestas.

"Linda noite de arrastão
Que seja um marco de encontro
Onde quer que estejamos
Seja na cidade ou no sertão!"

Não era somente a seresta que agora relembrava, era igualmente o sarau madrugador. O que mais o impressionava era a maneira incomum e inesperada com que as pessoas os recebiam, abrindo-lhes as portas a qualquer hora da madrugada, levantando-se de suas quentes e aconchegantes camas para servir-lhes petiscos e bebidas, participando intensa e gentilmente daquele improvisado show musical. "Oh, meu Deus, isso não era real, isso não existia!", pensava o rapaz com a alma enlevada. Mas tudo tinha acontecido de fato! Isso era uma das coisas mais lindas de que Mateus se lembrava, e com toda razão! Era exatamente isso que ele vinha resgatar, mesmo sabedor de que não encontraria mais todas as pessoas daquele velho bom tempo. E mesmo se as encontrasse, certamente estariam muito diferentes, pois o tempo a tudo transforma, as pessoas e os costumes. Mas quem sabe? Vinha cheio de esperança e, por isso mesmo, já gozava dos sentimentos daquele tempo perdido, infundindo-lhe uma outra disposição, uma outra promessa de vida.

O coração de Mateus pulava em seu peito de ansiedade quando o ônibus estacionou na rodoviária. Era a mesma! O tempo havia parado, e era só para ele, como se esperasse para rodopiá-lo e envolvê-lo num louco e estonteante caleidoscópio. Então, era gozá-lo com todas as forças, e nada mais. O que valia agora era tão somente o sentimento, a ponte de ouro que nos leva ao passado-presente. Veio-lhe à mente espontaneamente, sem qualquer explicação imediata, parte de um conhecido poema do poeta Casimiro de Abreu:

(...) Que doce a vida não era
Nessa risonha manhã!
Em vez das mágoas de agora (...)

Só faltava agora que todos os seus amigos de repente aparecessem para recebê-lo em festa. E qual não foi a sua surpresa ao ver saírem todos de dentro da fina neblina daquela fria manhã, vestidos com roupas longas e brancas de pureza, a dar-lhe suas frias mãos, como se já tivessem partido desta para uma melhor, se é que existia tal possibilidade, crença que há muito se perdera pelas andanças e sacudidelas da vida, com suas tramas e perfídias, das quais ninguém pode escapar. A vida é mesmo assim e não adianta chorar.

Mateus ficou como que petrificado diante daquela visão fantasmagórica por alguns instantes até novamente recuperar a realidade em torno de si mesmo. Ao acordar daquela infame, incômoda e inexplicável visão, ou de um estado sonambúlico, retomou aos poucos o pleno controle de sua consciência, levado pela inexorável paisagem que feria a sua vista, mesmo sabendo que nenhuma acolhida lhe seria prestada, até porque chegava sem qualquer aviso. Enganos do embate de nossos mais profundos sentimentos com a dura realidade. Pousou lentamente suas malas no chão, rodopiou entre elas procurando a razão de tudo aquilo, mas nada encontrou além das poucas pessoas que por ali permaneciam, absortas em suas funções. Arregalou bem os olhos, ao mesmo tempo que se sacudindo como a espantar a precedente visão. Culpou o cansaço da longa viagem, e dirigiu-se ao deserto ponto de táxi, quedando-se a esperar que algum viesse atendê-lo. Logo um apareceu por dentre a neblina, dirigido por um velho motorista, que parecia indiferente a tudo e a todos.

Ordenou que o levasse ao hotel mais central da cidade. Durante a viagem, estranhando aquelas ruas um tanto desertas, apesar da hora, foi informado pelo taxista que aquilo se devia ao feriado decretado em razão da morte súbita do mui digno senhor prefeito municipal. Quis se informar mais a respeito, contudo o carro já estava parado em frente ao hotel. Ficava situado na rua principal da cidade, onde estavam as lojas mais importantes e mais conhecidas, bem como seus dois únicos cinemas, pelo menos assim era em sua época. Desceu meio triste, não sabia o porquê.

Já em seu aposento procurara, como sempre fazia, entender a sua tristeza, mas fora em vão. Procurou espantar seu ânimo infeliz com a já explicada longa viagem, aliada à forte emoção do retorno. Chegou à janela e se alegrou com a visão de uma paisagem muito significativa. Era um rude caminho que ia dar na "praia" da cidade, ou seja, um bom pedaço de areia do rio que por ali, não muito distante, corria. Recordou-se logo de algumas tardes de sol, bastante felizes, que havia passado ali, em companhia de alguns de seus prediletos e mais chegados amigos e de uma namorada pela qual tinha grande afeição e admiração. Ela lhe fora fiel e amorosa durante todo o tempo em que conviveram, mas a relação se desfez a custo por circunstâncias alheias a sua vontade. Há vezes na vida em que a ordem externa comanda a ordem interna, fazendo-nos descrer o tão decantado livre-arbítrio. Mas isso já é outro caminho, que, por exigência dos fins, não atravessaremos, pelos menos no caminho que ora trilhamos.

Sua expressão mudou à vista do antigo cemitério, onde um dia fora acompanhando um amigo que morrera afogado em um estranho acidente de barco naquele mesmo rio. Seu corpo permanecera desaparecido por três longos dias. Durante todo esse tempo, que lhe pareceu uma eternidade, via o seu amigo muito presente e com ele conversava como se estivesse apenas ausente por uns dias, perdido em algum lugar. Via-o chegando, sorrindo, com aquele jeito irreverente de rir e falar; tudo um ledo engano, como aqueles que veem amenizar o insuportável sofrimento da alma.

Engraçado! Estava experimentando aquele mesmo sentimento de perda, como se fora hoje o doloroso acompanhamento do féretro, quando já o haviam resgatado sem vida de uma curva do rio, engastado num velho tronco, igualmente arrastado pela forte correnteza. Mateus atribuiu tal emoção ao ambiente fúnebre no qual estava envolvida a sua querida cidade natal, por uma terrível e inexplicável associação de ideias, traçadas a sua revelia pelas imagens que ali recobrara, não propriamente um *déjà vu,* mas algo bastante semelhante e difícil de explicar. Umas dessas enrodilhadas peripécias de nossa profunda psicologia.

Ele não era religioso nem místico, mas tinha um profundo respeito pela vida naquilo que ela tem de melhor: a amizade, o amor, a solidariedade que tanto nos cobre de calor e satisfação, enfim, tudo aquilo que lhe dá algum sentido. Pensava que nada neste mundo incerto e passageiro valia mais do que a amizade e o amor, embora não tivesse amigos nem qualquer compromisso amoroso. Tinha se casado, mas não fora feliz em seu casamento, não por culpa sua ou de sua ex-mulher. Talvez, se é que assim se pode explicar, pelas andanças da vida em seus altos e baixos, ou por tolas exigências sociais, ou mesmo por uma obsessiva posição perfeccionista. Esta última não mais tão determinante em seu caráter. Hoje se arrepende, mas o que foi, foi, e nunca mais será, infelizmente. A vida é uma via de mão única; é um ir para frente e para nunca mais. Sabia que ainda havia tempo de encontrar outra pessoa, mas isso, não sabia bem o porquê, lhe parecia impossível. Bem que tentava, contudo, via-se sempre a comparar a atual com a "falecida". Sem exagero, pois os sentimentos jamais se recompõem, corroídos que são pelo tempo que a tudo transforma. E ninguém é mais o mesmo. O tempo vai a tudo comendo, vorazmente. Dizem que o tempo é o melhor dos remédios, melhor e mais eficaz, porque a tudo mata inexoravelmente, sem piedade!

O que mais sensibilizava Mateus era a leitura de uma história de vida, daquelas que as pessoas nascem, procriam e morrem, tal qual a famosa história de "...E o vento levou". Nada, para ele, era mais sugestivo do que esse título. Talvez por isso tenha verdadeiro encanto pelo vento, mais do que pela chuva, que igualmente o impressiona. Ambos lavam as nossas almas famintas, e se levam as coisas boas, com elas também vão as ruins.

Mateus se sentia muito inquieto para ficar trancado num pequeno quarto de hotel. Afinal de contas, viera se integrar e mesmo se reconciliar com a sua cidade do coração, nem que fosse somente através das boas recordações. Para tal, precisava das paisagens evocativas, como se fossem oxigênio para os seus pulmões. Sentindo-se sufocado de saudades, arremessou-se para a rua em direção a algum lugar que seu coração o levasse como uma bússola.

De repente, viu-se na esquina da rua em que morara o seu primeiro amor. Podia observar a antiga casinha pequenina, onde estivera muitas vezes com a sua querida Isabel. A casa agora lhe parecia sombria, esquecida em um passado irreverente e distante. Seus antigos e altaneiros coqueiros balouçavam, numa tarde fresca de primavera, suas longas ramas, como que a lhe acenar. Assim Mateus sentia e acreditava piamente, pois assim lhe parecia.

Aquela rua estava mais deserta ainda do que a principal, petrificada no presente, mas perfumada pelo passado, trazido a ele por sua imaginação e pelos sentimentos ainda vivos a romper aquela perdida distância, como um gostoso retorno. Ficou ali igualmente petrificado, vivendo o sabor perdido daqueles bons tempos, sem coragem de se aproximar. Muitas dúvidas lhe assomavam, retirando-lhe qualquer iniciativa. Será que Isabel — Bebel, como ele carinhosamente a chamava — ainda ali morava? Se não, quem seria? Se ainda fosse ela a moradora daquela doce casinha pequenina, sentia uma imensa vontade de revê-la, todavia tinha medo de encarar a realidade. Poderia sofrer uma amarga decepção. Mas, afinal, não tinha voltado? E para quê? Não, ele é que não iria cutucar a onça com vara curta. Lá é que não iria agora, de moto próprio, descobri-lo. Se por acaso a encontrasse, tudo bem, mas não iria ele mesmo em busca de uma desilusão, uma vez que tinha absoluta certeza do que pretendia: somente a busca do passado. Por enquanto, suas recordações lhe bastavam, nada mais. Finalmente capitulou, tomando a direção de volta.

Sabia que alguns pensavam diferente, aqueles que sorriem de tudo, até mesmo da desgraça, mas não era o seu caso. Não que se achasse melhor do que eles. Entretanto, era, bem ou mal, assim que ele era. Sabia de bom grado que ninguém pode fugir de si mesmo. Mateus tinha uma atitude filosófica diante da vida e um acurado sentimento poético das coisas, ainda que não fosse um filósofo ou um poeta em sentido estrito, mas o era em sentido amplo, segundo Novalis, poeta romântico alemão, que dizia que "poesia é a arte de excitar a alma", dando ao termo uma concepção extraordinariamente universal.

Entre tantas lembranças que a visita lhe proporcionava, uma em particular lhe ficara gravada profundamente na memória, dado o mistério que o fato guardava.

Certa noite, tempos atrás, quando vinha de volta para a cidade, logo após uma breve visita a seu pai, que naquele tempo residia em outro estado, parou na rodoviária da cidade mais próxima a fim de esperar o ônibus para Capivara da Serra. Sem qualquer propósito, sentou-se ao lado de uma moça vestida de freira — sem distinguir se era uma freira ou uma noviça. Parecia uma menina, naquela idade em que as mulheres se enfeitam e inspiram amor, como uma flor para uma abelha. Era muito bela e graciosa, atributos que sua austera indumentária religiosa não conseguia lhe negar, pelo contrário, parecia mais realçar, porque a beleza é realmente soberana, bem como relativa, e dela depende a conservação da espécie. Voltaire dizia com toda a propriedade que "a beleza do sapo está na sua fêmea".

Ficou ali ao seu lado um tanto ou quanto desajeitado, seja pelo inusitado, seja pela beleza da menina. Ou, ainda, por uma rígida formação religiosa que lhe incutiu desde cedo um grande respeito pelos dignos representantes da Igreja. Ficou assim até o derretimento do gelo, o que se deu por parte do elemento feminino, dada a sua posição estratégica de defesa.

Perguntou-lhe sem qualquer inibição para onde ele ia. Respondeu-lhe de pronto, com alívio e alegria, e ficou sabendo que ela ia para o mesmo lugar. A partir daí ficaram mais à vontade, trocando ideias e conhecimentos, deixando transparecer uma forte empatia. Foram tantas coisas comuns trocadas entre ambos que tornaram aquela viagem incômoda de mais de duas horas, dada à precariedade da estrada enlameada pelas chuvas, em uma viagem agradável.

Quando chegaram finalmente ao destino, Mateus, como um bom cavalheiro, aprontou-se para acompanha-la até sua casa. A cidade já estava às escuras, pois às onze horas se desligavam os geradores; mas, como conheciam bem o lugar, e ajudados por uma noite de esplêndido luar sertanejo, alcançaram logo a casa, sem grande dificuldade. Foi aí que se deu o inesperado, a noviça abraçou-o vigorosamente como a querer beijá-lo, numa comovente cena de despedida. Mateus recuou assustado. Naquele exato momento, o rapaz vira, para nunca mais esquecer, aqueles olhos cheios de amor que se transmudaram rapidamente em profunda tristeza. Tristeza de estar presa a um compromisso que não fora o de sua opção, mas o de sua família, extremamente religiosa, como muitas no interior do país. Belas vidas de rapazes e moças, castrados desde cedo pelo medo, pelo ódio ou pela necessidade. Tudo isso deixara em Mateus um terrível sentimento de frustação por não ter podido, talvez pelos mesmos motivos, ajudá-la a conseguir sua libertação. Nunca tocou nesse assunto com quem quer que seja; na verdade, nem poderia, porque perdera completamente a direção da casa e da rua onde a deixara, por incrível que pareça! Pensava ter estado com um ser angelical naquela noite inesquecível, e ponto final. Achava, como os agnósticos, que não se deve mexer muito com coisas inexplicáveis, as que estão muito além do nosso parco entendimento.

Prosseguindo em seu caminho, Mateus somente deu conta de si mesmo quando foi despertado por uma altercação que vinha do fundo de um bar, onde estavam sentados alguns indivíduos, tendo diante de si copos de cerveja bem gelada. Parou e logo reconheceu um dos seus lugares preferidos, onde costumava se encontrar com seus amigos de então. O lugar estava um pouco modificado, mas a estrutura era a mesma. As modificações obedeciam à modernidade, com um aparelho de televisão alçado em um canto do balcão-bar a dar uma boa visão a quem sentasse nos bancos de serviço. As mesas onde estavam sentados os homens ficava mais ao fundo do estabelecimento, fazendo antessala ao pequeno e mal iluminado salão de bilhar.

Mateus viveu ali naquele lugar tempos de efervescência política e cultural. As discussões eram bastante acaloradas, principalmente quando passava da meia-noite. Era, de fato, o centro cultural da cidade, o sagrado olimpo dos deserdados, dos descrentes e dos inconformados, onde se discutia desde profundos assuntos metafísicos e filosóficos até o irresistível arrebatador das massas, o futebol. E também, é claro!, o mais empolgante dos assuntos a quem ninguém resistia, ou seja, a vida alheia, o popular fuxico. Ali se sabia de tudo o que acontecia na cidade, sendo, portanto, um lugar perigoso para certos maridos que dividiam o seu sacrossanto leito conjugal, segundo o princípio de que dente é como chifre, dói pra nascer, mas ajuda a viver! Era também um lugar vedado às mulheres e proibido aos intolerantes pela própria consciência, pois o ambiente era bastante livre e democrático. Se as mulheres não o frequentavam, não era por vontade própria, mas sim por imposição de uma sociedade extremamente machista e preconceituosa, nada mais.

Mateus foi entrando devagarzinho, como que em reconhecimento. Sentou-se em um dos bancos do bar para beber uma cervejinha bem gelada quando um dos homens aproximou-se dele e, olhando-o fixamente por algum tempo, perguntou-lhe:

— Você não é o Mateus? — Mateus olhou o seu interlocutor e em seguida fez uma outra pergunta semelhante, mudando apenas o nome,

— Você... não é o Julinho?

— Eu mesmo, em carne e osso, meu camarada! Oh, que bom encontrá-lo novamente... Bem-vindo seja à nossa cidade, meu velho amigo! — E se abraçaram com força como que querendo guardar aquele momento feliz de reencontro com o passado, que lhes parecia irreversivelmente morto.

Engraçado é a distante convivência com as pessoas que passaram um dia por nossas vidas de um modo ou de outro, e que simplesmente desapareceram, como fumaça, de todo o nosso alcance. Muitos podem até já estar realmente mortos, contudo, todos permanecem vivos, tanto em nossa lembrança como em nossa esperança de um dia revê-los.

Julinho ia levar o companheiro redivivo ao encontro dos demais, quando ouvindo a banda da polícia militar do estado entoando um fúnebre dobrado, apressou-se em direção à porta, a fim de escutá-la e apreciá-la.

Mateus o acompanhou, não só por curiosidade, mas atraído pela música, que desde criança fora sempre a sua grande e fiel companheira, juntamente com seus "sacrossantos" livros. Por estes tinha então um enorme apreço e os reconhecia como seus mais íntimos amigos e conselheiros. Uma vez leu uma coisa semelhante a respeito deles que o deixou muito impressionado. Tratava-se de uma declaração do filósofo francês Jean-Paul Sartre, em uma entrevista dada logo após sua recusa ao Prêmio Nobel de Literatura, quando lhe perguntaram o que iria fazer dali pra frente. Sua resposta fora óbvia e contundente: "Comecei minha vida como hei de acabá-la, sem dúvida: no meio dos livros."

— Lá se foi o nosso amigo, Mateus... E qualquer dia, com certeza, vamos nós... — Mateus olhou o seu interlocutor de uma maneira interrogativa. Julinho entendeu a expressão de seu camarada e meio confuso, perguntou:

— Ué, você não veio para o enterro dele?

— Enterro... de quem? Não foi o prefeito que morreu, Julinho?

— Foi... e você não sabe quem era o prefeito?

— Não, não sei, não!

— Então tudo não passa de uma coincidência....

— O fato de eu estar aqui hoje?

— Sim! — E diante da continuada estupefação de Mateus, Julinho retomou:

— Ô Mateus! É o enterro do nosso amigo Cesário, o nosso querido amigo, o nosso prefeitinho!

Mateus emudeceu, pálido de emoção, e duas grossas lágrimas correram de seus olhos tristes.

Lá fora, diante da casa senhorial que um dia fora a badalada residência oficial do senhor todo-poderoso prefeito de Capivara da Serra, saía o féretro, embalado pelo seu compadecido povo e pela banda, que agora executava a célebre Sonata nº 2, Opus 35, a famosa "Marcha Fúnebre", de Frederic Chopin:

Tam, tam, tantam... tum... (pianíssimo-lento)
Tam, tam, tantum... tam...
Tam! tam, tantam... tam! tantam, tantam, tantum... tum... (moderato)
Tam! tam, tantum... tam! tantam, tantam, tantum... tum...
Tam!! tan... tam... tan... tam... tum! (vivace)
Tam!! tan... tam... tan... tam... tum!

Compassado e marcado pelo passado,
Lá se vai quem pensava ser eterno,
E um dia inexoravelmente se foi.
Vai levando consigo o desespero,

De deixar a vida que aqui levou,
E não ser jamais por toda eternidade.
Mais triste ainda é ver aqueles que,
Confrangidos o acompanham cabisbaixos,
Porque bem sabem que um dia qualquer,
Sem volta, certamente, também irão,
Por este mesmo caminho de então.

Tam! tam, tantam... tam, tantam, tantam, tantum... tum...
Tam!!! tan... tam! tan... tam... tum...
Tam!!! tan... tam! tan... tam... tum...
Tam! tam, tantam... tam, tantam, tantam, tantum... tum! tum!

~ X ~

O RÉQUIEM POLÍTICO

Após as últimas providências, o féretro tomou a direção da Câmara Municipal, como havia sido combinado, na hora britanicamente acertada, isto é, sem qualquer atraso que deixasse o tenebroso casal mais arrepiado do que já estava. Lá ia nosso desafortunado herói, mais morto do que vivo, no derradeiro caminho de seu calvário, a via-crúcis por ele mesmo escolhida, e agora tão irreversível, a zombar do livre-arbítrio. Ou não? Pelo que nos consta tudo fora previsto e muito bem articulado em todas as suas circunstâncias, ou quase todas! Mas aí é que reside o grande pecado, ou melhor dizendo, o grande erro de Cesário, que, como todo indivíduo poderoso, pensava manipular e controlar tudo e todos todo o tempo, por se sentir onipotente, confundindo previsão com previsibilidade, coisas bem distintas.

Senão vejamos: Cesário esperava ser colocado num caixão adrede preparado, com um mecanismo bastante engenhoso para o seu escape imediato em caso de necessidade, já que padecia de claustrofobia — uma sutil projeção psicológica de seu interior dividido e, portanto, sufocado. Expediente que infelizmente falhou por causa de uma viagem inesperada de seu fiel comparsa, o proprietário da funerária local e genial inventor do mecanismo. Dado o inusitado e inesperado acontecimento, não deixara qualquer ordem ou aviso a seus subordinados àquele respeito, até por achar, talvez por ignorância, um despropositado medo do prefeito, uma tola e imprópria excentricidade.

Acrescia-se a todo o drama a inesperada traição maquiavélica do seu "desconhecido" rival de cama. Coisas das quais não se pode de modo nenhum confiar e muito menos esperar como certas. E, amigo leitor, o que é certo neste mundo de Deus? Ah, sim, somente a morte, e como esta não falha nem tarda, é muito mais absoluta e transcendental do que a própria justiça. Não a justiça do direito natural, porque esta também não tarda e não falha, mas isso é outro assunto que não cabe a nós aqui discutir, sem que se coloque em questão a justiça dos homens, o que não teria qualquer pertinência com o caso.

Coitado do Cesário! Sentia calafrios sem tremer e chorava sem lágrimas, agora que estava em completa solidão e totalmente abandonado a uma sorte cruel e injusta. Apesar de tudo, não era uma criatura de má índole. Tinha um bom coração, o qual ficara empanado pela ambição do dinheiro e do poder, irmãos siameses, que as ciências sociais ainda não conseguiram explicar ou separar com sucesso.

Corria ele o risco de ser realmente enterrado de imediato se não fosse levado à suntuosa capela funerária de sua família, na qual jaziam os seus queridos antepassados, onde, por costume ou por protocolo, o defunto passava a noite antes de ser definitivamente enterrado no dia seguinte. Mas sabia-se lá? Tudo poderia acontecer! E o risco não era pequeno, já que Amaral, seu amigo-urso, comandava os acontecimentos a seu bel-prazer. Contraditoriamente, Cesário dependia agora de seus adversários políticos, que procuravam, não por carinho ou consideração, prolongar o enterro com a exclusiva e mesquinha intenção de fazer proselitismo político. Mas vá lá, às vezes fazemos o bem querendo mal ou, pelo contrário, fazemos mal querendo o bem, tal é a falta que o homem tem de controle de si e das coisas deste mundo que, por ilusão, pensa dominar. Triste condição a do homem!

E a *via-mortis* se iniciava. O caixão, carregado pelos políticos da situação, aos quais cabia o espólio, saía finalmente pela porta da frente da mansão, quase deslizando pelos ombros da multidão compadecida. Povo é povo, é sentimento e paixão, principalmente quando unidos pela comoção.

Carregado por soldados em uniforme de gala, o féretro foi alçado e depositado em cima de um caminhão do Corpo de Bombeiros, para ser visto pelo povo que, desse modo, poderia aplaudir os pretensos méritos do "morto" e, ao mesmo tempo, justificar o sistema político vigente. Um costume arraigado naquele pobre país de poucos heróis, pois o povo, na ausência deles, poderia aplaudir os seus ídolos de barro, mantendo o sonho e a esperança de se tornarem verdadeiros cidadãos de um país justo e soberano.

Assim como veio, entrou no salão da Câmara Municipal, onde foi colocado em cima de um cavalete mortuário, montado às pressas para as últimas homenagens da politicagem, ávida pelos discursos cheios de falsas afirmações e encômios caricaturizados. Para tanto, levantou-se a tampa do caixão para que o defunto ouvisse e se deleitasse com toda aquela verborreia. E realmente acertaram, pois Cesário agradecia de fato, e com toda a razão, porque significava para ele mais um raio, embora tênue, de liberdade e certeza de vida.

E que se começasse logo o "espetáculo", solicitava implicitamente com manifesta angústia a pobre "viúva", movida pelo cansaço e pela dor que pouco a pouco a consumia, porque o tempo corria implacavelmente. Assim, depois de muitos apartes dos que pretendiam aparecer naquele circo político, resolveu-se, afinal, que caberia ao presidente, em nome de todos, proferir o magnífico discurso de despedida; e isso foi feito de improviso, apesar de o já ter bem ensaiado. Com vivacidade e uma alegria contida e fantasiada por uma falsa condolência, que a ninguém conseguia de fato convencer, foi o que se ouviu, então:

"Meus senhores, minhas senhoras (com "o" fechado, como exigia o respeito) e companheiros (já que o sr. presidente da Câmara era um homem de princípio igualitário em termos e fins políticos).

"Estamos hoje aqui, cheios de tristeza e premidos pela saudade, para prestar a mais que merecida homenagem a este grande homem! A este político de invejável envergadura. Grande!" (E nesse ponto quase que resvalou para o pejorativo "grandissíssimo".) "Imbatível e incansável inimigo dos inimigos do povo desta pujante e gentil Capivara da Serra, altaneira como seu nome o quer..."

O tempo passava e a preocupação da viúva e de seu futuro consorte aumentava, a ponto de se tornar visível a alguns argutos observadores. Entre eles, Mateus, que fora até ali a fim de chorar a perda de seu amigo. Ficou muito impressionado com a triste figura daquela formosa mulher; parecia que já a conhecia, embora se lembrasse ou soubesse de sua existência.

    Seu nome fora agora proferido pelo orador inflamado, que a enaltecia quase que lhe beijando as mãos, certamente um ato inconscientemente sublimado do real desejo que nutria pela "viúva". É aquela velha história: Se não se pode "comer" o marido, coma-se a mulher. Lucrécia balbuciou alguma coisa distante e incompreensível, a qual, entretanto, atingiu Mateus como um raio, ou uma espécie de flechada, pois Cupido, apesar do ambiente taciturno e triste, também estava presente a disparar seu doce veneno. Quem poderia explicar a sua preferência? E tanto a fundo o feriu que, a partir de então, passara a lutar involuntariamente com sua memória por descortinar a verdadeira identidade daquela atraente e misteriosa mulher, que, sem nada falar, lhe imprimira uma terrível e inexprimível emoção. Aliás, sabia de larga experiência que as palavras nada dizem; são símbolos de nossas pobres e isoladas almas penadas. Pobre e frágil coração humano quando se vê atingido por uma paixão avassaladora, pois, quanto mais quer fugir, mais se verá enredado, como sói acontecer com o imprudente peixe apanhado pela rede de um feliz pescador.

    "Este que aqui jaz, jazerá, igualmente, para sempre em nossos corações..."

    Arremetia em seu encômio funerário o sr. presidente da Câmara dos Vereadores, que se esforçava para convencer os presentes do pesar que sentia, ou, por outra, para dissimular, isso sim, a sua quase indisfarçável satisfação pelo funesto acontecimento. Satisfação dupla, como a de matar dois coelhos com uma só cajadada, ou seja, ver-se livre do seu pior adversário político e, ao mesmo tempo, encomendar sua alma ao diabo!

    Era risível de se ver os semblantes, ou as máscaras dos presentes, que, como o orador, mais tinham do discurso motivo para rir do que chorar. E, tinham, confessemos, toda razão!

    Nesse ponto, a viúva dirigiu ao organista um olhar de súplica verdadeira pelos bons motivos que tinha em apressar o término daquela palhaçada e ver o fim de todo aquele inacreditável e sofrido drama. O homenzinho do órgão, que executava um réquiem de sua autoria, composto com as involuntárias benevolências de Bach e Handel, prontamente aumentou o som de sua composição à moda do *Ide missa Deo gracia*, atraindo para si o olhar de indignação do orador, que via em seu discurso uma grande oportunidade de se afirmar e de se projetar politicamente. No entanto, o organista fingiu-se de desentendido, tal a força que a viúva exercia sobre ele. O presidente, não mais sendo ouvido, preferiu por bem encerrar o seu discurso o mais rápido possível com um solene *Amen,* com ares de latinista, acompanhado de um sorriso amarelo de grande frustração.

Lá do fundo daquele constrangedor caixão que o envolvia, Cesário lançou a sua expressão maior de um mudo e contido desabafo: "Filho de uma puta!!!" Desabafo comungado por todos os presentes àquela infausta encenação, digna do teatro do absurdo.

Severo não tinha qualquer atributo que o legitimasse a envergar a presidência da Câmara. Não possuía inteligência, competência nem poder político. Pertencia a um partido muito pequeno e inexpressivo. Todavia, aconteceu o que sempre acontece quando não se acredita ou não se tem certeza de que um fato, tido por impossível, possa prevalecer. Severo, sem acreditar, insuflado por uma minoria igualmente inexpressiva, lançou-se candidato ao cargo e, por incrível que pareça, surgiu o inesperado: a bobeira da situação que tinha como certa a eleição de seu candidato, tido como imbatível. E, então, foi o que se deu, a vaca foi pro brejo! Severo venceu e prevaleceu, apesar do choro da galera contrária; o leite estava irremediavelmente derramado e o resto foi só lamentação.

Pouco a pouco a turba foi deixando a farsante homenagem. Ainda não saciada, dirigia-se ávida, porém de maneira arrastada, como requeria o protocolo fúnebre, para a igreja, a fim de assistir o imperdível espetáculo da missa de corpo presente ou, como requer o caso, de defunto ausente.

Cesário seguia à frente, como as circunstâncias exigiam, seguido pela viúva, que, por sua vez, ia acompanhada do sucessor, que a conduzia com um ar de legítimo possuidor ("ao vencedor as batatas", como dizia o genial Machado de Assis). Inadvertidamente, ele marcava o seu território de macho diante do olhar não menos desafiador de Mateus, seja por algum motivo captado ou mesmo por mera e inexplicável intuição.

Pareceu, nesse momento, que todos se preparavam para uma entrada triunfal em um grande baile de gala, a derradeira encomenda, para o céu ou para o inferno. Isso não lhes era importante de modo algum. O que importava era gozar a penúltima e solene passagem daquela ensaiada via-crúcis. Tudo parecia como uma dança contida, mas cadenciada, acompanhada de fortes batidas crescentes e compulsivas, dando a impressão de estarem todos envolvidos pelos acordes iniciais da "Dança dos Cavaleiros" da obra "Romeu e Julieta", de Prokofiev, transformando-os, assim, em miseráveis cópias das personagens do famoso drama shakespeariano:

Tam... tantum, tantum, tantum, tam
Tam, taram, taram, taram, taram, taram, taram, tam.
Taram, taram, taram, taram, taram, taram...
Taram, taram... tam... tam, taram, taram, tam...
Taram, taram, taram, taram, taram, tam.

E lá iam eles repicados, como que marchando ao som dos oboés, em desafio a sabe-se lá o quê!

Tam, taram, taram, taram, taram, taram, taram, tam.

~ XI ~

MISSA DE DEFUNTO AUSENTE

A multidão aguardava desde cedo à porta da igreja para não perder o inexplicável espetáculo que sempre tem como pano de fundo a morte, principalmente quando esta leva os considerados imortais da vida.

O templo era uma construção bastante antiga, daquelas que levam anos-luz para ser construídas, uma vez que dependem da caridade alheia. Aqui não foi o caso, devido à abundância de recursos provenientes da boa vontade dos ricos donos de imensos latifúndios, cujas polpudas doações procuravam amansar a ira divina contra os seus pecados mortais. Estes se tornaram crônicos pela reincidência, já que contavam sempre com a tolerância e benignidade do sr. pároco daquela freguesia, que, como representante divino, sempre lhes indultava as penas com um refrigerante perdão. Para tanto, argumentava que Deus era, como pai, infinitamente bom, e, por isso mesmo, não gostaria de ver qualquer um dos seus filhos queimando eternamente nas labaredas do inferno. Bastava, portanto, o arrependimento, desde que sincero e reparador. Talvez tivesse toda a razão, porque, no final das contas, a carne é fraca e ninguém é de ferro!

Mais tarde, por extensão daquele douto princípio paroquial, surgiu um pacto semelhante com a justiça dos homens. Quem seria ela para não acatar as determinações divinas? Se Deus era perdão, o homem, feito a sua imagem, deveria sê-lo igualmente. Tudo muito bem, tudo muito bom, mas, como toda moeda tem a outra face, acabou por prevalecer o exagero na concessão do perdão, estabelecendo-se a perigosa impunidade que a tudo corrompe, causando grande embaraço e desigualdade na distribuição da justiça, que, em última análise, é a virtude de dar a cada um aquilo que é seu.

Mas isso é outro assunto, que, como já dissemos, não nos compete aqui discutir ou argumentar. Afinal, quem somos nós para tal? Que os doutos o façam se puderem... Só queremos adiantar, usando dos nossos parcos conhecimentos adquiridos através da observação, que as leis são boas — as feitas com bons propósitos, é claro —, faltando-lhes tão somente uma aplicação mais consentânea com seus fins e, como os relógios, reguladas de tempo em tempo.

Ninguém sabe ao certo a razão desse desacerto. Talvez uma questão de ranço colonial ou uma exigência do clima tropical, que a tudo abrasa na maior parte do ano, pois estação ali só a do trem, que, por sua vez, jamais chega ou parte no horário previsto, e isso é bem visto! Fato é que as coisas são assim; mas, apesar disso, tudo anda e se resolve ainda que fora do tempo, dando a impressão de que o relógio vai à frente e o povo, atrás dele, a passo de elefante. É voz corrente popular, a título de explicação ou mesmo de desculpa, que o referido animal vive muito porque anda muito devagar, esquecendo-se de que às vezes corre e grita. E como grita!

Por essa benfazeja displicência (já que outra razão, como a dor da perda, jamais poderia ser alegada *in casu*), o féretro saiu da Câmara de Vereadores com um atraso considerável. Mas, temos que admitir, teria sido muito pior se não fosse a pronta interferência de Lucrécia. Já passava das 16 horas quando o cortejo passou arrastadamente em frente ao famoso Bar Chopim (favor não confundir com o compositor Chopin, já de outra feita mencionado) em direção à sede paroquial. O nome do bar mais parecia evocar o chupim, pássaro que tem por costume colocar seus ovos no ninho do tico-tico para que este lhe crie os filhotes. Talvez uma homenagem velada aos "parasitas" da terra que ali se refugiavam quase diariamente, e durante o dia todo, a discutir futebol ou outras frivolidades, enquanto suas mulheres ralavam, lecionando nas escolas públicas do município. Vamos, porém, a bem da justiça esclarecer que o termo não é unívoco, mas sim equívoco, devendo certamente abarcar outros significados, já que muitos dos seus frequentadores eram homens de notável saber e ilibada conduta social, como mais adiante veremos.

Alguns daqueles frequentados acorreram à porta do estabelecimento atraídos pelo burburinho do cortejo fúnebre, onde a estrela máxima ia quase sufocada dentro do ataúde, devidamente alçado ao alto de um carro do Corpo de Bombeiros e rodeado, como uma ilha, por suntuosas coroas de flores, última homenagem de seus comparsas e adversários políticos.

Seguia-o a bela viúva, sempre amparada pelo boticário Amaral, e de resto pelo povo em geral. Mateus ia próximo do féretro, muito preocupado, e não sabia o porquê, com aquela expressão muito dolorosa de Lucrécia, que parecia caminhar sobre brasas. À medida que o tempo passava, ela ia pouco a pouco perdendo as esperanças de ver aquele pesadelo, que vivia acordada, ter um final feliz, ou pelo menos um final menos traumático, em vista da possibilidade do repentino despertar de Cesário, que, por uma contradição cruel, esperava que acontecesse. Este, por sua vez, rezava e suava frio numa incrível corrida contra o tempo, ao contrário do interesse de seus algozes. Quem venceria? Essa é a questão que não só interessa aos nossos principais protagonistas, como também ao nosso atencioso e interessado leitor.

Logo que o cortejo passou, os poucos presentes no Bar Chopim voltaram aos seus lugares, a seus consoladores copos de cerveja, e passaram a filosofar a respeito da vida, de seus fins e de suas injunções, ou seja, do amor, do sofrimento e da morte. Não pretendiam, entretanto, se desesperar em sua crença na humanidade, essa criação complexa e inexplicável, pois, apesar de tudo, bem lá no fundo, acreditavam, até por solidariedade, que, como dizia Albert Camus, "há no homem mais coisas a admirar do que coisas a desprezar". Felizmente! Já que sem esperança não há paz, segundo o mesmo citado autor.

Depois de um respeitoso e comovido silêncio, Hugo, o professor de literatura, assim se expressou, como que a espantar a torturante lacuna logo após a passagem do corpo inerte do respeitado Cesário em direção à eternidade. Eternidade que questionavam, apesar da necessidade de nela acreditarem:

— A vida... O que é a vida? — questionando a si mesmo — Nada! Nada... e nada...

Os demais companheiros, meio cabisbaixos, acordavam com um meneio de cabeças lento e pesaroso. Contudo, Heitor, advogado recentemente graduado numa universidade da capital do estado, intercedeu, como era seu costume por força da formação acadêmica:

— É, nada... mas então pra que viver? Não seria melhor e mais inteligente pôr um fim a tudo? O que nos impede ou quem nos impediria?

— Ah! Aí é que está a questão! Quem é que vai colocar o guiso no pescoço do gato? — Arrematou Expedito, um sujeito prático, objetivo e de pouca filosofia, tal como a sua profissão o exigia. Era um vendedor-representante de produtos agrícolas, daqueles que a gente sabe que salva a lavoura e mata aos pouquinhos o consumidor. Interessante acrescentar que anos mais tarde Expedito de fato pôs termo a vida num ato de desespero, com certeza, pois era um amante da vida e do *far niente*, ou seja, da ociosidade.

— Ei, gente, acho que não é hora de filosofia. Essa conversa já está careca, e nós nunca chegamos a nenhuma conclusão... — acrescentou o doutor Francisco, o Chico, clínico geral de alguns dos hospitais do município. Alguns, porque era um bom negócio, uma vez que doenças por ali não eram raras. O que faltava mesmo era um ambulatório psiquiátrico, mas o medo da loucura era proporcional ao número dos necessitados de tal tratamento.

Conclusão?! Quem falou em conclusão? — Perguntou o causídico com ares de orador.

— Conclusão sim! Por que não? — Respondeu, de pronto, José, o Zé, funcionário de um dos inúmeros bancos da cidade, talvez o mais procurado, já que possuía uma carteira especial de crédito agrícola (Creag), que dava uma atenção especial ao produtor, por beneplácito do governo central.

— Ih, lá vem o papa-hóstias com essa conversinha de Papai Noel — observou Hugo, que se dizia agnóstico de carteirinha.

— Não venha com essa pra cima de mim, meu camaradinha! — respondeu-lhe à altura Zé, indignado. — Quem é aqui que já me viu na igreja tomando hóstia? Onde já se viu! Eu não sou agnóstico como você, felizmente, mas tenho lá as minhas crenças, e não tem nada a ver com religião! O que eu tenho é religiosidade, isso, sim, eu não nego não! E se você quer saber mesmo, eu acredito na vida pós-morte. Acredito sim e acreditarei até que me provem o contrário... E alguém provou?

— Certamente o Cesário irá lhe provar isso, vindo lá do inferno, Zé.

— Ô Zé, não liga pra esse irrecuperável agnóstico não, mas que você vai todo domingo com roupa de missa à igreja, ah, isso vai, ou não vai? — Concluiu Heitor, ironicamente.

— Vou sim, mas não pela missa. Eu vou acompanhando a minha mulher e a minha sogra. E vocês sabem bem disso!

— É ruim, hein?! — Debochou Hugo.

— Ei, ei, ei, gente, vamos parar com essa besteira — observou Chico com seriedade. — Afinal de contas, a gente tem uma dívida com Cesário. Ele pode não ter sido lá essas coisas... vocês bem sabem o que significa a política! Mas ele sempre foi nosso amigo...

— Amigo? Ah, sim, do urso, você que dizer — acrescentou Heitor.

— Bem, isso é certamente um julgamento muito pessoal, não é?

— Não sei não, meu camaradinha, acho que você não quer é dar o braço a torcer, principalmente porque o homem está morto, e dos mortos, dizem, nunca se fala mal... não é mesmo?

— Babaquice, Heitor, até parece que você não me conhece!

— É... estou agora conhecendo... vai ver que você tinha algum acerto com ele na medicina...

— Vai se foder, cara, vê se me respeita... Aqui nesta porra desta cidade ninguém pode falar isso de mim! — Concluiu o clínico com um gesto em que juntava o polegar ao indicador de sua mão direita.

— Ó gente, para com isso... afinal de contas, somos ou não somos amigos? Acho que a gente tem, sim, algumas mágoas um dos outros, mas assim mesmo, superando, somos todos amigos. Não é mesmo? — interferiu Hugo, o filósofo.

— É isso mesmo, Hugo — concordou Expedito. Todos nós sabemos que realmente a política, com licença da palavra, é uma merda. E Cesário, apesar de nosso amigo, era sobretudo um político.

— Gostei, Expedito, você mostrou que é realmente sagaz, e por isso um grande vendedor de veneno.

— Vá se foder, seu filósofo de merda.

— Tá vendo só como as coisas são? — Redarguiu, por sua vez, José. — Não há julgamentos unânimes. Dizem até que a unanimidade é burra.

— Ah, agora gostei! É você e o Nelson Rodrigues... Vai ver que você se amarra na Dama do Lotação, não é, seu filho da mãe! — Voltou Hugo.

— Eu, na dama; e você no lotação, não é mesmo?

— Não, sem brincadeira, seu papa-hóstia, eu gosto mesmo é do Crime do Padre Amaro... ou você não sabe que o meu negócio é literatura?

— Literatura, hein? Você não passa é de um leitor de Carlos Zéfiro.

— É, eu sei que essa é que foi toda a sua literatura... Até hoje... Tô sabendo...

— Gente, por favor, hoje não é dia para isso... Vamos dar um *break*! Please — aconselhou Chico.

— Está bem, muito bem — admitiu Hugo.

— E o homem, todos sabem, era um carismático, e disso não podemos esquecer. Esses tipos são raros, mesmo na política. São, para sermos mais exatos, frutos do incestuoso casamento de Hermafrodita com Narciso. E pasmem! Quando se vão, fazem muita falta ao povo, contraditoriamente...

— Taí, gostei da definição! Você, Chico, deveria ser político, e não médico. Bem, ainda está em tempo. Veja bem neste país há muito político que não deu certo na medicina — observou Heitor.

— Na medicina e no direito. Não é mesmo, Heitor?

— Tem razão, Chico, não vou negar, mas uma coisa é certa, tem mais político do torto do que do direito.

Houve uma risada geral que amenizou o tenso ambiente mórbido daquele difícil momento. Após algum tempo de silêncio, foi a vez de José retomar a conversa; dessa vez, contudo, a respeito de outro assunto não menos discutível e atraente.

— Vocês viram a viúva, coitada?... Que dor, que expressão profunda!

— Você está de porre, Zé? Que dor que nada! Acho até que ela estava muito alegre. Alegre, sim, lá por dentro. Viu como ela ia bem acompanhada? Até aquele sacana do Mateus, que chegou ainda agora, ia quase colado logo atrás dela. — Foi a observação fria e objetiva de Expedito, que até aqui pouco se manifestara.

— Oh! Seu filho de uma puta, como é que você se atreve a falar daquele anjo de candura? Você sabe que ela quase foi freira? Foi por pouco! É que Cesário gostava muito de virgens, e como a espécie estava, já naquela época, muito difícil de ser encontrada, lá foi ele a um convento garimpá-la.

— Ah, sei, um caso que daria certamente um bom filme musicado, como aquele da tal "Noviça Rebelde"... ou... a "Noviça Desencalhada", caso se trate de uma daquelas nossas versões "misto-quente" de comédia com pornô — acrescentou Hugo, ironicamente.

A essa altura já se escutava a banda a tocar um dobrado fúnebre à porta da casa de Deus. É que o féretro adentrava naquele exato momento, sendo solene e cuidadosamente depositado à frente do altar, como coisa preciosa. Dom Camilo, devidamente aparamentado, como que a reger majestoso à execução do sublime *Panis angelicus*.

Nesse instante, Cesário, que possuía uma profunda sensibilidade musical, chorou, e nesse choro sentiu com grande alegria que conseguia mover levemente os dedos de sua mão direita, ou pelo menos é o que sentia, e o que se sente tem, certamente, alguma coisa de realidade, nem que seja um sutil prenúncio de qualquer manifestação profunda de nossa insondável mente. Era, sem dúvida, o começo do fim de seu martírio. E acreditar não lhe faria nenhum mal, nem lhe seria cobrado qualquer coisa que fosse. Agora, era fazer o maior esforço possível para apressar o processo de abandono daquele maldito torpor em que estava aprisionado, e, o mais importante, antes que lhe enterrassem vivo.

A tampa do caixão foi mais uma vez retirada para alívio do nosso morto-vivo, que teve a felicidade de poder visualizar a doce figura da Virgem Maria, soberbamente retratada em uma feliz pintura no teto da nave. Parecia que voava em sua direção, com os braços abertos, numa atitude infinitamente maternal e singela. Pintura que sempre admirara, desde menino; um certo encantamento pela Virgem que extrapolava, contrariando inexplicavelmente as suas descrenças a respeito dos dogmas da religião em que fora educado. Talvez um mecanismo psicológico de substituição da mãe, que muito cedo partira deste para o outro mundo. Sua fé na Virgem estava acima de qualquer coisa. Era, por assim dizer, sagrada. Quantas e quantas vezes se via conversando intimamente com ela, que o aconselhava e o iluminava, dando-lhe força e amparo nas horas mais difíceis.

Da mesma forma, mecanismo semelhante se dava com o padre Carlos, carinhosamente chamado de Dom Camilo, pela fama que tinha de ser um instrumento por meio do qual Cristo emitia preciosos conselhos e repreendas para os cidadãos capivarenses. E por força do constitucional princípio jurídico do "faça a lei e submeta-se a ela", também era, por Ele, aconselhado e repreendido. Lenda... talvez... mas onde e como se vive sem ela?

Por isso, ou sabe-se lá por que, Dom Camilo era, sem dúvida, uma figura carismática. Para uns, um verdadeiro santo vivo; para outros, não a maioria — porque em crença religiosa não se pode contar com qualquer unanimidade —, um espertalhão, que transformava o confessionário em meio de manipular os fiéis a seu bel-prazer. Mas a intenção era boa. Ah, isso era! O meio é que não era bom, mas, se não fazia mal, tinha mais ou menos o efeito de uma canja de galinha, que, conjuntamente com a prudência, sempre fazem bem aos estômagos empanturrados. Todos, por isso, acabavam apreciando a figura fantástica daquele padre bonachão, pois fascista é que ele não era. Era, pelo contrário, um democrata ingênuo e empedernido. Político? Sim, todavia, no bom sentido. Afinal, ovelha em terra de lobo tem que se tosquiar.

Dom Camilo olhou compassivamente para Cesário, que, por seu turno, olhava com ternura filial para a Virgem do teto, toda vestida de azul-celeste, portando um véu recatadamente brumoso, parecendo acolhê-lo docemente em seus braços maternos. Interessante observar que a Virgem Imaculada não tinha, como de costume, o menino Jesus em seu colo, dando a entender desse modo que era Cesário o seu filho predileto, pelo menos naquele angustioso momento. Dom Camilo olhava igualmente com doçura o corpo inerte do seu quase comparsa, antes de encomendar sua alma ao Criador. E desse modo pronunciou a seguinte oração:

"Oh! Senhor, salvador de todos os homens por seu destino e sublime amor, conduza o nosso querido Cesário ao Paraíso, por força de todas as suas boas ações. Somos testemunhas de quanto o nosso querido prefeito cultuava o bem, e, se às vezes parecia se desviar da reta e estrita conduta religiosa, isso não nos coloca na posição de julgadores, pois, como Cristo nos ensinou, todos somos fracos pecadores e aquele que julga será igualmente julgado. Se o Senhor não tivesse sido enviado por seu Santo Pai todo-poderoso para nos resgatar das terríveis chamas do inferno que nos queimam desde então neste mundo de dor e sofrimento, não teríamos agora a certeza de seu amor a nos redimir de todas as nossas faltas e não poderíamos jamais alcançar a beatitude para a qual estamos pela fé predestinados."

A igreja tresandava a vela queimada e incenso de turíbulo, o qual era balançado monótona e continuamente por um coroinha paramentado de vermelho com sobretudo branco meio transparente. As pessoas prestavam atenção à preleção religiosa com acentuado respeito, o que não proibia alguns de fazerem comentários curiosos e desairosos, contraponto com o encômio repetido do venerando sacerdote.

Uma das assíduas frequentadoras da paróquia, Belinha, nesse momento, dirigiu-se a sua companheira Tereza, que era uma espécie de gerente dos negócios da igreja, em conveniente sussurro, como de costume se fazia no templo durante as solenidades religiosas:

— Oh! Terezinha, que estranho foi essa morte do Cesário! Não é mesmo?

— É, Bela, afinal de contas, a gente de fato não esperava... Cesário, que eu saiba, era um homem saudável e ainda jovem, mas até aí nada demais... Quero dizer... pra morrer basta estar vivo, não é mesmo? Mas foi, sim, uma comoção inesperada.

— Bem... é... . sem dúvida, mas...

— Mas o que você está querendo dizer?

— Olha, Tereza, não estou querendo acusar ninguém, longe disso. Você sabe muito bem como eu sou. Não gosto de fofocas!, e você sabe muito bem disso... mas uma coisa está me incomodando muito. E não venha dizer que nada sabe ou que nada percebeu. Só o Cesário é que não via ou, sei lá, não queria ver. Talvez por comodidade. Chifre, minha filha, é como dente. Sacomé... Dói pra nascer, mas ajuda a viver... Ou é aquela velha história do último a saber... Homem é muito racional, pensa que sabe de tudo, mas é só vaidade. Na política pode até ser, mas... dentro de casa... não sabe de nada! No fundo, no fundo, as mulheres são muito mais espertas, porque são intuitivas. Isso é que é, e ninguém pode negar...

A outra olhou sua companheira com um olhar meio camuflado de espanto e inveja. Como é que ela, Tereza, a chefe do cerimonial da igreja, aquela que era da máxima confiança de Dom Camilo e que a tudo controlava e sabia, pois tinha até uma fonte divina de informação, de nada sabia? Não, isso não poderia ser verdade. E, para manter a sua autoridade, e puxar o fio da meada, passou a contestar aquilo que lhe parecia agora, com a maldosa insinuação de Belinha, um óbvio ululante rodriguiano, como se uma faísca tivesse incendiado a palha que já estava depositada em sua mente.

— Você está sonhando, minha amiga? O que você está insinuando é fruto de sua imaginação. Olha lá o que você está dizendo... isso é coisa muito séria! De onde você tirou essa infeliz ideia?

— Bem, Terezinha, não gosto de envolver pessoas, mas já que você duvida, quero lhe dizer que soube das coisas por uma pessoa muito chegada à família, frequentadora da casa. E não digo mais nada! Você que sabe de tudo, que levante a verdade por sua própria conta...

Nesse ponto, não houve como Tereza intimar sua amiga a dizer tudo o que sabia, pois o padre Carlos pareceu como que a fulminar-lhe uma reprimenda do alto de sua pregação fúnebre. Depois de uma rapidíssima interrupção, apostrofada por um discreto e elegante pigarro abafado por sua mão direita ligeiramente fechada, prosseguiu, no mesmo tom monótono, sem, todavia, tirar os olhos de cima das duas fofoqueiras paroquianas:

"Meus caríssimos irmãos, este que aqui jaz foi na verdade um homem de coragem, que sempre esteve ao lado do nosso povo, defendendo-o daqueles que o desprezam e o exploram impiedosamente. Só por isso merece não só o nosso respeito, mas um lugar especial no paraíso, e estamos certos de que o nosso Salvador, Jesus Cristo, já o tinha para ele reservado. Devemos, mais do que nunca, seguir o seu exemplo, no caminho da fé, da justiça e da liberdade! A partir de Cesário, nosso povo jamais será o mesmo, e, quem vier a substituí-lo, terá uma árdua e dificílima tarefa a cumprir. Deus o abençoe. Certamente o fará por nosso desejo e nosso aconselhamento, como sempre fizemos com o nosso companheiro, pela luta diuturna em busca da equidade, da esperança e da fé, que, como sabemos, remove montanhas. Cesário, orai por nós ao Senhor, e que a paz esteja convosco. *Requiescat in pace*. Amém."

Repetiu o povo: — Amém.

— É demais! É da gente ficar enojado com tanta hipocrisia — sussurrou Marcondes, prócer do partido progressista, da oposição, ao seu companheiro Narciso, o líder.

— Calma, companheiro, muita calma. A gente sabe o que valia aquele pulha do Cesário, mas, sabe como é que é, quando morre vira santo! Não é mesmo? Afinal de contas a política exige tolerância... o que alguns confundem com esperteza ou fingimento, o que dá no mesmo... O que importa é o discurso, e não a prática. A ética deles não é a mesma do nosso partido, mas, uma vez no poder, vamos ter que adotar muita coisa que hoje repudiamos, se é que queremos chegar lá de fato. São os costumes, os costumes, meu caro Watson. — E se pôs a rir moderadamente, em forma de elegante e comedida simpatia.

— Tem razão, meu amigo, infelizmente as coisas são assim. É uma exigência social da qual não podemos fugir. Sabe como é que é, tal povo tal governo, ou melhor, *vox populi vox dei*... — saiu-se, assim, ironicamente, com o conhecido adágio, interpretado às avessas.

— Bem, mas nós podemos começar mudando as coisas, não é mesmo?

— Poder, podemos, mas quem é que vai colocar o guizo no pescoço do gato? Eis a grande questão.

— No próprio pescoço, não é mesmo? —arrematou o outro com um sorrisinho igualmente irônico.

O padre agora encomendava o defunto, esparzindo água benta, enquanto pronunciava acentuadamente palavras latinas não compreensivas à maioria. Apesar disso, todos repetiam ao final de cada estrofe o devido amém, da mesma forma lenta e aborrecida como fazia o pároco.

Uma daquelas gotas caiu justamente em um dos olhos de Cesário, que sentiu uma certa ardência, confirmando-lhe que, como pensara há pouco, começava a sentir de novo o seu corpo, embora de maneira quase imperceptível, dando-lhe uma renovada esperança de escapar ileso da morte que mais temia em sua vida: ser enterrado vivo. Tal medo surgira por um mecanismo psicológico de contrariedade a sua existência real com aquilo que gritava em seu ser mais profundo, no seu inconsciente, e que, por uma educação autoritária, tinha sido obrigado a abandonar, vendendo sua preciosa alma ao demônio, como no exemplar romance "Fausto", de Goethe.

É de bom alvitre acrescentar que, por mais que tentassem cerrar os olhos de Cesário, estes sempre voltavam a abrir, lançando nas pessoas que o olhavam uma sensação esquisita e incômoda que não sabiam explicar, fato que o sapientíssimo doutor Hipócrates tratou de curar com a teoria do conhecido reflexo condicionado.

Amaral, a essa altura, transparecia um certo desassossego em não conseguir ficar parado por muito tempo na mesma posição. Lucrécia, percebendo o seu desespero, procurava acalmá-lo, e sabe Deus como, obrigando-o a acompanhar a ladainha do padre através do missal, que ela sustentava em suas trêmulas mãos. O tempo urgia, e o diabo do padre não terminava o incômodo latinório. Era uma tortura inominável, como que injusta e inexplicável. Parecia até que aquele danado do Dom Camilo sabia ou desconfiava de alguma coisa. Amaral sempre achara que o prelado tinha parte com o demo, e acreditava que não era bem com Cristo que ele falava. Mas essa era uma opinião de oposição ao padre, coitado, e não representava a maioria. Talvez a opinião dos mal-intencionados, como ele mesmo dizia em sua defesa.

Para desagrado de Lucrécia, que, coitada, já padecia de uma ansiedade que ia por vezes às raias da angústia, ela teve que aguentar calada um outro desafio não muito diferente do primeiro. Fato é que a "piranha da Josefina", como ela assim a chamava, teve a audácia de sentar-se na primeira fila, quase ao seu lado, na ala destinada aos parentes mais próximos do "falecido". E, pasmem, vestida num luto fechado, com véu de renda transparente e tudo. É mole ou quer mais?

Josefina fora muito rapidamente ao velório no casarão da família Albuquerque, lá não permanecendo. Não por medo — isso ela não tinha não! — nem tampouco por orgulho. Fora por tristeza. Uma tristeza profunda e acachapante pela morte do seu querido amante Cesário. Ademais, pensava em fazer uma homenagem ostensiva, de modo público. Daí a sua presença na igreja nos termos que descrevemos. Queria mesmo, isso sim, e estava para tal muito disposta, a dar uma boa bofetada nas fuças de sua concorrente oficial. Aliás, tinha por ela uma aversão que ia a ponto de ter a sua temperatura elevada, como se estivesse com febre, quando era obrigada a cumprimentá-la, o que fazia tão somente a pedido de Cesário, que precisava manter as aparências por razões sociais e, principalmente, políticas. É como ela mesma dizia: "A política é a fina flor da farsa social."

Aquele luto exagerado, na verdade, não era uma mensagem simbólica, pois todos, com pouquíssimas exceções (a dos felizes pobres de espírito), tinham conhecimento do relacionamento extraoficial do prefeito. Era uma declaração para que ficasse bem claro que não arredaria pé da condição de viúva teúda e manteúda. Sim, porque Josefina tinha, ao longo daquela relação espúria, adquirido certos "direitos", a seu ver, inalienáveis e intransferíveis. Entre eles, o de maior realce era um cargo polpudo que seu marido, o alce, exercia na prefeitura municipal, a título de cala-boca.

O tal alce, vulgo Cornélio, o marido, era uma espécie de assessor direto do edil, e disso muito se orgulhava. Fazia de conta que nada sabia, bem como do apelido que o povo, em sua reconhecida perspicácia, lhe dera — seu nome verdadeiro era Hélio. Como ele mesmo dizia repetidamente: "tô nem aí", ou, para justificar, "os cães ladram e a caravana passa". Bem, até que tinha alguma razão, pois, como diz a sapientíssima boca popular, chifre é igual a dente...

Jôse, como lhe chamava Cesário, não era bem uma sirigaita, como queria sua rival Lucrécia. Era uma mulher muito atraente e dona de um corpo invejável: cintura fina e quadris avantajados, daqueles que dão água na boca até em santo. Tinha belas feições, realçadas por uma boca carnuda, larga e sensual. Seus seios eram roliços como uma pomba-rola. Enfim, era mulher para cem talhares, como dizia o seu queridinho amante, que, igualmente, apreciava muito sua esposa. Eram coisas bem diferentes, na sua opinião (cada cabeça uma sentença). Para ele, Lucrécia era o doce; Josefina, o torrão. Por isso, vivia muito satisfeito da vida com aquela simbiose do tesão, é claro, bem ao seu estilo.

Ao final da missa, Josefina precipitou-se para o caixão a fim de ver o seu queridinho pela última vez. Cesário, ao vê-la, teve arroubos de se levantar; porém, a única manifestação, imperceptível aos demais, foi uma pulsação no seu membro masculino, como sempre acontecia com a proximidade da amante, mais um reflexo condicionado, com certeza. Entretanto, se fora realmente fato, nada se poderá afirmar; contudo, o dono da coisa, o encantador da serpente, exultou de alegria, e quase chorou. E não seria certamente por menos, para qualquer um de nós que porventura estivesse naquela dolorosa situação em que estava o nosso herói. Herói sim, e por que não? Quem puder que atire a primeira pedra! Como dizia o filósofo Blaise Pascal: "O coração tem suas razões, que a própria razão desconhece."

~ XII ~

O SOCORRO URGENTE

Assim, como se diz na decantada sabedoria popular que o castigo vem a cavalo, também do mesmo modo vem o socorro à vítima, como consequência de uma imposição eficiente da justiça divina, que, como sabemos, tarda mais não falha! Senão, vejamos:

Moa, moleque de recados dos Albuquerque, que fora enviado por Efigênia ao Sítio do Encontro à procura do jagunço Raimundo, braço direito do prefeito, após uma boa galopada em cima de um dos animais de estimação do patrão, chegou esbaforido. Não era, é claro, a primeira vez que vencia o difícil acesso ao recôndito sítio. No entanto, nas atuais circunstâncias, o percurso se fez muito mais distante e muito mais penoso. Apesar das dificuldades enfrentadas pelo moleque com a galhardia que lhe era peculiar, lá chegou a tempo.

Raimundo cuidava do belíssimo jardim que circundava o casarão, o qual mantinha com todo o esmero, como gostava de ver o seu considerado patrão, e ficou surpreso com a inesperada visita. Correu a acolher o molequinho, que, diga-se de passagem, era tido, por um mecanismo psicológico de compensação, como um filho, entre os que se perderam pelos árduos tempos e tortuosos caminhos que o jagunço fora obrigado a percorrer por este mundo de Deus em razão de sua arriscada profissão.

Fora no Sítio do Encontro que encontrara uma vida pacata e segura, depois de muita andança por este estranho e inexplicável mundo. Cesário, certa vez, o encontrara quase morto à beira de uma das vias que levam ao alto da Serra das Capivaras, onde, como se insinua, habita grande número desses pacatos roedores, pois o local é farto em manguezais, servidos por inúmeros córregos que vêm do alto da serra. Cesário se apiedara do pobre coitado movido por um inexplicável sentimento de simpatia, talvez certa identificação ou, quem sabe, por solidariedade, já que esta é a versão mais próxima da lei da gravidade no que diz respeito à massa humana. É o que se poderia explicar a fim de aplacar a necessidade, inata ao homem, de descortinar o insondável de seus sentimentos mais profundos, dando algum sentido à existência. Ninguém poderá em sã consciência negar que os raros pensadores deste mundo quase sempre tiveram razão.

O Sítio do Encontro, na realidade, não se chamava assim, como querem as más línguas, em razão dos furtivos encontros do prefeito com suas apetitosas "franguinhas", como se poderia pensar à primeira vista. É uma questão apenas de ambiguidade; o nome provém do encontro de dois morros da Serra das Capivaras, que servem de marco para estabelecer os limites dos estados de Afanaso do Norte e Afanaso do Sul, pois os princípios básicos da política e da economia de ambos eram praticamente os mesmos. A confusão se deve, outrossim, à tendência humana de desconhecer a realidade dos fatos que lhe seja sem sentido ou mesmo frustrante, preferindo revestí-la com uma capa romântica e sensual, muito mais afeita a seu gosto, sua necessidade e limitado entendimento.

O casarão era em estilo colonial, branco, com fartas janelas de cor azul-escuro, guarnecidas de jardineiras onde abundavam gerânios de vários matizes, muito bem cuidados. Na parte inferior havia uma varanda ligada ao exterior por uma soberba escada a desaguar bem em frente à porta da entrada principal, porta esta toda entalhada nos inúmeros espaços retangulares, de cima a baixo, e somente envidraçada no alto e nos lados, na sua parte fixa, a permitir a entrada da luz, que ali prevalecia na maior parte do dia em abundância. A varanda era muito bem enfeitada, não só por grandes vasos de estilo e motivos da Grécia antiga, como também por verdejantes samambaias que, penduradas ao teto em espaços simétricos, projetavam-se sobre o chão. Do lado da porta principal, um pouco antes das duas janelas laterais, ficavam dois confortáveis sofás-balanço, complementados por inúmeros tamboretes que tanto serviam para se sentar como também para repouso dos pés. O telhado acompanhava o estilo colonial, dando ao casarão um aspecto sóbrio e senhorial. Ao redor da edificação, jaziam impassíveis muitas árvores bastante desenvolvidas, cuja posição indiciava terem sido ali plantadas há bastante tempo, denunciando a idade provecta do casarão. Certamente ele passara de avô para pai e depois para neto, pela mesma finalidade que se seguia pela tradição, porque, felizmente para uns ou infelizmente para outros, o tempo passa, mas os costumes continuam os mesmos, pois as gerações se sucedem mais no conservadorismo do que no liberalismo progressista.

O escritor Aldous Huxley dizia que: "Quando jovem, lutamos bravamente por mudanças, mas quando maduros, surpreendentemente, nos vemos agindo do mesmo modo como agiam nossos pais." E isso é de fato bastante desanimador, apesar de verdadeiro. No entanto, verdadeiro também é o fato de que as mudanças acontecem por forças alheias às nossas egoísticas vontades, pois a história, como se sabe, nunca se repete, embora tenhamos essa falsa impressão, dado o medo que nos assola qualquer mudança. Apesar de assustadora, a história constitui um fenômeno de transformação como qualquer outro fenômeno da natureza, que se impõe às vontades, por mais que sejam poderosas. Além do mais, a evolução, bem como o destino, não é algo predeterminado. É sobretudo uma complexidade de fatores genéticos, formulados por injunções socioeconômicas e espaciais, que são igualmente imprevisíveis e incontroláveis.

O paleontólogo Teilhard de Chardin no seu *Fenômeno humano*, manifestou a encorajadora ideia de que: "Se não tivéssemos a História inteira a garantir-nos que uma verdade, desde que vista uma só vez, nem que seja por um só espírito, acaba sempre por se impor à totalidade da consciência humana, seria de perder o ânimo ou a paciência."

E como consequência natural de tudo isso a nos incutir o desassossego frente à instabilidade das coisas estáveis, vale o que disse Fernando Pessoa: "Navegar é preciso, viver não é preciso." É que a contradição não está nos termos, mas sim na plenitude da existência.

Bem, deixemos de lado a vã filosofia, mesmo que aplicável aos fatos aqui narrados, e voltemos à continuidade do drama e da trama, sem antes deixar de observar que, verdadeiros ou não, nada têm de incomum à imprevisível espécie humana, e quanto a isso caberá ao leitor, ao final, bem julgar.

Assim que Raimundo constatou a presença de Moa, correu avidamente em sua direção, com o coração aos pulos. Sua desenvolvida intuição de jagunço lhe antecipava algum acontecimento funesto. Assim que conseguiu segurar o bicho pelas rédeas, perguntou ao moleque:

— O que foi que aconteceu, Moa?

E o moleque, ainda tentando conter a sua respiração ofegante pela galopada, respondeu aos solavancos:

— Ó meu tio, o meu padinho morreu! — Disse, soluçando de tal modo a impedir-lhe de acrescentar qualquer coisa a mais, enquanto o jagunço lhe arrebatava de cima do cavalo, perguntando-lhe estupefato o que teria acontecido, com o semblante branco como cera. Após recuperar a fala, o moleque disse-lhe que não sabia bem, mas que, parece, não fora algo de bom não, e que isso ele tirara da expressão angustiada de Efigênia.

— Ela pede que você, tio, vá para lá o mais rápido que puder!

— Mas... ele já não está morto? — indagou o jagunço com espanto.

— Está, está, tio, eu vi ele no caixão no salão de casa, eu vi!

— Meu Deus! Só faltava essa agora! — Exclamou, com um semblante vago, como um sonâmbulo, assim permanecendo por algum tempo. Ao recuperar sua plenitude, exclamou:

— Vamos, vamos, vou pegar o cavalo e logo, logo, partiremos.

Correu direto ao estábulo para preparar a viagem, e, num curto lapso de tempo, pôs-se na estrada, acompanhado do moleque Moacir.

Amélia, sua companheira e fiel empregada da casa, igualmente estarrecida, deu sua bênção aos dois, conjurando que tudo iria se arranjar, e lá no fundo do seu amargurado coração uma esperança ainda lhe animava o espírito. Assim permaneceu, estática, olhando os dois cavaleiros que se afastavam, até que a poeira produzida pelo galope dos cavalos associada à densa mata a impedisse de vê-los desaparecer.

～ XIII ～

A *VIA-MORTIS*

Finalmente, Dom Camilo deu por encerrada a missa com o latinório de costume, o que dessa vez, frente ao inusitado, o fez com semblante notadamente consternado.

Então, todos lentamente se movimentaram em direção à porta principal do templo. Entretanto, voltaram aos seus lugares assim que seus sentidos foram feridos pela famosa marcha fúnebre de Frédéric Chopin, a qual irrompera ao alto e por trás de todos, executada pelo organista da matriz, enquanto os soldados levantavam o caixão nos seus ombros e, em passos solenes, o carregavam pela nave central em direção à saída. Todos os presentes, como que despertados de um pesadelo, logo após a passagem do "morto" iam deixando suas fileiras a acompanhá-lo à sua última morada, o cemitério. Lugar comum de todos que entram neste mundo, expulsos de um paraíso desconhecido, mas para o qual, em fuga, passam a vida inteira querendo a ele retornar, se não fossem impedidos pela dolorosa passagem guardada ameaçadoramente por aquela tétrica figura encapuzada, toda em preto fechado, empunhando a não menos ameaçadora foice; e mesmo reconhecendo que seus pecados, cometidos ao longo desta perene existência terrena, não foram cometidos por sua culpa exclusiva, ainda assim resistem.

A marcha crescia em seus compassivos acordes à medida que, monotonamente, era executada, e agora pela banda marcial, que o esperava em posição de sentido na porta da igreja:

Tam! tam, tantam... tam! tantam, tantam, tantum... tum...
Tam! tam, tantum... tam! tantam, tantam, tantum... tum...
Tam!! tan... tam... tan... tam... tum!
Tam!! tan... tam... tan... tam... tum!

 Cesário apreciava as obras musicais de Chopin, mas aquela sua marcha fúnebre agora não lhe parecia tão bela quanto outrora. Soava-lhe como o prefixo musical de sua encomendada e inevitável morte. Era então a marcha macabra de sua paixão e morte por asfixia. E isso não era nada frente ao medo da completa escuridão e do sofrimento lento e cruel que o esperava. Medo que nunca conseguira entender, e que o acompanhara por toda a sua existência desde pequenino.
 Dizem que, quando perto da morte, percorremos toda a nossa vida em poucos segundos, como se fora um *video tape*. Mas esse não era o caso de Cesário, pois ainda tinha a esperança de recobrar os seus movimentos antes de ser irremediavelmente enterrado vivo. Entretanto, justamente agora, por força das circunstâncias, lembrou-se de que uma vez, quando menino, ficara preso dentro de um grande armário no qual entrara para descobrir o mistério que diziam estar por trás do espelho que guarnecia a porta principal. Lembrava-se agora que, depois de fechada a porta, não conseguira mais abri-la, dado o pavor e ao embaraço das inúmeras roupas ali dependuradas. Gritava e chorava sem que ninguém o ouvisse. E assim permaneceu berrando por um tempo que lhe parecera infinito, até que sua ama o descobrira, por acaso.
 Esse teria sido o fato real causador de seu pavor; o outro, o psíquico, o mais próximo da realidade, para aqueles que conheceram a sua história, e segundo uma interpretação freudiana, fora provocado pela sufocação de sua verdadeira personalidade, obrigado que fora, a bem de seu destino de homem de posses, todo-poderoso, a sufocá-la, falsificando as suas atitudes e os seus sentimentos mais profundos, tornando-o inseguro e infeliz. Sentimentos estes que lhe exigiam uma constante compensação, através de prazeres sexuais e gastronômicos, dos quais era, e ainda é (não apressemos o seu destino, pois nada temos contra o pobre coitado, a quem já conferimos

até o adjetivo de herói) um virtuoso apreciador, bem como um profundo conhecedor da arte de se empanturrar insaciavelmente de bens terrenos. Essa parte não conta muito por causa das indulgências que obtinha pela benignidade de Dom Camilo, ou padre Carlos, que eram pagas em obras sociais da paróquia e por um orgulhoso plano governamental de assistência aos pobres miseráveis do município. Qualquer coisa para que não morressem de inanição. E, isso, convenhamos, é de causar comoção!

Cesário atravessava neste exato instante o monumental portão da igreja, por onde antes sempre passara em busca do apoio confortável do pároco contra os seus inimigos da política, principalmente os de esquerda, que eram igualmente inimigos figadais de Dom Camilo. Ia cada vez mais temeroso de seu destino, sentindo-se quase sufocado e em calafrios, já que ainda lhe era possível respirar, uma vez que a tampa de seu ataúde permanecia aberta, para que o povo pudesse contemplá-lo em sua derradeira despedida.

Assim que o cortejo apareceu para quem aguardava do lado de fora, a banda marcial prontamente, à ordem do empertigado maestro, introduziu, como já dissemos, a tal funérea marcha e, em seguida, um dobrado triste, talvez uma peça exclusivamente destinada aos integrantes daquela briosa corporação, quando mortos em combate com os empedernidos criminosos do local, que, infelizmente, por razões "incertas e não sabidas" não eram absolutamente excepcionais naquele "pobre" e pequeno município. Diante daquela fúnebre cena e movidos por aquela música lamentosa e compassada, o público pôs-se a aplaudir.

Vejam o que é a vaidade humana! Cesário esqueceu todo o seu terrível drama e seu cruel destino para gozar, talvez pela última vez, a sua pretensa imagem de bom político. Afinal de contas, não fora por isso e para isso que montara o plano idiota do qual agora era refém? Enquanto o povo o aplaudia, ia ele recordando o seu decálogo, longamente urdido na Serra das Capivaras, sagrado refúgio da insuportável e sufocante vida pública da qual contraditoriamente não podia prescindir. Decálogo este esculpido artisticamente na fria pedra de sua insensibilidade, obra-prima de sua imaginação pervertida. Tão finório eram os aplausos que quase o levantaram para os agradecimentos de praxe.

Eis o decálogo:

1 — Amar o poder sobre todas as coisas.
2 — Fazer os meios justificarem os fins.
3 — Dividir para bem governar.
4 — Fazer da mentira uma grande verdade.
5 — Burocratizar sempre que possível.
6 — Desconfiar sempre dos correligionários.
7 — Destruir a qualquer preço a oposição.
8 — Fazer da demagogia uma arte.
9 — Acumular riqueza a todo custo.
10 — Corromper, quando necessário.

O pobre do povo continuava a ovacionar aquele que mais concorrera nos últimos tempos para a sua infelicidade. Assim, uma verdadeira simbiose, uma verdadeira contradição: o do ser enganador com o ser enganado, infelizmente uma velha espécie da fisiologia social. Talvez por isso tenham dito que todo povo tem o governo que merece; mas acreditemos ainda no antídoto da educação aliada à cultura, única fórmula de inocular no povo ideias contra a assombrosa e tenebrosa simbiose. Por essa razão, tais harpias temem o saber e são inimigos, como o vampiro, nas histórias de terror, temem a cruz.

Era de se ver como o povo vinha às janelas, algumas até enfeitadas com a bandeira nacional, juntamente com a bandeira do principal clube de futebol da cidade, bandeiras estas que iam igualmente por cima do caixão do futuro imponente defunto. Todos sabiam que Cesário era não só um torcedor doente do popularíssimo time — campeão de vários torneios, uns até de magnitude interestadual —, como também um dos mais poderosos e influentes cartolas do mundo esportivo, municipal e estadual.

A certa altura do cortejo, um garotinho que assistia a tudo com sua mãe, indagou:

— Ó mãe, quem é que vai ali dentro daquele caixão em cima daquele caminhão?

— Ó filho, é o senhor prefeito...

— Prefeito, mãe, o que é isso?

— É o homem mais importante da cidade, o mais poderoso... aquele que nos governa a todos...

— E está morto, mãe?

— Está, filho, está...

— Mas como, mamãe, se ele é tão poderoso?

— Bem, filho, ele era, não é mais não...

— E pra onde é que ele vai agora?

— Vai pro cemitério, filho.

— E fazer o quê?

— Vai ser enterrado, meu filho!

— Enterrado!? O padre Carlos disse pra gente que, quando a gente morre, vai pro céu... E ele, o prefeito, não vai não?

— Vai sim, filho, vai — respondeu a mãe, já impaciente.

— Não vai não, mãe, não vai não! Acho que ele vai pro inferno.

— Pro inferno, Pedrinho!? Que ideia é essa! Quem é que te ensinou isso?

— Ora, mãe, foi o padre. Ele ensinou que quando a gente não vai pro céu, vai pro inferno.

— E por que você acha que o nosso prefeito não vai pro céu, Pedrinho?

— Ora, mãe, porque ele vai ser enterrado. Não vai mesmo? Se vai ser enterrado, vai pro inferno.

— Mas, menino, e por quê? O que é que tem o enterro a ver com o inferno?

— Ora, mãe, se o céu fica lá em cima; o inferno fica embaixo, embaixo da terra, ou não fica?

A mãe, toda embaraçada, não teve mais o que responder, achando melhor encerrar aquele infeliz diálogo, não só pela dificuldade em explicar aquelas coisas a uma criança, como também por se sentir, no fundo, satisfeita com a resposta dada pelo seu filho. Achava até que ele de fato tinha alguma razão.

A essa altura, lá ia o cortejo adiante, descendo a rua. Já passava das cinco e meia da tarde e o sol declinava célere no horizonte, com seus raios avermelhados em tonalidade mista de um arco-íris confundido e derramado no espaço.

~ XIV ~

O JAGUNÇO

Voltemos um pouco no tempo para encontrar o jagunço Raimundo e o afilhado de Cesário, Moa, que preparavam às pressas a viagem de retorno, dada a urgência que as circunstância exigiam. Enquanto selava sua montaria, Raimundo matutava consigo mesmo:

"Por que se afobava tanto, já que o patrão estava morto, como lhe dissera o molequinho Moa? Bem... haveria decerto, outras urgências, sabe-se lá! Talvez por parte da sinhá Lucrécia, talvez, mas não achava que assim fosse. Enfim, quem o mandara chamar fora a Efigênia. Ou não?! Ah, diacho, essa minha cachola não para de matracar! O que tenho mesmo que fazer é atender ao pedido da minha comadre Efigênia, e pronto, o resto não me pertence não..."

Já montado, Raimundo deu as últimas ordens à sua companheira, para que ficasse atenta a tudo, e lascou a espora no bicho, enquanto Moa ia logo atrás, do mesmo jeito que Deus mandou.

O caminho mais adiante é que era de lascar, pois atravessava uma mata espessa, estreita a quase não permitir ao transeunte o seu reconhecimento. Era mantido assim propositalmente para, como já dissemos, desestimular qualquer visita desconhecida ou desagradável. Era, todavia, de uma beleza ímpar, por sua diversidade e, além do mais, exalava um cheiro gostoso e indefinível, uma química de ferocidade e sensualidade, misturada com um gosto adocicado de frutos silvestres, que são a delícia da fauna ali, diversificada e exuberante. Novamente Raimundo matutava de si para si:

"Ah! Como é bom tá no meio da floresta! Aqui é um não sei dizê de calma, vida e esperança, um sem dizê de proteção, de tudo que é certo e bom. Sinto aqui Deus mais que em qualquer lugá... E tem gente ruim que não gosta das árvore, verdadeiros assassinos da criação. Meu Deus, as árvore são como nós, talvez até pense, e por que não? Bicho não pensa? Pensa sim senhor! A gente é que não sabe entendê o que eles dizem. Na floresta está a solução pra tudo, pra vida e pra morte. E ainda tem o cheiro que me embriaga. Embriaga sim, mas de modo bom. Quando eu morrê, quero ficá pra sempre no meio dos arvoredo, meus amigo e companheiro. Deus meu, falando em morte, o que será que deu com o meu patrãozinho? Que será? Toca bicho, que eu preciso tá junto dele, mermo que morto, pois patrão igual a ele nunca mais vou tê, talvez vou vortá pro sertão, sei lá não, toca, bicho, toca, meu irmão..." E lá ia mais uma esporada, mesmo fora de costume, porque a situação assim o exigia.

Logo mais à frente, cerca de uma légua, já na descida, a floresta ia rareando; já se podia acompanhar o riacho que descia célere da montanha, com sua água borbulhante e cristalina. Ali se viam frondosas árvores que, por estarem mais espaçadas, expandiam horizontalmente os seus robustos galhos. O caminho era mais ameno, todavia exigia mais prudência por parte dos viajantes devido ao solo pedregoso e, às vezes, escorregadio. Nesse ponto, Raimundo e Moa obrigaram as suas montas a apressar o galope, naturalmente refreado durante a passagem pela espessa floresta.

Lá iam os dois lado a lado, calados e cabisbaixos em razão do nefasto acontecimento. Moa, é claro, mais órfão do que nunca, Raimundo, receoso pelo futuro árduo que certamente lhe esperava na falta de seu patrão e protetor. Sua vida sempre fora árdua, pelas desagradáveis surpresas que lhe contemplara.

Cedo ficara órfão, porém nem se compare com a orfandade que a vida impusera a Moa. Seu pai fora brutalmente assassinado por violentos grileiros, que lhe arrancaram impiedosa e covardemente a terra, seu único meio de sobrevivência, e que conquistara com trabalho árduo, coragem e determinação. Tinha Raimundo apenas sete anos e, apesar da tenra idade, já ajudava seu pai em diversos afazeres, como é comum na dura vida do sertão. Plena razão tinha o escritor Euclides da Cunha quando dizia que o sertanejo é sobretudo um forte.

Logo após o assassinato de seu pai, ele fora obrigado a sair mundão afora com sua mãe e uma irmãzinha, bebê ainda de colo. Erraram por muitos lugares, passando as piores e inacreditáveis privações que um ser humano pode passar, mas que remédio! Pobres criaturas, abandonadas de tudo e de todos. E até de Deus, senão fora a fé que os sustentava e os acalentava. A tal fé que remove montanha, com certeza!

Depois de longos anos de sofrimento, trabalhando duro junto de sua mãe, coitada!, já muito debilitada pelo cansaço e desencanto da vida, ela contraíra uma forte sezão que a liquidara em poucos meses. Nesse tempo, eles moravam numa choupana de pau a pique com precários meios de subsistência. Com a morte da mãe, viu-se, aos doze anos, completamente abandonado e ainda por cima com a obrigação de cuidar da irmãzinha de apenas cinco anos de idade.

Sobreviveram assim por uns três anos, quando resolveu pegar a estrada, em busca de melhores dias. Durante o trajeto, sua irmãzinha, já combalida pela falta de alimento e outras necessidades mais urgentes, contraiu um mal sertanejo, talvez impaludismo ou mesmo subnutrição. De qualquer modo, a doença levou-a rapidamente deste mundo mau para outro melhor, o celestial, como ele piamente acreditava. Desde então, Raimundo vivia sozinho neste estúpido mundo sem sentido, acompanhado de dois anjos que sempre o protegiam, sua mãe e sua irmã. Sozinho, fora obrigado a se defender como podia, porque o único sentido possível da vida é o de sua própria conservação.

Certo dia, em uma daquelas estreitas e empoeiradas estradas sertanejas, encontrou um homem montado em um belo alazão. Exibia uma cara de poucos amigos e vestia uma roupa e chapéu de couro de bezerro, à moda dos vaqueiros; seu peito estava revestido por uma peça cruzada, igualmente em couro, incrustada de balas. Além disso, portava um longo facão na algibeira e sua perna direita pousava num longo rifle encartado no selim da montaria. Raimundo sentiu um misto de medo e admiração. Para ele, ali estava alguém que, como um deus, fazia o seu próprio destino, conquistando o mundo ao seu talante. Petrificado, seu pensamento, como que arrebatado por um forte vento, tomou asas e voou. Voou para muito longe! Para um mundo bem distante e muito diferente; no entanto, ainda assim, continuava a carregar o fardo daquele corpo sofrido e combalido pela fome e sede atrozes. Pouco a pouco, sentiu um agradável torpor que lhe proporcionou escrever em sua mente uma imagem poética daquilo que pairava calado a sua frente, como uma terrível e assustadora assombração:

"Quem quer aquele que fosse
Daquela surreal aparição
Parecia-lhe tal como fosse
Do macabro mal encarnação.
Personificação que mais parecia
Um alado deus bem adorado
Imune a qualquer assombro
Que lhe pudesse ser ameaçado.
De onde quer que ele venha
Da morte ou da maldição
É nobre que na luta se empenha
Sem medo e sem compaixão.
Ser dividido, castrado e vadio
Errante por um mundo estéril
Ambíguo de conceitos e valores
Inexplicável, contradito e vazio.
Estonteante mortal vendaval
De princípios e meios sem-fim
De um louco e soturno carnaval
Fantasias de contos sem-fim
Injustiças da ordem em desordem
Pretensos entes falsos e coloridos
Solidão, desagregação e miragem
Reverso dos bons tempos já idos.

Arauto da esperança e da libertação
Mesmo que seja por mão injusta
Do crime, da tortura e da maldição
Que traz o fantasma que assusta.
Gozo de justa vingança malsinada
Promessas justas quanto impuras
Felicidade precocemente sufocada.
O impávido trovão que anuncia
Sinal dos tempos que ainda virão
Empunhando a espada fulgurante
Da esperança, da justiça e do perdão."

Raimundo, de repente, acordou, mesmo que de olhos bem abertos, justo quando o cavaleiro, com sua voz soturna e tonitruante, a ele indagou:
— Aonde vais, garoto?!
Aquele *quo vadis* bíblico, incrivelmente que o possa assim dizer, teve o condão de aplacar seu medo, restituindo-lhe quase por encanto a sua coragem e disposição. Afinal de contas, o que mais lhe poderia acontecer que não pudesse enfrentar? As suas dores passadas amolgaram um caráter firme e decidido em sua alma. E assim respondeu ao cavaleiro:
— Ó moço, não tenho pra onde ir... vou pra lugar nenhum. Perdi tudo que tinha por obra do demo. Só pode ser! Vi meu pai assassinado, minha mãe e minha irmã morrerem diante de mim por falta de compaixão, levadas deste mundo cruel pela fome e sezão. Vou, agora, por aí, talvez quase certo para o mesmo lugar... Para a morte, meu companheiro. Mas não tenho medo não! Sou duro como couro curtido. Sou homem e sou vingança, sou o que restou de tudo, sou cruel e sou bom, sou valente e sou covarde, sou uma alma antecipada. Sou um deus sem razão. Não, não tenho medo não, ó meu irmão!
Diante dessas palavras, o cavaleiro, quase por encanto, movido ao certo por respeito, ou que seja por uma réstia de coração que ainda lhe batia no peito, ou em razão de uma forte empatia, volveu ao rapaz com uma voz, agora, um tanto ou quanto melíflua, na medida que sua dura condição humana lhe permitia:

— Suba na garupa, menino, vou levar vosmecê a um lugá que possa ter que comer e dormi. Vamo que o tempo não é de esperá! — Acrescentou diante do pasmo Raimundo.

Galoparam pela estrada afora por cerca de meia hora ou mais, quando enveredaram por uma estradinha estreita, que desembocou em um casarão de fazenda. Alguns homens vieram recebê-los. Um deles, que parecia o capataz, pela maneira e roupa característica, calçava botas de cano longo e envergava um chapéu de abas longas, com tiras de couro soltas de ambos os lados, a modo de bem fixá-lo na cabeça. Saudou o cavaleiro, com bastante cordialidade, sem perder, todavia, a pose de importante autoridade que era.

— Olá, meu companheiro! O que vosmecê traz aí? — Indagou, dando de bico para aquele estranho e franzino rapazola.

— Diga ao coroner, compadi, que tenho precisão dele pra acolhê este cabrinha aqui no grupo dele. Acho que vai ser bom de cria. Tá no pontinho certo, há de se ver... Vá lá, esse menino, e não decepcione não! Tome rumo que ainda volto pra te vê. Vá, vá, que agora tenho o que fazê...

— Deixa comigo — disse o capataz —, o garoto daqui pra diante é dos nosso. Vá com Cristo, companhero! Aqui este seu criado fica esperando pra gente bebê e batê um dedo de boa prosa, como outras que tivemo. — E assim dizendo piscou um dos olhos à maroteira. — Vá com Deus! — arrematou, como um padre ao final da missa.

O cavaleiro como chegou se foi, não se sabe para onde; mas ia com uma certeza que parecia mais um ato de fé, não a religiosa, mas a fé em alguma coisa que está acima de tudo, talvez amor, talvez justiça ou esperança, que, como sabemos, morre com a gente, já que é a última a morrer.

"Êta cabra danado de bom!", dizia Raimundo só em seu pensamento, sem tirar os olhos dele até que sumisse na poeira da pequena e estreita estradinha de terra seca e batida, a mesma por onde tinham chegado. Foi um dia memorável para ele, que guarda em sua lembrança, tal e qual o dia de seu batizado, se é que disso pudesse também se lembrar; mas assim fazemos de conta, já que fora por ele abençoado. Não fora ainda crismado, nem seria. Pra quê? Ainda mais que justo agora entrava para as fileiras dos combatentes, não de Cristo, mas de outro, de poder mais terreno e mais preciso.

As pessoas têm o destino traçado pela necessidade ou pelo coração; o coração traça o destino dos nobres; a necessidade, o dos injustiçados pela vida, ainda que nem sempre lhes roube a nobreza. Não a nobreza dos reis e dos seus pares, mas a nobreza da árdua luta pela sobrevivência, que tudo pode e tudo permite. Como a legítima defesa, embora nesses casos ela seja quase sempre repudiada e vilipendiada, principalmente por quem nunca sentiu qualquer necessidade ou injustiça em sua própria carne. Pimenta, como se diz, nos olhos dos outros é refresco.

Não nos cabe aqui esgotar a história da vida de nosso pobre jagunço, mas tão somente estabelecer o liame que o ligou desde então à triste e inusitada vida de nosso principal herói, ou seja, a conturbada história do discutido prefeito de Capivara da Serra, Cesário Albuquerque.

Depois de ter sido socorrido pelo cavaleiro misterioso, o qual jamais tivera o prazer de rever, foi, após um longo treinamento de guerra, colocado a serviço do tal coronel, que, também, nunca teve o prazer de conhecer. Somente sabia, e ainda sabe, que enfrentou em seu nome, e às vezes com grande risco de vida, os seus inúmeros inimigos e alguns falsos amigos (aqueles que desejamos que Deus nos livre e que o diabo os carregue).

Mas que fazer? Ali tinha sempre certo o que comer e onde pousar. Era, enfim, bem tratado. Bem tratado, sim, desde que cumprisse à risca as ordens do tal coronel, alcunhado de "Diabo Ruivo". Se não fosse assim, teria a sua cabeça a prêmio; e do seu calcanhar, diziam, ninguém até hoje havia conseguido fugir. Já se pode depreender disso que por ali imperava um sistema de escravidão, onde padeciam crianças, mulheres e homens em um trabalho estafante de quase todos os dias e praticamente o dia inteiro. Não tinham salário e a comida era pouca e ruim. A estalagem onde dormiam era imunda, sem qualquer higiene. Um horror tão inconcebível que era capaz de comover o coração mais empedernido, quanto mais o de Raimundo, grande por constituição. As autoridades daquele país miserável eram omissas ou coniventes, seja por medo ou por interesse (neste caso, o mais comum de todos, se justificava por si mesmo por ser mais cômodo e muito rentável). Afinal, ninguém é de ferro! Não é mesmo?!

Sentiu Raimundo, ao longo do tempo que ali passou, que ele mesmo não passava de um prisioneiro, pois a diferença entre ele e os outros infelizes se reduzia à roupa, alimentação e boa cama, além da posse de uma boa espingarda e de uma afiada peixeira, mas posse, não propriedade. Assim, queria Raimundo servir ao seu senhor, contudo sentia que dia a dia ia esmorecendo em suas obrigações. Lutava dia e noite, e durante esta, era acossado por terríveis pesadelos, nos quais via sua mãe e sua irmã trabalhando como escravas de seu patrão e seu pai sendo barbaramente assassinado pelo capataz daquele odiento e insensível coronel. O conflito foi crescendo a ponto de não poder mais aguentar. Resolveu, então, mesmo com grande risco, fugir dali, daquele inferno, para sempre, mesmo que lhe custasse a própria vida. Apesar de tudo, ele possuía uma boa formação de caráter, era destemido e corajoso, o que por si só o impedia de permanecer naquela humilhante e dolorosa situação.

O nosso jagunço arquitetou a fuga para um determinado dia, pela madrugada, quando todos estivessem dormindo a sono solto. Teve o cuidado de deixar recado ao capataz, avisando-lhe que iria ao povoado mais próximo em busca de notícias sobre um trabalhador fugitivo, o qual, soubera por informações seguras, passara por ali durante à noite em direção do sul. Com isso, já que era considerado homem de confiança, afastou por mais tempo qualquer perseguição imediata.

Viajou durante noites e noites a evitar que fosse reconhecido, como se daria durante dia claro. Movido por um forte sentido de direção e bom conhecimento da região, por onde muitas vezes se embrenhara na busca de um fujão ou mesmo de um desafeto, os quais quase sempre conseguia prontamente liquidar, foi dar justamente na Serra da Capivara. Ali permaneceu algumas semanas escondido, alimentando-se de caça e pesca. Contudo, foi atacado por uma onça, que o deixou em péssimas condições. Sua vida estava por um fio quando, por obra da divina providência, foi encontrado por Cesário, que se compadeceu dele, mandando que o levassem para o Sítio do Encontro. Recomendando-o aos cuidados da competente caseira — justamente sua atual mulher —, esta por ele se afeiçoou, velando-o dia e noite, noite e dia, para que assim fossem curadas as suas feridas. Em pouco tempo estava fora de perigo.

Cesário conheceu sua história, sentiu lealdade naquele rude homem, e, por isso, fez dele o seu homem de confiança, para o que desse e viesse. Serviço para o qual Raimundo não só estava preparado, como bastante interessado dada a sua precária condição de refugiado, bem como pelo sentimento de gratidão que nutria pelo seu salvador e protetor.

Mas voltemos ao princípio do fio da meada, que ficou muito atrás interrompido. Finalmente, Raimundo e Moa aportaram na enlutada cidade. Como nada sabiam a respeito do que estava acontecendo, acharam de bom alvitre ir diretamente para a mansão do prefeito, onde encontraram Efigênia em um deplorável estado de ânimo.

— Ah, meu santo Deus! Finalmente, finalmente vosmecê chegou, ó meu compadre! — Disse a pobre coitada assim que viu Raimundo entrar pelos fundos, onde ela de costume habitava.

— Carma, carma, cumadi, fique carma!... Mas por que é que tu tá tão nervosa, criatura?!

A negra baixou ligeiramente a cabeça, querendo com isso demonstrar a calma aconselhada. Raimundo pôde então prosseguir:

— Diacho, minha nega, afinar de conta o patrão já não tá morto?!

— Tá, tá, ó meu Deus!

— E então — volveu ele — o que há a gente de fazê?! Sei que é muito doloroso... mas não tem mais jeito não, ó minha preta... Dispôs ele não é Lázaro e vosmecê não é Cristo! — Efigênia olhava o jagunço com um olhar marejado em que se podia claramente traduzir um misto de medo, angústia e incerteza.

Raimundo, homem vivido e ignorante, mas sensível, como sabemos, sentiu de imediato uma pontada de suspeita que atingiu, como um fulminante raio, sua espinha dorsal e seu coração, que passou a palpitar com maior intensidade. Acostumado pelas circunstâncias da vida cruel a domar seus sentimentos, voltou de pronto à normalidade:

— O que, minha nega, o que vosmecê tá querendo me dizê... Vamo... diga, diga logo... Parece que tem caroço nesse angu, não tem não?

Diante dessa indagação, ela caiu em prantos. Com alguém de sua inteira confiança e credor de suas dúvidas e de seus temores, ela confirmou a suspeita que dilacerava seu coração, embora sem qualquer prova insofismável. Mesmo se a tivesse, como sói acontecer a todos nós diante de uma tragédia pessoal, tenderia a negar os fatos e, compreensivelmente, apostaria ser a verdade um pesadelo ruim, ou perto disso, como a apagar o doloroso fato irremediavelmente consumado.

— Não vá caçoá de mim não, cumpadi — disse ela —, mas acho que alguma coisa de errado aconteceu... e tá acontecendo... sei lá... vosmecê sabe que sou muito espiritual. Tem alguém soprando alguma coisa nos meu ouvido toda hora, desde que o patrão se foi. E isso, perdoe-me, está acabando comigo! Coisa ruim, coisa muito ruim, meu compadi!..

— Mas o quê, minha tia... O quê!?

— Sei lá, ó Raimundo... Pra começar, essa morte do coroné Cesário não tem boa causa não, não tem não! E não me pergunte por quê...

— Mas como!? Quem está louco agora é esse seu cumpadi... não consigo entendê nadinha... Faz favô, nega, de abri essa boca e fale duma vez, de cabo a rabo!

— Sim, sim, meu cumpadi... O dotô disse que ele sofreu um... um ataque do coração, um afarte ou cosa assim...

— E então! Nada mais comum nos dias de hoje... o homem é chegado a essa tal política. E vosmecê sabe que isso é uma droga! Acaba doente do peito...

— Mas o patrãozinho, vosmecê sabe muito bem também, não sofria de nada. Era um homem saudável! Um verdadeiro toro!

— Bem, mas não qué dizê que não pudia tê um afarte, como o dotô disse. Nessa vida de Deus, minha nega, pra morrê é só tá vivo, não é mermo?

— Sim, sim, ma...

— Mas o quê!, muié, desembucha tudo de vez... E adispôs, pra que é que vosmecê me chamou com tanta pressa... se tudo não passa de morte morrida?

— Não, meu cumpadi, não. Não leve essa nega pro mal... mas as cosa não me conta assim... Tem coelho nesse mato. Ah tem, tem sim!

— Desembucha, muié!, desembucha que não há tempo a perdê.

— Não fica nervoso não, padinho... É que desconfio de um tal de Amaral. O tal de boticário... Nunca consegui tragá ele. Pra mim não presta não... É coisa ruim!

— Mas péra aí. O que aproveita pra ele a morte do patrão... dinheiro?

— Dinheiro, Raimundo... dinheiro e muié...

— Que muié, minha tia, que muié?

— Ora, menino, a muié do patrão, é claro!

— Péra aí, minha tia, tu tá inventando coisa!

— Não tou não. Não tou... . Há tempo que venho vendo a cosa... E, é claro, como se diz per aí, o marido é o último a sabê... E sabe o porquê? É porque eles, os marido, tão sempre de olho nas frangas da rua... Nunca tão satisfeito com o que tem... E é bem feito! Que o falecido me perdoe, mas é a pura verdade!

— Esconjuro, ó língua ferina! Como vosmecê pode pensar uma cosa dessa a respeito da patroa, aquele exemplo de dona de casa... aquele anjo de candura?

— Olha aí, até tu, meu nego. Vocês, homem, não enxerga um palmo diante da cara além da sem-vergonhice!

— Que que é isso, minha tia, não meta a gente nessa historia não... Afinar para que é que fui pra aqui chamado? Fazê o quê?!

— Vigiá, meu cabra, vigiá o sacripanta pra que não venha, seja pelo sim ou pelo não, fazê das suas, sei lá! Vá pro cemitério e veja com seus olho... O patrão, mesmo morto, sabe lá?, ainda precisa de você!

— Tá bem, tá bem, fique carma... Se desconfiar de alguma coisa... De uma coisinha só que seja, vô mostrá ao safardanha o quanto vale se metê com quem não deve; e se ele fez alguma sacanagem com o patrão, a quem tudo devo na vida, não vai demorá muito pra seguir o mermo caminho do patrão, mas com passagem pros inferno! — E assim dizendo saiu decidida e apressadamente em direção ao cemitério.

XV

A VIAGEM DERRADEIRA

É chegada a hora, a terrível hora em que tudo se acaba: vaidade, poder, dinheiro, posição e, também, frustração, medo e sofrimento. Só que aqui, neste caso inusitado, por uma ironia do destino, o sofrimento e o medo permaneciam de prontidão, picando a todo momento com suas afiadas e impiedosas lanças o pobre coitado do Cesário. A cada segundo, a ignóbil tortura aumentava sua intensidade, e, diga-se, era mais cruel, já que o sofrimento da alma é muito mais doloroso do que o corporal, porque é lento e constante, como alguma espécie tenebrosa, invisível e assustadora que corta com dentes afiados os tecidos mais íntimos e sensíveis da existência humana.

O féretro se aproximava lentamente dos temidos portões do camposanto, e à medida que atravessava do mundo dos vivos para o mundo dos mortos, foi-se fazendo um silêncio sepulcral, apesar do grande número de pessoas que o esperavam com uma sádica e curiosa ansiedade. A morte assusta todo aquele que ainda não foi por ela visitado, mas alegra-os enquanto a esperam, pois sentem-se imortais, embora saibam que, um dia, qualquer um desses dias mesmo, serão inexoravelmente por ela levados, ao seu devido tempo.

Voltaire dizia que "O homem é o único animal que sabe que deve morrer. Triste conhecimento, mas necessário, pois ele tem ideias."

Mas, como o nosso herói, ou anti-herói (para atender aos pruridos morais de alguns), felizmente ainda não estava morto, era somente candidato a estar, a sua ideia agora é a de viver. Viver sim, porque ainda estava vivo e porque ainda se sentia imortal! Por isso mesmo, lá dentro do caixão, continuava a lutar para vencer o torpor que o dominava e não permitia qualquer movimento. Sentia que o efeito da maligna poção do canalha estava prestes a cessar; e disso parecia não ter a menor dúvida. Lembrava-se das palavras de Machado de Assis: "Tudo acaba; é um velho truísmo, a que se pode acrescentar que nem tudo o que dura, dura muito tempo." O grande problema está em saber quando cada coisa acaba e em que oportunidade. Para ele, essa questão nada tinha de filosófica; era tão somente uma questão crucial, ou melhor, de vida ou morte. Essa ideia fixa e compulsória aumentava em muito o seu sofrimento e com esse recrudescimento ia junto também, contraditoriamente, a capacidade de reação, diminuindo a crença na possibilidade do cessamento completo do efeito da diabólica poção. Daí, como resultado, o desespero, que tem o avassalador poder de pôr tudo a perder.

O povaréu aguardava ávido. Alguns trepados em árvores; outros por cima das sagradas campas mortuárias, sem qualquer respeito pelos que ali jaziam. Houve até aqueles que, vestidos de branco, se confundiam com os piedosos anjos que ornavam, chorando, as ricas sepulturas dos finados, avós, pais ou filhos de reconhecidas e abastadas famílias. Como sempre se dá, a diferença era meramente nas aparências, porque todos haviam sido igualitariamente corroídos até os ossos pelas mesmas irreverentes e famintas enzimas microbianas putrefáticas.

Bem, mas vamos ao que mais interessa ao leitor, ou seja, ao enterro do nosso morto-vivo. Retirou-se, então, o suntuoso caixão de cima do caminhão que o transportava, com aquela merecida solenidade dos que na vida tinham de algum modo adquirido a eternidade. Mesmo sem o serem eternos, e, é claro, por um necessário mecanismo compensatório, como, ademais, em tudo na vida se dá, pois afinal tais contraditórios são complementos indispensáveis de um mesmo processo, inalcançável ao nosso pobre entendimento.

Filosofia à parte, já vinha o nosso morto-herói a caminho da sua última morada, ou melhor, do seu patíbulo, acompanhado de toda aquela turba de sempre. À frente, a dolorosa autoviúva, ou como alguns malvados diriam, a própria viúva-negra. E assim mesmo não a ofenderiam, porque vinha de negro, cor representativa do luto, ao lado do roxo, por serem tão somente cores tristes e fechadas. Entretanto, o que delas seriam sem os seus alegres e expansivos irmãos, o vermelho e o verde? Se bem que nos tempos avessos em que vivemos, a chamada Idade Média Moderna, o vermelho passou a significar a morte e o verde, por sua vez, o sinal permissivo para todas as ilegalidades, como a odiosa tortura ou todo tipo de permissividade.

E vinha a tal viuvinha aos trancos e barrancos ao lado de seu "cúmplice" e pretenso protetor, o sinistro boticário Amaral. Já havia desmaiado e, agora, estava prestes a outro desmaio, o que certamente aconteceria se o prefeito se desse ao luxo de retornar à vida, levantando-se como um terrível Lázaro vingador. Faltava um Cristo para tanto, o que, no caso, não seria necessário. Bastava apenas um pouco mais de tempo, e pronto: *consumatus est*. Infelizmente, o tempo, esse implacável torturador, teimava em andar devagarzinho, como um cágado, como sói acontecer sempre que se precise dele para nos livrar do sofrimento.

Assim foi que Lucrécia, de fato, quase desfaleceu outra vez ao dar, sem qualquer aviso, com o jagunço Raimundo, quando os olhos de ambos por acaso se encontraram. É que neles muitas coisas foram ditas, mesmo contra suas vontades, pois não se pode velar, por mais que se queira, o que na verdade eles falam.

Da parte de Lucrécia, uma velada e velha antipatia do homem que cometia e acobertava os crimes de seu falecido marido, bem como o medo de ser descoberta, por aquele indivíduo rude e insensível, em sua concepção. É que a razão está sempre ao lado de quem se defende por motivos muito próprios, e que não nos cabe julgar, seja por nossa pobre condição humana, seja pela conhecida dificuldade em prová-los, uma vez que residem nas profundezas da alma. Por isso mesmo, a lei, sabiamente, em seu fim de estabelecer a ordem e a paz social, igualmente não cogitou de reconhecê-los como regra, mas tão somente como exceções, em casos de aumento ou diminuição da pena prevista em certos tipos de fatos delituosos.

Quanto a Raimundo, a coisa se dava de uma maneira bastante diversa do que se poderia imaginar de um homem de sua condição social. Para ele, Lucrécia tinha um encanto que não lhe cabia explicar e muito menos contestar. Era ela a patroa, a mulher de seu protetor, a quem devia respeito. Ao mesmo tempo que sua figura obrigava à reverência, aquela mulher despertava nele qualquer coisa de incômodo, sentimento que não conseguia explicar. Talvez fosse sua inconteste beleza feminina ou, quem sabe, um manifesto instinto materno recalcado. A esfinge estava prestes a devorá-lo, pois o enigma o torturava e muito longe estava de decifrá-lo. Uma coisa era certa: o olhar daquela mulher gelava o seu sangue e o punha inexplicavelmente em alerta! Não fora a primeira vez que provava tais sentimentos, mas dessa vez eles o feriram a ponto de deixá-lo abatido. Pela força das circunstâncias ou pelo conjunto de elementos, toda aquela cena feria a sua retina: Lucrécia amparada de um jeito bastante comprometedor por aquele indivíduo que a acompanhava com uma solicitude que lhe parecia ir além do normal!

"Ora, ora", pensava o jagunço de si para si, procurando voltar à realidade, "que não desse tanto trato à bola, pois ali viera para agir e não para julgar, mesmo que acostumado, por experiência própria, a desconfiar do elemento humano, para ele uma espécie de safados e traidores. Sabia muito bem que ali não viera, igualmente, para chorar. O seu dever e obrigação com o patrão, embora já ido, era de estar ao seu lado e procurar de todos os meios descobrir o porquê de tudo aquilo, doesse a quem doesse, aquela morte tão suspeita."

Como nesse afã nada mais poderia fazer, até por uma questão de fato consumado, como o era também para todos, postou-se, decididamente, com o pensamento voltado para o que lhe dissera a negra Efigênia, ao lado de Lucrécia. Ela, por essa razão, sentiu-se bastante incomodada, arremessando-lhe um incontrolável meio sorriso amarelo, coberto de suspeita e de apreensão, manifestação esta que feriu os sentidos de Raimundo como um raio, percorrendo-lhe o corpo, da cabeça aos pés, deixando-o meio bambo. Esse fato imprevisível o deixou fortemente acabrunhado.

Um pouco mais adiante a procissão parou. Havia chegado à última morada de Cesário. O caixão fora colocado em cima de uma lápide de rico mármore carrara, onde estavam enterrados os restos mortais dos patriarcas dos Albuquerque, avô e pai de Cesário. Eles repousavam naquele luxuoso jazigo, ao centro da pequena igreja, guarnecida com magníficas portas de ferro batido, elegantemente trabalhadas com motivos religiosos e envergando, bem ao centro de cada uma, o respeitado brasão da tradicional família. Ao fundo se via um magnífico altar, onde se rezavam missas, principalmente na época de finados. Ao redor, várias gavetas guardavam os restos mortais dos familiares menos importantes, como a avó, a mãe e a filha de Cesário. Ele deveria ser colocado no jazigo principal, por sua privilegiada ascendência, e como varão e herdeiro do "trono".

Tudo estava preparado para o enterro quando Severo, o presidente da Câmara, instou novamente com a viúva para enterrá-lo junto com seus próceres no jazigo reservado aos nobres vereadores. Lucrécia se negava a atender o pedido, pois tinha razões muito pessoais, sabemos nós, não queria postergar mais ainda o epílogo. Quanto mais cedo se visse livre da ameaça que pairava sobre sua cabeça, como uma verdadeira espada de Dâmocles, tanto melhor.

Seguiu-se, daí, uma longa e penosa discussão a respeito do lugar do último repouso de seu marido. Todos os presentes acabaram por impor o seu voto a favor ou contra. A discussão foi pouco a pouco se acalorando; o tempo ia passando e, com o que se perdera durante o dia com solenidades previstas e imprevistas, acabou-se por decidir, com a interferência de Raimundo, a quem o povo temia com toda a razão (convencidos pela peixeira que carregava ostensivamente em seu grosso cinturão), contra o voto dos interessados no enterro imediato no jazigo dos nobres políticos. Cesário, portanto, seria enterrado mesmo em seu jazigo próprio, mas no dia seguinte, impreterivelmente, devido ao avançado da hora e em respeito à tradição. A noite já caíra pesadamente com seu respeitável manto negro; deixassem, pois, o caixão repousando em cima da campa no interior do suntuoso jazigo, cujas portas ficariam bem fechadas a proteger o defunto de qualquer pilhagem ou coisa parecida.

"Que desastre! Que maçada! Que contratempo, meu Deus!", dizia consigo o boticário Amaral, como que sentindo o chão abrir-se diante de seus pés a engoli-lo até os quintos do inferno. O calor de suas chamas foi tanto que tomou para si a perigosa decisão de enterrar Cesário em uma daquelas gavetas desocupadas no interior da capela mortuária, o que despertou mais ainda a desconfiança de Raimundo. Olhando-o com cara de poucos amigos, disse-lhe que deixasse as coisas com ele, pois não faria qualquer sentido dois enterros para um só defunto. Amaral corou e tonteou ao mesmo tempo. Onde estava agora a sua coragem, determinação e esperteza? Baixou a guarda e pôs o rabo entre as pernas, antes que fosse tarde demais! No final das contas, um bom conselho que, involuntariamente, dera a si mesmo.

Ainda perturbado, meio tonto e com a vista turvada, não teve outra saída senão amparar-se nas bordas do caixão que, também contra a sua vontade, fora novamente aberto para uma última e inconveniente homenagem. Mais tonto ficou ao ver que os olhos do morto, agora mais abertos do que antes, o olhavam fixamente como a lhe dizer alguma coisa que em sua mente bateu como um chicote de pontas de chumbo: "A S S A S S I N O!" Amaral saiu dali em desespero, a buscar qualquer coisa que colocasse um ponto final naquela terrível e torturante situação.

Na saída, ainda acompanhado de Lucrécia, recobrou o controle perdido, ordenando aos coveiros que, pelo menos, colocassem o caixão dentro de uma das gavetas abertas, por medida de segurança, para que se procedesse o enterro logo cedo pela manhã. Entretanto, baixou novamente a guarda ao se deparar com o assustador jagunço, que, do outro lado, olhava fixamente para os olhos do "defunto", que pareciam-lhe, e tinha toda a razão, emitir uma expressão de horror e um surdo pedido de socorro. Raimundo levantou rapidamente a cabeça e, encarando Amaral, ameaçou-o com um olhar fixo e penetrante. Amaral, não teve outra coisa a fazer senão se esgueirar e rapidamente sumir, vigiado a certa distância por Raimundo.

Já era noite fechada no cemitério e as pessoas iam saindo depressa. Os coveiros, obedecendo as ordens de Amaral, se preparavam para fechar e lacrar o caixão e colocá-lo dentro da gaveta aberta quando o jagunço, que permanecera de cão de guarda mordido pela desconfiança, ordenou com voz decidida e autoritária que o deixassem ali. Ele mesmo se encarregaria de tudo, e que terminassem o serviço no dia seguinte. Os coveiros titubearam, mas, diante da disposição daquele cabra de respeito, resolveram, sem muita conversa, deixar as coisas como estavam, não sem antes, por cuidado, lacrar o caixão com a tampa, o que lhes fora permitido devido às circunstância do momento. Após cerrarem os portões da capelinha funerária, iam fechando-a com chave, no que, igualmente, foram impedidos de fazer, premidos pelos mesmos argumentos de antes. Para não piorar a situação nem chamar muito a atenção, Raimundo acalmou-os, dizendo-lhes que, tendo chegado há pouco de muito longe, precisaria ainda de algum tempo a se despedir do patrão com alguma oração. Poderiam ficar tranquilos que um pouco mais tarde trancaria devidamente o portão de ferro do mausoléu, e, enquanto falava, estendia a mão para que lhe entregassem a chave, adiantando que a eles a devolveria logo cedo, pela manhã, antes de retomarem o trabalho interrompido. Os coveiros, um tanto ou quanto desconfiados e amedrontados, se entreolharam e obedeceram incontinentes, levados pelos mesmos argumentos. Partiram sem sequer olhar para trás, desaparecendo sem deixar quaisquer sombras.

Era uma daquelas noites em que a lua cheia nasce rubra como sangue, subindo lentamente por detrás do morros distantes que cinturavam o sítio, espantando as trevas e excitando os lobos, que, a sua súbita presença, passaram a emitir prolongados uivos de arrepiar os cabelos ou congelar o sangue. Noite propícia ao amor e ao cio, por isso, noite de amantes e namorados. Contudo, não se poderia de modo algum alegar que fosse imprópria à morte e ao luto, já que, convenhamos, são coisas contraditórias, unidas por um fim comum: a perpetuação da vida e da espécie. Na nossa história, no entanto, não passa de uma mera e triste coincidência, por incrível que pareça! Choremos, assim, mais essa inexplicável e soturna ironia da vida.

Raimundo sentou-se nos degraus fronteiriços ao jazigo e ali ficou tristemente a meditar. Estava cansado e abatido com tudo que vivera durante aquele fatídico dia. Cismava, cismava, todavia não conseguia de maneira alguma atinar com a verdade. Mas que verdade?! Não seria aquela que estava diante de si, clara e insofismável? Como é difícil acreditar na realidade, principalmente quando ela está em desacordo com os nossos desejos ou nossos planos! Justamente nós, que nos achamos, contraditoriamente, oniscientes e onipotentes, quando, na verdade, nada sabemos e nada podemos. Triste condição humana!

～ XVI ～

A RESSURREIÇÃO

Enquanto Raimundo meditava sobre as possíveis e verdadeiras causas do nefasto acontecimento, Cesário se debatia com toda a força de que dispunha, com coração e mente, para libertar-se daquele hediondo e ameaçador torpor. A escuridão imensa dava-lhe a impressão de que já estava realmente morto, dada a condição de abandono e a falta de qualquer parâmetro físico em que pudesse se agarrar. Mas eis que começou a sentir um formigamento nas extremidades de seus membros. E, engraçado, teve medo de acordar, porque o que mais temia era constatar que estava irremediavelmente enterrado, e para sempre!, apesar de a tudo ter acompanhado com desesperado interesse. "Acompanhar tudo" é uma expressão que talvez não traduza bem o estado em que o infeliz "morto" se encontrava.

Como o medo dominava todos os seus sentidos, era como se estivesse irremediavelmente enterrado vivo. Horror dos horrores! Quando a tampa do caixão ainda estava aberta, ouvira a discussão sobre o enterro, aqui, agora, ou acolá, ou amanhã, no entanto não deu pra saber o que realmente tinha vigorado, principalmente porque estava lacrado dentro do seu digníssimo paletó de madeira, o que, por si só, bastava para lhe incutir um desesperado horror que invadia o corpo, gelando o seu sangue e dilacerando a sua alma, e que somente ele poderia realmente aquilatar.

Cesário avistara o seu fiel "escudeiro", Raimundo, antes de o caixão ser fechado e lacrado pelos malditos coveiros, e, por essa razão, teve suas esperanças renovadas. Não pudera ver, todavia, que ele ainda estava ali bem perto, sentado em um dos degraus de acesso ao majestoso jazigo, como um cão de guarda à espera do dono, seja por um aguçado instinto animal, seja pelas suspeitas retidas em seu espírito. Acresce-se que, antes da colocação da tampa assassina do caixão, Cesário não pudera ouvir a última conversa de Raimundo com os coveiros, pois esta tinha se dado a certa distância de onde o féretro estava repousado. Enfim, o que pudera perceber fora o arrepiante "canto" do volver de cada cadenciada volta dos grossos parafusos, os quais pareciam, à medida que eram atarraxados através de suas borboletas, pelas grosseiras mãos daqueles fúnebres trabalhadores, rasgar-lhe as carnes e triturar seus ossos.

Sua respiração se tornava cada vez mais difícil, além do fato de que, passado o torpor, começava a respirar normalmente. Dando-se conta disso, iniciou um processo penoso de puxar o pouco ar que ainda lhe era dado como uma derradeira esmola. Custou alguns segundos, ou talvez, digamos, um minuto, para sentir que podia se mover: primeiro os pés, que encontraram uma terrível limitação; depois, as mãos. Com estas começou o angustiante processo de arranhar o opressor teto que o comprimia e o impedia de mexer-se. Ficava mais desesperado, pois a limitação se impunha avassaladora e imbatível.

Raimundo, sentado naqueles degraus contíguos ao jazigo e ignorando todo o drama vivido ali bem perto pelo seu querido patrão, resolveu fechar a sepultura com a chave, para ir-se embora, já que mais nada tinha o que fazer: *consummatum est!* (tudo esta acabado!). Quando dava a última volta na chave, parou petrificado ao captar um som abafado que não sabia de onde vinha. Estranho, muito estranho, achou. Não que tivesse medo do sobrenatural. Acreditava, sim, nas almas do outro mundo, contudo, delas jamais tivera qualquer receio, apesar de já ter mandado muita gente para o lado de lá. Achava, com grande convicção, que de lá ninguém voltaria, e prova disso é que jamais tivera qualquer notícia, graças ao bom Deus!

Por um momento pensou que o que ouvira não era de fato nada de importante, talvez algum bicho noturno, certamente. Assim, retirou a chave do buraco da fechadura. Já ia descendo a escadinha de acesso à capela mortuária, quando ouviu um uivo seguido de horroroso grito de socorro. Seu sangue gelou! Teve vontade de sair correndo, mas, como era danado de curioso e bastante valente, permaneceu parado perscrutando ao redor. E dessa vez ouviu um estranho barulho, como alguém socando e arranhando um objeto, seguido de abafados gritos de socorro. Bastante terrificado, subiu passo a passo os degraus do mausoléu. Ficou por alguns instantes agarrado à porta de ferro que acabara de trancar, como auscultando aquele barulho estranho que se repetia cada vez com mais intensidade. Estava estarrecido. Resolveu, então, vencer a dúvida, abrindo sofregamente os portões do mausoléu.

Ao penetrar no seu interior, aproximou-se do caixão cautelosamente. Constatou que todo aquele confuso barulho vinha ali de dentro, sem sombra de dúvida. Podia até sentir as vibrações. Tomou, por isso, a decisão, quase mecânica de abrir o caixão, mesmo que fosse para morrer, sabe lá como ou por quê.

Desatarraxou, febrilmente, os parafusos da tampa do ataúde, e à medida que o fazia, sentia que as vibrações aumentavam e uma voz rouca e desesperada pedia por socorro. Ao retirar o último parafuso, a tampa voou para o alto e pôde constatar com imenso horror uns braços que se debatiam, acompanhados de uma rouca voz que soluçava, entrecortada de um riso diabólico.

O cabra se benzeu, exclamando: "Tesconjuro, satanás!!!" Ao mesmo tempo colocava as mãos na cabeça, como que a esmagá-la. Seus olhos esbugalharam e sua voz não conseguia mais nada exprimir, nem sequer um grito de desespero.

Estava nesse estado cataléptico quando ouviu:

— Sou eu, Cesário! O prefeito! Tire-me daqui pelo amor de Deus! Tire-me logo!

— Sim, meu sinhô patrão, carma, carma, que já vou tirá vosmecê logo daí! — E assim dizendo empreendeu todos os esforços para retirar o patrão daquela incômoda e inusitada situação, o qual parecia mais como um *deus ex machina* invertido, que, ao invés de descer, subia, e com ímpeto, para os "céus".

~ XVII ~

O INFERNO

Vamos, contudo, fazer uma pausa; digamos, uma pequena digressão, deixando a patética cena da "ressurreição" do todo-poderoso prefeito Cesário, que acabara de subir aos "céus", vindo das profundezas do inferno, para convergirmos, em sentido contrário, ou seja, dos "céus" para o inferno, se, claro, nos permitir o nosso paciente leitor. Inferno esse que, nesse exato momento, acabava de engolir a nossa desventurada dama Lucrécia. Depois dos últimos acontecimentos, ela começara pouco a pouco a ser dragada e queimada pelas impiedosas labaredas do arrependimento e da culpa, ardendo sozinha e sem qualquer piedade!

  Como acontece sempre nessas situações, fora invadida no seu âmago por uma dúvida atroz: salvar ou não o seu marido da terrível e asfixiante morte, que, no fundo, jamais quisera nem acreditara? O que realmente crera, apesar de tudo, era que tudo não passaria de uma boa lição dada àquele insensível marido. Tola e irresponsável crença que lhe invadira o coração sedento de vingança e ávido por amor e liberdade. Mas, infelizmente, admitia agora ter errado na "dose e na medida", como quase sempre acontece em casos semelhantes e tão comuns na nossa tola e fútil espécie humana, quando, afinal, tem o seu feitiço virado contra o "esperto" feiticeiro. Mais lhe doía saber que agora seria quase impossível qualquer regressão que pudesse livrá-la daquele horroroso e infindável pesadelo. Antecipava as prováveis consequências que aquele seu tresloucado ato irresponsável poderia lhe causar, principalmente no caso da volta de Cesário.

"Como fora tão tola e tão inconsequente ao deixar transparecer a sua cumplicidade, quando seus dúbios sentimentos não queriam, na realidade, o grave resultado que ora amargava inexoravelmente?" Pensava ela consigo mesma em sua torturante culpa e arrependimento. Essa indagação jamais poderia responder, porque o coração, sabe-se, tem razões que a própria razão desconhece, segundo muito bem ensinava o filósofo Pascal. De qualquer modo, pelo bem ou pelo mal, tinha consciência de que jamais se livraria da culpa que lhe ardia o peito, uma vez que, mesmo não tendo querido o resultado, o admitira como provável, aceitando-o por uma egoística brincadeira de muito mau gosto!

Mas logo outra dúvida cruel lhe vergastava todo o ser, como um impiedoso açoite: "Como fazê-lo? Como impedir o resultado?" Era a grande e difícil questão, que lhe avassalava o espírito. "Como poderia ela, pobre e frágil mulher, sozinha e sem qualquer ajuda, caso assim decidisse, agir para salvar Cesário? Sim, porque jamais poderia contar com a ajuda de quem quer que seja, pela suspeita que sua iniciativa levantaria. Seria, no mínimo, tomada como louca e encerrada em um frio manicônio. Muito menos poderia contar com qualquer ajuda de Amaral, por óbvios motivos." A este via agora como uma ameaça sempre presente e constante na sua vida. "Como fora tola! Como fora irresponsável e inconsequente?"

Na verdade, como já se viu, nunca realmente quisera a morte de Cesário. Apenas sonhara com sua liberdade e em ser amada, sonho que desde menina acalentara. Contraditoriamente, tudo lhe fora negado por imposição de sua natureza de mulher, mulher cheia de amor e carinho para dar! Agora, via com mais clareza a sua triste condição de vítima dos terríveis preconceitos sociais que a levaram ao convento em razão de um amor proibido e de seu fruto, o qual morrera em seu ventre por força de uma pretensa honra e hipócrita moral. Assim fora arrastada e logo após violentada pela vida, como se fora uma criminosa empedernida. Resistira o quanto pôde, entretanto, forças maiores acabaram por lhe impor a vontade da pétrea intolerância.

Engraçado observar que fora justo aquele inusitado e inesperado encontro com Mateus, durante as exéquias, que lhe evocara toda a sua antepassada desgraça. Ao mesmo tempo lhe trouxera, não sabia nem o porquê, uma doce esperança. A esperança de uma vida feliz! Justamente a felicidade que, de outro modo, inadequado e injusto, procurara alcançar. Tola triste esperança e ledo engano!

Agora havia para ela somente uma terrível verdade: fosse o que fosse, era uma criminosa, mesmo que cúmplice involuntária, seja pela tentativa, seja pela consumação. O que seria melhor?! Diante da lei, naturalmente, a tentativa, pois sabia que até poderia haver um arrependimento eficaz, premiado pela minoração da pena. Mas que pena que nada! A lei ali era Cesário, o dono de tudo, tal como há muitos e muitos anos afirmava Luiz XV: *L'etat c'est moi*. Sua pena jamais seria aplicada nem mesmo reduzida. Tinha ela, quanto a isso, o que qualquer um de sua estirpe tinha: a certeza da impunidade.

Contudo, se Cesário sobrevivesse, teria um castigo muito pior: seria certamente enterrada viva junto com ele. Mas não exatamente como se dava no antigo Egito com as infelizes mulheres dos antigos faraós. Sua tumba seria muito diferente e muito pior, porque, no seu caso, seria enterrada dentro de quatro paredes até que a morte a libertasse. E disso, ela tinha inteira convicção, pois essa era a lei do inculto e atrasado sertão.

Apesar de tudo, ainda assim alguma coisa a movia, sem que pudesse evitar, a ir ao cemitério constatar o que mais temia: o despertar de Cesário, pois precisava mais do que nunca ter certeza de que tudo não passara de um terrível pesadelo, ou desfazer, como uma fada com sua varinha de condão, o terrível acontecido.

Após todas as devidas considerações, que a mais das vezes lhe desaconselhavam a empreitada, resolveu, por fim, ir ao cemitério. E por quê? Porque é bem sabido universalmente que o criminoso sempre volta ao lugar do crime.

Sim, voltaria, mas como? Sozinha era praticamente impossível, dado que uma mulher não poderia estar àquelas horas da noite fora de casa sem derramar suspeitas. E que suspeitas! Não havia naquela cidade alcoviteira quem não desconfiasse de suas atitudes, embora duvidasse muito que alguém soubesse a verdadeira cor das pedras do fundo do poço. Por essa e por outras razões, resolveu atribuir, ainda que muito a contragosto, essa tarefa ao seu "cúmplice" Amaral. O problema era como contatá-lo sem deixar vestígios. E foi aí que ela mais pecou. Seja por desespero, seja por falta de outra opção, deu ordens ao molequinho Moa para que fosse à casa de Amaral entregar um bilhete seu. Embora lacônico e codificado, teve o condão de levantar temores em Efigênia, que a tudo bisbilhotava. O bilhete assim dizia:

"Senhor Amaral,
Que este vá encontrá-lo em boa disposição, após todo o nefasto acontecimento. Sinto incomodá-lo, mas como sei que posso confiar, como sempre confiei, na amizade de V. Sa., rogo-lhe que tome conta sem descanso da ultimação dos procedimentos necessários ao repouso eterno do nosso estimado Cesário. Fiquei deveras preocupada com os entreveros à respeito de sua conclusão imediata. Assim, peço-lhe que esteja alerta e bem comprometido no afã de ultimar o merecido repouso do meu amado esposo e de seu dileto e fiel amigo.
Fico no aguardo de suas imediatas providências.
Meus reiterados respeitos e antecipado agradecimento.
Lucrécia."

~ XVIII ~

A NOITE DOS FANTASMAS

Amaral recebeu o bilhete e, após lê-lo, ficou ainda mais preocupado do que antes, ao deixar o cemitério imprudentemente, conquanto impelido por circunstâncias de extrema cautela. O significado do bilhete era para ele tão claro que não deixava qualquer dúvida a respeito do perigo que corriam ele e sua cúmplice. E aquela dúvida cruel ia aumentando e o esmagando de tal modo a levá-lo ao descontrole, o que, para ele, seria como uma forçada confissão circunstancial. A situação era grave; sentia-se como Dâmocles, com aquela ameaçadora espada dependurada por um tênue fio acima de sua cabeça, prestes a ceifar-lhe a vida a qualquer momento e a qualquer balanço. Como aquela lendária figura, amaldiçoava o poder que sempre invejara, porque quase sempre desejamos o que nos parece maravilhoso, sem, todavia, considerar o alto preço que se paga tanto pelo prazer, quanto pela posse dos bens terrenos, ainda que de considerável valor pecuniário ao nosso míope olhar, pois é bem sabido que caixão não tem gaveta.

O boticário não tinha escolha. Tinha que dar o grande salto, o pulo do gato. Agora, era ver ou ver! Precisava colocar a sua incrédula mão nas "chagas" ainda abertas de Cesário. Como poderia recobrar a tranquilidade e gozar de tudo o que pensava, na sua ambição megalomaníaca, ter direito? Mesmo que o jogo lhe parecesse perdido pela atual conjuntura, o importante era continuar a jogar e a jogar até o final. Até porque, como acreditava piamente, não há mal que sempre dure nem bem que não se acabe; e que uma mentira robusta e sempre reiterada, ao final, acaba por se tornar verdade.

Era, além do mais, fiel partidário da teoria existencial de Raskólnikov, o anti-herói de *Crime e castigo*, de Dostoiévski, que acreditava na supremacia do mais bem dotado, pois essa seria uma indubitável e inarredável lei da qual o homem não estaria excluído. Darwin, em sua tese evolutiva, demonstrara-o cientificamente, no campo biológico. Assim lhe parecia ser igualmente no campo social, em que, apesar da pretensa ordem jurídica pacificadora, quase sempre prevalecia, a seu ver, a lei do mais forte!

Era justamente o que tinha aprendido desde criancinha, quando sentiu-se por muitas vezes truculentamente arrebatado dos doces braços de sua mãe, que sempre o protegia, por um pai agressivo e insensível, para ser submetido a um cruel e desproporcional castigo corporal em retribuição a pequeníssimas faltas infantis. Absurdo? Sim, mas seja como for, de que é feito o mundo? Talvez fosse por isso que o boticário não amava, brutalizava; não conquistava, arrebatava; não contemporizava, impunha; porque tudo se aprende na infância, e, quando não, adquire-se por osmose no convívio social.

Esperou, portanto, que as horas passassem, a fim de conseguir alcançar o cemitério sorrateiramente, para que ninguém descobrisse ou desconfiasse do que sua mente deturpada pelo medo e pela culpa projetaria como público e notório. Para tanto, vestiu-se propositadamente todo em preto, dos pés à cabeça, e pôs-se a caminho. Tinha, entretanto, que passar diante do temível e detestável "boca do inferno", nome mais do que adequado e sugestivo, pelas conversas subversivas, antissociais e imorais que ali eram mantidas por filósofos, artistas e escritores, e, às vezes, até religiosos de suspeitas e secretas seitas. Sejamos, contudo, tolerantes, pois a filosofia, a arte e a religião, bem como a ciência, têm o mesmo fim: dar sentido à vida pela busca de um princípio universal, isto é, a busca incessante e cansativa da existência de um Deus criador, bom e justo, como se quer que, apesar das aparências, Ele fosse.

A "boca do inferno" nada mais era do que o irreverente Bar Chopim, e, por tudo que se disse a seu respeito, foi que Amaral, sem outra escolha, avançou resolutamente, passando o mais rápido que possível por aquele detestável templo de perdição, fazendo-o como que tomando um amargo, mas necessário, purgante.

Infelizmente, tudo fora em vão, pois sabe-se muito bem que o que está no mundo se esconde — exceto nos autos de um processo judicial —, razão pela qual a sem-vergonhice cada dia se torna mais respeitável. Que nos perdoem os homens justos, honestos e de bom coração, sem os quais não haveria qualquer esperança.

Um daqueles empedernidos boêmios, mesmo que muito calibrado, mas de antena muito "ligadona", logo vislumbrou o vulto passante, tal como uma "alma-penada" (dada a grande identidade com esta, a amenizar em muito a metáfora aqui empregada), apesar do luto e dos cuidados sorrateiros daquele estranho transeunte. Heitor, o mordaz causídico, assim que percebeu o urubu passante, se precipitou à porta do estabelecimento para o reconhecimento de tão fantasmagórica aparição. Permaneceu por uns instantes a conferir a autenticidade e a sua direção, e, logo depois, voltando aos seus companheiros, disse-lhes de quem se tratava, pois os mesmos aguardavam ávidos o prognóstico da descoberta:

— Ora, ora, é aquele filho da puta do Amaral. Vai todo de preto. Caramba! Vai ver que vai direto pro cemitério, o sacripanta! — Disse Heitor em tom irônico.

— Cemitério!? — Exclamaram todos, quase no mesmo diapasão. Parecia até uma encenação teatral.

— É, acho que sim — redarguiu o rapaz. E prosseguindo com cara de comediante impagável, afirmou: —Vai ter certeza de que Cesário ainda está morto... bem morto!

— Não, não. Nada disso! Vai fazer a sua macumbinha de sempre... De boticário não tem é nada. Aquele filho da puta não passa mesmo é de um feiticeiro vagabundo...

A turma explodiu numa tremenda gargalhada, sendo então prontamente repreendidos por Joca, o respeitável dono do bar.

— Ó Joca, pelo amor de Deus, não vai dizer também que você não sabe de nada?

— Não sei, não quero saber e tenho raiva de quem sabe... Tá bem? — Redarguiu o proprietário com um semblante carregado de falso respeito.

— Ô ô ô ô — foi a vaia geral.

— Olha aqui, gente, eu tenho é respeito pelos mortos... e tem mais uma coisa, a vida dos outros não me interessa, não!

— Advogando em causa própria, não é mesmo? — Respondeu Aurélio, o filósofo cínico. E em seguida com certa seriedade: — Vamos trocar de assunto... Sei que no fundo estamos todos abalados, mas, que fazer se a vida é assim, não é mesmo? O pior de tudo, acho, é estar vivo esperando pela ossuda que um dia virá com toda a certeza... Mas tudo bem... É por isso que não ligo pra porra nenhuma... vou é vivendo... e o resto que se foda! — Terminou, cantarolando aquele conhecido refrão: "Meu mundo é hoje, não existe amanhã pra mim..."

Nesse ponto todos concordaram, talvez por uma unanimidade burra, tão burra e inútil quanto as suas existências.

Apesar do interesse que nos poderia deter aqui acerca da filosofia que estava prestes a se desenvolver, e que, certamente, iria pela madrugada adentro, regada, como sempre, à cerveja e fornida pelos suculentos salgadinhos do Joca, seria de bom alvitre, atendendo à provável avidez do leitor, fazermos uma digressão no tempo para irmos ao que mais lhes interessa, ou seja, até o despertar de Cesário, pois essa noite está destinada às almas penadas e aos desgraçados, no teatro da vida capivarense.

Ronda de fantasmas crentes
Almas vivas transparentes
Que vivem como as gentes
Num mundo de indigentes
Devemos fazer parênteses
Na abominável noite quente
De um homem lobo uivante
E uma loba mulher carente
Solitária alma quase demente
Nada mais que alma temente.

Loba! Como parecia Lucrécia em toda a sua aflição, "uivando" como tal em noite de lua cheia, errante pelo quadrante de seu quarto, e olhando a todo o momento pela janela, buscando no horizonte escuro alguma coisa imaginária, algum ponto onde pudesse se agarrar, como um náufrago em sua tábua de salvação.

Em uma dessas idas e vindas, parou na janela com o coração aos saltos. É que vira um vulto encapuzado por uma longa toga, agarrado ao grande portão da mansão. Era com certeza um homem. Mas quem, afinal, estaria ali naquela trágica noite, e com que propósito? Era difícil, muito difícil de imaginar! Percebeu, de repente, que aquele estranho olhava fixamente em sua direção, e, no momento em que seus olhares se cruzaram, descobrindo-se, como querendo se identificar. Foi então que Lucrécia pôde, com o coração aos saltos, reconhecer aquele homem que, pouco antes, à primeira vista, lhe imprimira uma sensação muito estranha. Uma sensação de *déjà vu* indizível. Alguma coisa inexplicável que tinha ficado em algum tempo gravada em sua lembrança, como um sonho distante e inesquecível. Era sem dúvida, como ela, um lobo, um lobo igualmente solitário e faminto de amor.

Agora sim! Após o trato dos lobos e das lobas, poderemos cuidar devidamente daquele famigerado assunto, isto é, da fantástica ressurreição de Cesário, sobretudo porque estamos preocupados com o ávido interesse do leitor, movido por um natural sentimento de identidade humanístico com o nosso anti-herói. No final das contas, a vida é o bem maior que a todos nós compete defender por uma questão de profunda solidariedade humana, ou empatia com aqueles que sofrem qualquer restrição em sua liberdade de agir em defesa própria, enfim, a chamada legítima defesa, que ultrapassa até os mais defensáveis valores jurídicos.

O doloroso despertar de Cesário daquele impotente torpor é uma daquelas coisas que não se pode descrever em meras palavras, tal o horror que nos incute. Se os mais renomados escritores tiveram a sinceridade de constatar sua incompetência em descrever sentimentos e mesmo paisagens que se sobrepõem ao entendimento e percepção humanos, como poderíamos nos atrever a fazê-lo sem antes pedir perdão ao nosso leitor? Contudo, já que estamos em circunstâncias assemelhadas, pensamos não ter o direito de nos furtar à descrição do fato, pois é sabido que quem não arrisca, também não petisca, mesmo sabendo de antemão que incorreremos em insuficiências que a exigência ou a irreverência da crítica não nos perdoará. Mas é sem dúvida o risco a que tem que se submeter todo aquele que ousa escrever para o público.

Começaremos, então, e não poderíamos deixar de fazê-lo, sem registrar um som longínquo, que vinha de um pequena favela nas proximidades de onde Cesário aguardava o chamado milagre de Lázaro, quando Jesus lhe ordenou: "Vem para fora!" Era o compasso marcado por um tambor, dando vez ao pandeiro, cavaquinho e violão, enquanto, num lamento, um grupo vocal lhes acompanhava batendo com as palmas da mão, no mesmo tom, chorando uma conhecida e velha canção, coincidentemente própria para o momento:

"Mais um malandro fechou o paletó... Eu tive dó...
Morreu, malvadeza durão... malandro, mas muito considerado..."

Própria ou imprópria não é bem a questão, já que a vida é perpetrada de bipolaridades contraditórias. Contradições essas que jazem na natureza e por mais que sejam por nós, seres ignorantes e limitados, consideradas injustas e inadequadas, não o são de fato, uma vez que produzirão no seu devido tempo uma cissiparidade ou, melhor dizendo, um novo ser mais perfeito, que será a seu tempo contraditado infinitamente. Mas deixemos a vã filosofia e vamos ao que interessa.

Logo que Cesário deixou aquela horrível e constrangedora situação de defunto mal encomendado, agarrou Raimundo com uma expressão de pavor, que este, apesar de toda sua vida de corajoso jagunço, jamais contemplara. Olhou-o cara a cara com olhos esbugalhados, como que tentando recobrar a sua consciência completamente embotada, seja pelo efeito da droga ingerida, seja pelo pavor que ainda o dominava. Nesse estado cataléptico, sacudia Raimundo tentando desesperadamente reconhecê-lo, e somente após algum tempo de excitada alienação é que foi reduzindo os seus impulsivos reflexos até poder encarar como tal o seu cúmplice homem de confiança.

— Raimundo! Raimundo! Meu amigo! É você?! — E assim dizendo em tom patético, abraçou o amigo como jamais o fizera antes com qualquer ser humano. Chorava como uma criança perdida. Tomando aos poucos o controle de si mesmo, sentou-se em um dos degraus da suntuosa câmara mortuária, chorando copiosamente. Raimundo o olhava petrificado, tentando compreender tudo aquilo que se passava diante de seus esbugalhados olhos incrédulos.

De repente, os dois escutaram no silêncio da noite alguns estalidos de gravetos, como que anunciando a presença de algum intruso. Cesário levantou-se rapidamente e, já refeito da crise, comandou, num sussurro:

— Raimundo, restabeleça a ordem! Coloque tudo como estava e feche a porta. Vamos ver quem é que está aí...

Logo que Raimundo consumara a prudente ordem que lhe fora dada rispidamente pelo patrão, uma segunda fora-lhe ordenada, e dessa vez, em sussuro:

— Venha, venha, vamos ficar aqui, escondidos atrás da capelinha.

Não demorou muito e um vulto negro logo se destacou à luz da lua. Vinha agora com todo o cuidado, pois tinha ouvido algum movimento à sua frente, o qual, cautelosamente, procurava descobrir. Parou a alguns metros de distância do seu objetivo: a infestada capela mortuária dos "césares". Ali permaneceu por algum tempo, procurando certificar-se de sua suspeita. O que teria sido? Ora, certamente um pássaro noturno, uma coruja, ou mesmo, quem sabe, um desses roedores à procura de uma presa. Mas logo, com grande alívio, pôde arredar a infundada suspeita assim que constatou o bater de asas de uma ave noturna em fuga, talvez uma assustada coruja, o que teve o condão de recobrar-lhe a coragem. Determinadamente encetou a sua cautelosa aproximação da almejada câmara mortuária.

Cesário ansiava por reconhecer aquela figura fantasmagórica, já quase lhe descobrindo a identidade. Quem, afinal, poderia estar ali àquela hora, tão interessado nos mortos a ponto de se colocar em perigo. Ah! E não deu outro resultado naquela farsa lotérica:

— É o Amaral, aquele filha da puta do Amaral! Ah, como eu gostaria de pegá-lo pelo gogó e mandar-lhe para os infernos! — Sussurrou Cesário ao seu braço direito, que o olhava em tom interrogativo.

— Ah, sim, foi esse filho da mãe que me colocou naquele maldito caixão... — explicou Cesário a Raimundo, que ainda procurava entender como e por que aquilo se dera. Contudo, como era homem de decisão e obediência cega ao patrão, a quem tudo devia, não foi muito difícil propor:

— Patrão, vamos colocar ele no mesmo caixão e encomendá-lo ao diabo!

— Sim, sim, é o que eu mais gostaria de fazer... mas quero fazê-lo com requintes... quero que ele sinta as dores que senti e muito, muito mais... Mas afobado como cru e quente! Ah, já sei, já sei o que fazer. Espera aqui e assista à cena.

Assim dizendo, Cesário se empertigou todo e saiu em passos de Frankenstein em direção a Amaral, petrificando-se poucos passos à frente da sua câmara mortuária. Ao avistar aquela sombra sinistra, trajada em preto fechado, cujo rosto lhe era irreconhecível, pois que sombreado por um chapéu de abas largas, que Cesário tomara emprestado de Raimundo, Amaral ficou paralisado. Malgrado sua descrença no sobrenatural, estava dominado pela dúvida que a todos nós assombra quando se trata da morte, bem como pelo medo real, pois a única coisa que mais temia era a ressurreição de seu agora inimigo. Tinha plena consciência de sua maldade, e temia por suas consequências, além de ter um profundo respeito pelo zumbi haitiano, embora jamais tenha tido qualquer conhecimento concreto de sua existência a lhe dar plena certeza. Entretanto, sabia muito bem que tudo neste mundo enigmático não passa de mera ilusão, e que mesmo esta muitas vezes se confunde com a impropriamente chamada realidade. Pelo sim, pelo não, Amaral, tomado pela dúvida e pelo medo que embota a razão, deu uma rápida meia-volta e desapareceu em desabalada carreira, somente dando conta de sua covardia quando já bem longe daquele infernal e maldito cemitério.

Cesário, apesar da desgraçada experiência por que acabara de passar, foi dominado por um assomo de riso convulsivo, por onde, felizmente, drenou todo o seu medo e toda a sua amargura. Raimundo o observava atônito, ainda nada entendendo da extensão daqueles insólitos acontecimentos. Os dois logo fugiram daquele desagradável sítio, não sem antes simular a aparência de ter ficado encerrado naquele pavoroso caixão, como se morto estivesse. Para tanto, puseram-se a trabalhar ansiosamente, pegando umas pás deixadas em uma tumba recentemente aberta pelos coveiros para receber um próximo e desconhecido freguês. Preencheram o caixão de Cesário até que equivalesse ao seu peso morto. Em seguida, colocaram no lugar em que estava à espera de seu enterro definitivo, como ficara combinado. Por fim, lacraram-no convenientemente e saíram rapidamente em direção a outro lugar muito mais seguro e agradável: o famigerado Sítio do Encontro. Cesário, como sempre prudente, quis que Raimundo ficasse no cemitério até a manhã seguinte, e por duas boas razões.

A primeira, pela falta de uma boa montaria para ambos. Lembremo-nos que Raimundo ali estava com a sua montaria de estimação; segundo, porque Cesário temia a volta daquele intruso ao cemitério. E se assim fosse, ele poderia facilmente descobrir a farsa e, consequentemente, recobrar o domínio da situação, o que Cesário menos queria e desejava. E tudo era muito compreensível, dada a situação em que agora estava. Como poderia aparecer de repente assim fresquinho do meio dos mortos? Que explicação poderia dar sem cair no ridículo e na descrença geral? A situação como se vê era assaz delicada. Era uma questão de ser ou não ser!

Cesário queria, como homem vaidoso e cioso de sua masculinidade e estirpe, uma vingança à altura de seu orgulho ferido. Afinal de contas, o ludibriado prefeito pertencia àquela categoria de "homens nobres e espertos", bem descrita no *Idiota* de Dostoiévski, que, somente por terem sido concebidos no seio de abastadas famílias, pretendem ser possuidores de gênio e talento incomuns.

Mas a vingança teria que ser urdida e perpetrada de tal modo a se prolongar no tempo e no espaço (para conhecimento de todos), como uma espécie de tortura, que acabasse por levar seu algoz a definhar em desesperado sofrimento. A compulsão e a intensidade do seu incontrolável desejo de vingança (mágica e enganosa noção de anulação do injusto mal sofrido por alguém) o dominava a ponto de fazê-lo esquecer de sua própria existência e identidade, como se de fato estivesse definitivamente morto para o mundo real, o que significava, sem plenitude de consciência de suas consequências, a manutenção de sua triste condição de morto-vivo. Seria, por triste semelhança, como um jogo em que o jogador quase falido dava a última cartada, do tudo ou nada, para ao final acabar completa e irremediavelmente abatido? Um tremendo risco e um tremendo engano?

~ XIX ~

A DÚVIDA CRUEL

A fé, que desfaz as sombras interiores, não se compadece com a dúvida, que paralisa a ação e mata a esperança. Por isso mesmo, alguns até preferem outra qualificação mais expressiva: dúvida atroz. E desses não se pode, por óbvias razões, duvidar! Foi assim, tomado de dúvida, que Amaral saiu daquela assombrada cena que há pouco vivenciara no soturno e silencioso campo-santo, e que com muito custo narramos.

"Quem seria, afinal, aquele homem vestido naquele amortalhado terno escuro?" pensava ele, sem, entretanto, acreditar no pior, ou seja, naquilo que mais temia acontecer: fosse aquele fantasma, ou quase isso, o próprio Cesário redivivo. Por medo, como acontece comumente com a imprevisível e decepcionante espécie humana, começava a acreditar naquilo que jamais pudera ser possível acontecer. Mas quem pode apostar no imprevisível neste estranho e desconhecido mundo de Deus, se o próprio chamado previsível muitas vezes não acontece, teimando em se transformar em imprevisibilidade. Pelo sim, pelo não, bem melhor era colocar as barbas de molho, já que o efeito não seria muito diferente: Cesário transmudado num zumbi ou de fato vivo! Nenhuma dessas hipóteses era realmente esperada pelo astucioso Amaral, que levara o prefeito, mordido pela cobiça, a aceitar aquele jogo assaz perigoso. Contudo, em sua pretensa e firme convicção de tudo poder e tudo saber, jamais poderia admitir que, como diriam os russos, "a faca corta de ambos os lados".

Ia desse modo resfolegando, trôpego em suas pernas bambas, enfraquecidas pelo medo e pela dúvida, quando, de repente, deu de cara com alguém que vinha em direção oposta, como que saído da imponente mansão dos Albuquerque. Era aquele rapaz de quem nem o nome sabia, mas do qual guardara muito bem o belo porte e atraente fisionomia. E essa lembrança vinha junto com os recentes acontecimentos a lhe realçar mais ainda a ameaça que pairava acima de sua cabeça, enfraquecendo-lhe o instinto de sobrevivência, porque o indesejado encontro àquela hora e no local em que se dera fora como uma fria e inesperada punhalada no seu fragilizado coração. E não seria exagero, não, como se poderia crer, pois Amaral mais do que nunca necessitava do amparo e da fidelidade de sua cúmplice Lucrécia.

Não a queria, é óbvio, envolvida ou relacionada com quem quer que fosse. Apostava, com toda razão e pela própria experiência, na sua fraqueza, por isso a via, agora, como uma grande ameaça. Além do mais, como era um bom observador, pôde perceber, durante todo o féretro, o encontro furtivo de seus olhos com os de Mateus. A suspeita, então, o dominou por completo e, em consequência, a dúvida se avolumou a tal ponto de imaginar o inimaginável: via Lucrécia em seu quarto completamente nua nos braços daquele patife, que quase com ele esbarrara. "Será que ele tinha saído sorrateiramente de sua quente alcova? E por que não?! Não seria nada impossível, dada as condições psicológicas de Lucrécia, ainda mais que fragilizada por todo aquele dia de intensa emoção." Assim envenenava a si mesmo seu coração desesperado, seja por medo, como já se disse, seja por ciúmes de macho traído, ou em vias de o ser.

Amaral, com todas essas torturantes elocubrações, ia cambaleando em direção à mansão dos Albuquerque. Precisava mais do que nunca descansar. Sentia-se quase fora de si. Precisava muito tomar um longo trago que o ajudasse a entorpecer-lhe os sentimentos confusos e ameaçadores. Mas, agora, precisava mais do que nunca ver a "sua" Lucrécia! Queria não somente arredar aquelas suspeitas que lhe avassalavam o coração como um pesadelo, bem como compartilhar com ela das fundadas suspeitas a respeito da ressurreição de Cesário, que haviam envenenado o seu espírito de uma maneira inominável.

Tentou encontrar a cúmplice amante, apesar da suspeita que temia incutir nas pessoas próximas a ela, mas tudo era movido por uma terrível e incontida compulsão. Após ter batido e sacudido o grande portão, fora atendido por Efigênia, que transmitiu a ele a decidida e irrevogável vontade de Lucrécia de não ter naquela hora qualquer pessoa em sua casa. Ela precisava de descanso, e era bastante compreensível, a não ser para ele, o que foi por sua doentia mente compreendida como uma recusa a si mesmo, por razões de grande necessidade, premida por sua desvairada fantasia, como há pouco se viu. Recusado, humilhado e abandonado, só lhe restava se recolher. Deu meia-volta de uma estranha maneira, observada com espanto por Efigênia, ao mesmo tempo que ia dizendo consigo mesmo, como um bêbado: "Não quer me receber... não quer... Claro que não! E por que não quer? Não quer... não quer... a filha..."

Amaral, ao passar diante do Bar Chopim, resolveu entrar, coisa igualmente estranha de acontecer, pois não só detestava o lugar como também as pessoas que o frequentavam comumente. Tomou uma mesa logo à entrada e ordenou, em voz descompassada, uma cerveja, que sorveu bem rápido, necessitando logo de uma outra e uma outra. Enquanto bebia, mais seu espírito se esvaía, dando-lhe uma aparência triste e cansada.

No fundo do bar, residia a "turma da bossa". Aquela habitual, que ali vinha para a discussão do assunto mais polêmico da cidade, do país e do mundo (a mídia capivarense). Entre eles estava, como se era de esperar, Mateus, igualmente conturbado e necessitado de amparo dos seus antigos companheiros. Quando Mateus chegara, pouco antes de Amaral, causara uma certa apreensão e espanto nos amigos, por reconhecerem de pronto o seu estado deprimido.

Lá discutiam a morte prematura e inesperada de Cesário, pelo qual sentiam ainda uma certa afeição, construída ao longo de uma convivência na mocidade, anos antes de ele ingressar na vida política, o que, parece, fora imposto pelo pai, homem severo e extremamente ambicioso.

Pela entrada inesperada e imprevista de Amaral, fizeram prontamente um silêncio e entreolharam-se, querendo uma explicação que, na hora, lhes faltava no pensamento. Até que um deles perguntou aos demais em tom abafado e fora do costume:

— O que é que esse cara tem, hein?

— Saudade, né? — A resposta não tardou.

— Saudade... de quem? — Retrucou prontamente. O interlocutor sacou impiedosamente:

— Ora, ora, companheiro, do amigo que se foi... — respondeu, com um piscar irônico de olhos.

— Do amigo da onça a gente comemora o "passamento"... não chora não.

— Mas que amigo da onça o quê! O homem lhe facilitava tudo... — E em tom sussurrante, acrescentou: — Até a mulher...

— Ô gente fofoqueira!

— Olha aí quem fala!, o boca do inferno... acho que você está na lista da viúva e ninguém nos contou, não é mesmo?

— Vamos respeitar o luto daquela mulher, ó gente. Afinal de contas, ela me parece uma pessoa de respeito — intercedeu Mateus.

— Hum, olha só quem fala... — observou mais um outro, conservando o tom abafado. — Por acaso você ainda não desconfiou que todo mundo está comentando os seus olhares para cima da viuvinha, aquela doce uvinha?! — Arrematou o boca do inferno.

— Deixa disso, gente... isso é uma interpretação maldosa que eu repudio... Isso não tem o menor fundamento! — Redarguiu ríspidamente Mateus.

— Ah... tá bem, companheiro, tá bem... não está mais aqui quem falou, desculpe, desculpe, não pensei que fosse tão sério assim!

— Está bem, está bem, eu entendo a brincadeira, mas... vocês sabem, eu estou ainda muito abalado com a morte de Cesário. Ele, apesar de tudo, por incrível que pareça, era um bom amigo. Apenas, me parece, que o poder sobe à cabeça das pessoas, transformando-as... É realmente uma pena!

— Você tem toda razão, camarada. O poder, a fama e o dinheiro são uma merda só... mas uma merda cheirosa, não é mesmo?

— Eu fico abismado, digo, revoltado com essa classe governante! Agora mesmo foi declarada uma verdadeira guerra para encampar o lugar do morto. Começou quando o cadáver estava ainda quentinho.

— É mesmo... É uma vergonha!

— Mas não é só pela prefeitura, pois essa ainda é passível de escolha popular. O pior é a luta sacana pela mesa da Câmara. Essa é que é de foder. É um tal de se vender e de se comprar. Tudo à custa do povo, pelo povo e para o povo!

— Você falou em escolha popular? Mas que escolha que nada, companheiro. Essa nossa democracia é uma vergonha! Tudo não passa de uma tremenda picaretagem! Ganha quem tem dinheiro pra comprar votos... É ou não é?

— Bem, mas, como campo comum, diz-se que é ainda a melhor entre as piores.

— Porra, não fala isso não, dá vontade da gente sumir, cara... Tudo ruim?! Vai ser pessimista assim nos infernos!

— Não sou pessimista nem otimista... Muito pelo contrário... Eu sou é realista. Afinal, o homem é ou não é um animal político? Eu também sou, você é, todos nós somos... E, infelizmente, temos que ser, senão...

— Acho que você se enganou. O homem é um animal social... Assim disse Aristóteles, se não me engano.

— É sim, e daí, não dá no mesmo? Você já viu alguma sociedade sem política?

— Já sim, as ditatoriais.

— Ah, você quer dizer sem políticos, não é mesmo? Mas não sem política. Digo e repito, de qualquer modo o homem é mesmo um animal político, seja pelo voto ou não. Há muitas maneiras de se fazer parte do poder, meu camaradinha.

— Ah, sem dúvida. Mas sabe o que eu acho... Acho que você, lá no fundo, Freud explica, você gostaria mesmo de ser um político, e político mesmo no sentido do curral.

— Porra nenhuma! Você está é querendo me sacanear, não é mesmo? Eu lá quero poder? Poder pra me foder?! É o que essa gente quer. Quer mesmo é se foder!

— Mas, afinal de contas, para que essa gente quer poder? É mesmo pra foder!

Nesse ponto, uma risada geral ribombou a ponto de assustar Amaral, que prontamente se levantou e saiu de cara torta e amarrada.

— Lá vai o filho da puta — disse um dos contendores. — Vai com Deus e as pulgas, safado! Pra esse só falta ser político, como pra aquele burro que só faltava as penas pra ser burro.

— Político? É o que mais ele é, segundo aquele teoria de Aristóteles, da qual estou de pleno acordo, só que ainda sem cargo.

— Mas não tem, hein? O cargo dele é dos mais espertos. O homem é mais ladino do que se pensa. Bobo é quem nele acredita, não é mesmo?

— Tem razão, tem razão. Não se deve desprezá-lo, não. Afinal de contas ele agora tem o controle de tuuuudo...

— De quê? — Indagou Mateus

— Ah, deixa pra lá, Mateus, esse cara não sabe o que diz. Ó meu Deus do céu, que palpite infeliz! — Aconselhou um outro, parafraseando um conhecido poeta popular, como era de seu acasiano costume.

E lá ficou a rapaziada filosofando, bazofiando; como sempre, criticando a vida alheia, o que lhes era mais agradável, pois é sabido que os homens conhecem muito bem os defeitos dos outros, mas têm grande dificuldade em reconhecer os próprios. Tudo isso embalado e estimulado por incontáveis copos de cerveja bem gelada, que, a essa altura, tiveram o condão de abrir o salão das anedotas picantes e da maledicência contra certas personalidades locais, principalmente as do gênero feminino, coitadas!

Enquanto isso, no campo-santo, como impropriamente se dizia por lá, o nosso injustiçado Cesário, após ter corrido com o seu algoz, o "corajoso e esperto" Amaral, resolveu por sua vez fazer também uma. Mas uma retirada napoleônica, a bem de se ver, urdida de táticas e estratégias, e na medida em que ensinava Mao Tsé-Tung: "Em estratégia, um contra dez; em tática, dez contra um."

— Ó Raimundo, traga-me logo o cavalo que está na hora de me safar daqui deste lugar imundo. Tenho muito o que fazer ainda, pois agora é que vai começar uma nova história...

— Pois não, patrão, é pra agorinha mermo, pega o meu que eu me viro em outra montaria.

— Tudo bem, tudo bem, mas fica de atalaia aqui até que os coveiros enterrem a primeira página dessa velha história.

— Deixa comigo, patrãozinho, não arredo o pé daqui nem que a vaca tussa ou que apareça uma assombração. Se aparecer, dou cabo dela num piscar d'olhos.

— Isso mesmo, companheiro! Não quero que aquele filho da puta descubra que escapei. Quero lhe sugar o sangue até a última gotinha, como um faminto e pavoroso vampiro!

— Cruz-credo, patrão, que essa peste existe mesmo! *Vade retro, satanás*!

— Existe sim, Raimundo, e ele está aqui bem à sua frente!

— Meu Deus! — Exclamou o jagunço, apavorado.

Cesário, já montado, largou as esporas no bicho e embestou à galope em direção à mata, nela desaparecendo como uma assombração à luz. Raimundo ficou a olhar o seu sumiço; sem poder explicar, sentiu um arrepio a percorrer-lhe como um raio a espinha dorsal.

Cesário teve o mesmo sentimento ao passo que se embrenhava pela densa mata na escuridão da noite, ajudado pelo faro infalível daquele estimado animal, que desenvolvera uma fantástica memória, como sói acontecer com os animais.

Um atabaque soava triste em algum lugar, marcando vozes abafadas e dolentes, cantadas numa língua familiar, embora inteligível. Parecia a ele, o que importa?, como uma mensagem guerreira, e isso bastava para lhe infundir coragem e determinação. Houve um tempo, quando criança, que se metia furtivamente nos terreiros de candomblé. Gostava muito de sentir toda aquela fé e pujança da raça, as quais tinham o inexplicável poder de expiar, então, as aflições e angústias de sua conturbada alma.

A cantoria foi aos poucos se apagando, diminuída à medida que o fiel alazão galopava em direção contrária, ao mesmo tempo que aumentava em seu espírito, e com ele permanecia, um conhecido grito de guerra: "Eparrei Iansã! Saravá Ogum!"

Após longa e penosa caminhada, finalmente Cesário pôde divisar a sua querida casa de repouso, onde gozara de tantos e incontáveis prazeres, bem como fantasias mil. Ali ela se apresentava como que de braços abertos, como uma saudosa e querida mãezinha a acolher o seu único e amado filho. O pródigo e inconsequente filho.

O ESPANTALHO

Seria cômico se não fosse trágico, como se diz por aí para amenizar situações terríveis de que a vida está repleta, infelizmente. Pensa-se, por remédio, que a coisa não é bem assim, mas é assim mesmo, e não há como negar, usando-se de bom senso. Do contrário, o que seria dos carnavais, do esquecimento, das drogas e de outras válvulas de escape, como a popular cachaça, que é a grande mãe protetora dos menos aquinhoados pela sorte, por ser barata e legal? Mas, pobres de nós!, pois não há como negarmos! Assim é e assim sempre será até que o homem consiga, como vem fazendo sorrateira e cinicamente, destruir de vez toda a natureza, o que não falta muito. Pois não é?!

Cesário, ao chegar ao seu querido refúgio, entrou pela propriedade como se fora ontem, como se não tivesse havido tanta mudança nas coisas ao redor de seu mundo. Fora tal como se tivesse passado magicamente de uma para outra vida. E lá ia ele até que bem satisfeito quando deu de repente de cara com a pobre mulher de Raimundo, Amélia, que estava placidamente sentada na grande varanda que guarnecia a entrada principal da casa, como de costume fazia ao cair da noite logo após a sua infindável meada de afazeres diários, a espera de seu dileto companheiro, a quem muito respeitava e considerava (amor? Bobagens, coisa de meninos!). Naquela noite, entretanto, a sua alma estava muito inquieta devido aos últimos acontecimentos, dos quais tomara conhecimento através do molequinho Moa, que, como sabemos, viera em busca de Raimundo a mando de Efigênia.

A princípio pensara que aquele homem que assomara à casa de maneira tão familiar fosse Raimundo, seu amásio, e por isso fora avidamente ao encontro do mesmo. Mas, coitada, era tudo que não lhe podia acontecer, pois dera de cara justamente com o fantasma do patrão, como se estivesse vivinho da Silva. Amélia ficou paralisada de medo, sem poder esboçar qualquer tipo de ação. Cesário, de sua vez, parara da mesma forma ao sentir o mal que tinha involuntária e inadvertidamente causado. Em sua pressa de lá chegar para gozar um descanso merecido, jamais pensara que ainda estava "morto". Ia ele recobrando a plena consciência do que estava acontecendo quando Amélia, já desprendida daquele paralisado torpor, soltara um grito pavoroso, daqueles que vem lá do fundo do poço da alma, para, logo em seguida, investir em uma desabalada carreira para dentro da casa, onde permaneceu, bem lá nos fundos, uivando de medo e exprimindo o tal do *Vade retro satanás!* e do Valei-me nosso senhor Jesus Cristo!

Cesário, diante daquela inusitada situação, ficou estático, sem saber se entrava na casa ou dela se afastava, a fim de resolver aquele desagradável impasse. Que situação! Viera-lhe agora o medo de que aquela pobre criatura tivesse um qualquer mal súbito, pois já não era uma criança, e isso ele bem o sabia. O que fazer? Que maçada! Só lhe faltava essa, meu Deus! Pensou em esperar a volta de Raimundo, mas viu que isso poderia confirmar sua aparição fantasmagórica, piorando as coisas, e assim resolveu prosseguir para o bem ou para o mal, tentando se comunicar com Amélia de alguma forma. E então seguiu em frente no afã de tudo esclarecer da melhor maneira que possível:

— Ô Amélia, sou eu, Cesário, minha filha... Não tenha medo não! Eu não estou morto. Calma, calma! O Raimundo vem em seguida... Ele foi resolver algumas coisas lá pra mim, mas já vem vindo... Ouviu? Vem Amélia, eu estou vivinho da Silva! É que tentaram me matar, mas eu sou duro de roer, você bem sabe. Não tenha medo, minha nega! Fantasmas não falam... não existem... Sou eu! Venha, acenda as luzes e venha. Você vai ver que eu estou aqui, vivinho, em carne e osso!

Amélia permaneceu calada nos fundos da casa com os olhos arregalados e marejados de lágrimas, que aos poucos se transformaram numa torrente de um choro convulsivo, fazendo-a tremer como vara de marmelo verde. Cesário foi aos poucos tomando o controle da situação. Acendeu as luzes da sala enquanto procurava se acalmar, repetindo aquelas mesmas palavras em tom reconfortante, como se faz com as crianças quando possuídas pelo medo, até que conseguiu chegar perto de Amélia, que, por impulso derradeiro, agarrou-se a ele num abraço forte e comovedor. Incrível dizer que o duro Cesário chorava. Chorava como uma criança, abraçado ao peito protetor de sua mãe, ou, digamos, do fantasma de sua mãe, agora ali realmente presente e dominante em espírito, já que o corpo era outro, como já se viu.

    O nosso prefeitinho — sem querer, é claro, diminuí-lo, mas por simpatia, o que acreditamos ser igualmente o sentimento de nosso leitor, pois é sabido que a infelicidade alheia tem a força de incutir ao ser humano alegria e solidariedade: alegria, por constatarmos estar fora daquela situação constrangedora que abate o nosso semelhante; e solidariedade, por uma espécie de expiação purgatória de um quase inato sentimento de culpa — terminava o seu dia exausto, e, convenhamos, não era para menos, depois de toda a angústia e sofrimento por que passara, além do sentimento de impotência pela sofrida traição, mormente de pessoas ditas amigas e confiáveis, o que de fato é mais comum do que a gente pode imaginar, já que a nossa imaginação, de regra, não atinge o óbvio, apesar de tão claro e tão evidente, porque somos míopes de espírito, necessitando, portanto, de uma extraordinária "luneta-mágica", como acontecia ao personagem do interessante romance homônimo de Joaquim Manuel de Macedo, que se dizia duplamente míope: moral e fisicamente.

    Desculpe-nos a digressão que talvez não fosse necessária ao entendimento, no entanto, fomos igualmente tocados pela solidariedade, e por ela demos o nosso devido estipêndio. Mas, como dizíamos, o nosso prefeitinho teve a natural necessidade de um isolado repouso. Desse modo, dirigiu-se ao seu quarto, situado na parte traseira do segundo andar da casa. Uma espaçosa alcova muito bem e belamente guarnecida de móveis de finíssimo gosto, cujas largas janelas eram ornadas por cortinas de cambraia. Não nos esqueçamos da precípua finalidade do mesmo, que já por diversas vezes realçamos. E nenhuma vergonha disso havemos de ter. Afinal de contas, de tristezas já basta a vida com seus limites, frustrações e sofrimentos.

Cesário, assim que penetrou em seu quarto, ficou meio paralisado, ou extasiado, como se estivesse entrando no céu logo após a morte. E como as cortinas estivessem cerradas, prestou-se logo em descerrá-las, tragando para o seu pulmão enfraquecido uma boa e gostosa golfada do ar daquela noite esplendorosa. A lua cheia invadia o chão projetando-se nas paredes frontais, como que criando imagens fantasmagóricas de um mundo encantado e sonhador que só uma fértil imaginação romântica é capaz de captar.

Jogou-se pesadamente na enorme cama *king*, após despir-se totalmente, livrando-se daquela odiosa mortalha, daquele injurioso terno negro que lhe tinham impiedosamente vestido. Ficou por bastante tempo imóvel olhando, através das janelas, as árvores que lá fora pareciam vir dar-lhe as boas-vindas, quase que adentrando para um abraço fraterno e apertado. A noite, enfim, dava-lhe igualmente o cumprimento devido, pois era calma, e uma brisa temperada borrifava o espaço com um gostoso cheiro de flores noturnas, tal como a dama-da-noite, o jasmim-do-cabo, assim como as doces flores das fagueiras mangueiras em seu tempo de gestação.

Cesário queria dormir, imergir no fantástico mundo dos sonhos, reencontrando o seu amigo Orfeu, naquele mundo benfazejo que nos contempla, a mais das vezes, por compensação, com a nossa verdadeira personalidade, tão injustamente distorcida pelas convenções e conveniências sociais ou pelos preconceitos do dito mundo real, o qual nem um rei todo-poderoso pode arredar. Triste condição humana! Todavia, Cesário não conseguia convencer Orfeu a lhe receber em seu mágico reino, porque não conseguia pregar no sono, parecendo ter medo de fazê-lo, uma vez que a proximidade dos nefastos acontecimentos eram ainda tão presentes a confundir as coisas, ou seja, a realidade atual com a realidade de ontem. Tinha medo, muito medo; tinha também raiva, muita raiva; tinha vergonha, muita vergonha; e tinha ainda, sobretudo, muitas dúvidas e incertezas.

Sem querer seu pensamento bailava de um lado para outro, de um lugar para outro, de uma para outra ideia; e então seus sentimentos brincavam de esconder, ora era um rei, segurando uma enorme espada vingadora; ora, pasmem, era Cristo pregado na cruz; era traído e era traidor; era santo e era algoz; era a criatura mais nociva do mundo, o falso herói; era tudo e era nada!

Nessa confusão de espírito, acontecia o que se dizia acontecer com os moribundos: toda a vida se lhe passava diante dos olhos, mas não como num segundo, como deveria acontecer naqueles casos, mas bem devagar, como se fora em uma câmera lenta, ou através de uma tal luneta mágica.

~ XXI ~

A NOITE DOS MASCARADOS

Enquanto Cesário ainda percorria a sua dolorosa via-crúcis, a cidade quase inteira o acompanhava, sem ter disso a mais remota consciência, por uma questão de ligação umbilical sociopsicológica. Dizer-se que a política é suja, nada realmente explica. O que realmente explica é a travestida capa da sórdida hipocrisia que a sustenta e a mantém.

Mas a grande diferença que existia entre o protagonista e sua afásica, alienada e ávida alcateia era que, enquanto Cesário, após ter ido às profundezas do inferno, tentava encontrar existenciais razões para alcançar o céu, rogando a Virgílio, o poeta, que o guiasse, como fizera com Dante Alighieri na *Divina Comédia*, os seus súditos políticos ardiam nas profundezas daquele mesmo e profundo lugar, escaldante de expiação eterna. O desespero de Cesário residia na verdade crua e nua de sua vazia e inútil existência; o desespero de seus pares encontrava-se, ao contrário, na contrafação da verdade, embriagados que estavam pelas drogas do poder, da ambição ou por outras drogas afins.

De todos os pares acima citados, o mais embriagado, sem dúvida alguma, era Amaral, o grande articulista da política do muito bem definido "me engana que eu gosto" ou do "não me importa que a mula manque que eu quero é rosetar". Contudo, mesmo este já não tinha tanta certeza de obter o perseguido sucesso, e isso se devia principalmente a sua ambição ferida por uma dúplice dúvida: Sobre a fidelidade de Lucrécia e sobre a real morte do seu rival, Cesário.

Naquela noite, a terrível noite derradeira que enlutara toda aquela infeliz cidade, Amaral, após ter-se covardemente evadido do cemitério, onde fora em busca de uma verdade que ele mesmo duvidava, e nada ter conseguido no afã de passar aquela terrível noite ao lado de sua ex-amante, recolheu-se em seus aposentos, como um cachorro abandonado, cheio de fome e angustiado. Entretanto, aquilo que agora mais lhe doía era a possibilidade de ser, quando mais precisava, traído por sua cúmplice, da qual esperava, para consecução do seu ambicioso plano de poder, toda a irrestrita fidelidade e obediência. Sentia seu peito dilacerado tão somente pela probabilidade, uma vez que, no fundo do seu empedernido coração, sabia, sem plena consciência, que Lucrécia não passava de um instrumento com o qual obteria certamente tudo aquilo que na sua concepção doentia fosse capaz de apagar para sempre o seu complexo de inferioridade e culpa por não sentir-se amado e respeitado.

Tentou, então, pregar no sono, em vão; no entanto, sua consciência, a terrível crítica das críticas, martelava no seu ferido ego a todo instante alguma coisa que ele mesmo não sabia explicar, e que era traduzido por medo e angústia. Claro que receava a volta de Cesário, e claro que tinha medo igualmente de uma cruel traição. Todavia, o que ele na verdade mais sentia no recôndito de sua alma era o inexplicável e incontido medo da perda do controle de sua madrasta personalidade, enquanto a verdadeira mãe jazia encarcerada a sete chaves, amordaçada no sujo porão de seu dividido âmago, clamando por liberdade. Liberdade que, para ele, tinha outro significado, bem diverso, pois esta encarnava, mesmo à sua revelia, a forma de uma encantadora fada, que a tudo podia, bastando para tal o simples toque de sua mágica varinha de condão, como o rei Midas o fazia ao transformar o que queria em puro ouro, esquecendo-se de que este acabou com um belo par de orelhas de asno.

Mascarada e miscigenada estava também toda a população que compunha a roda mágica do poder, que fingindo luto fechado, e a esse pretexto, se reunia a portas fechadas a articular o próximo golpe que encampasse o poder a seu talante e gosto. E que gosto, que apetite!

A oposição, naturalmente, saiu à frente, devido ao seu descompasso e atraso na corrida pelo poder. A oportunidade era única e deveria ser agora, como dizem, uma questão de "honra". Era tudo ou nada, e para tanto nesse jogo tudo valia e tudo seria tolerado ou permitido, dentro, é claro, da permissividade, agora legalizada pelo enorme e inesperado vácuo no almejado poder. Afinal, eram cargos e mais cargos e, por consequência, dinheiro vivo e sonante de grande valor, e para valer! (Midas, como sempre, nesses assuntos estava devidamente convidado e presente.) Ah, sim, a situação?! A situação que se fodesse! Desse modo, articulavam uma vasta rede que, como é de costume, compreendia as impossíveis metas, prometidas ao bom e ingênuo povo daquela terra de Deus, bem como juras de polpudos cargos e comissões, cujos detentores já estavam devidamente conhecidos e comprometidos. Começava assim o grande ensaio para o próximo "carnaval".

Os políticos da situação, que a inesperada "morte" do prefeito deixara completamente desarticulados, por isso e também pela defesa da mesma "honra", não poderiam ficar para trás nessa surrealista "corrida maluca". E lá iam eles, botando fogo na lenha e preparando toda a espécie de armas e munições disponíveis, legais ou ilegais. Nada importava, a não ser a manutenção do poder, que há muito lhes dava a única razão de viver! Pobres e estranhas criaturas existenciais...

Assim, naquela noite, em sua calada, como sempre acontece em circunstâncias semelhantes, que adiantamos serem meras coincidências, a guerra fora declarada, e somente lhes faltava o tiro inicial, que com certeza, após a tensão daquele dia e daquela noite, seria fatalmente deflagrada, mesmo que fosse por descuido ou incontido nervosismo.

Só faltava agora que Cesário, vestido de uma longa túnica e portando um pesado cajado, descesse o monte Sinai (leia-se Serra da Capivara) e, vendo todo aquele bando em adoração ao chamado bezerro de ouro, lhes cobrisse de porrada, colocando-os novamente na linha. Quando então, após o império do cacete, voltaria ao monte de onde proviera, e lá, à custa de longo período de meditação e jejum, aí sim, teria alguma compaixão por aquele maldito e corrupto povo, ofertando-lhe outra tábua de salvação, a tábua rasa de outros dez mandamentos, bem diferentes daqueles que dantes acreditava piamente como certos e eficientes, reinando, assim, de maneira politicamente correta por muitos e sucessivos mandatos *per omnia seculum et seculorum Amen*!

Ah, e Lucrécia? Como estaria a nossa dama nessa nebulosa e terrível noite dos mascarados? Infelizmente não muito melhor, contudo, parece-nos que sua máscara não colava muito bem em seu belo e formoso rosto. E esse era, na verdade, o seu grande inimigo, o seu grande desespero. Enquanto Amaral lutava contra seus autênticos sentimentos, ela, a mulher, muito pelo contrário, lutava, sim, em defesa dos mesmos, ou seja, de seus sentimentos mais puros e mais elevados, que, agora, mais do que nunca avassalava todo o seu ser reprimido.

A alma feminina está longe de nossa machista compreensão. Quando menos se nos dá, erramos em cheio, por sermos constituídos e regidos pela razão, a qual acerta na prática mas nunca no conteúdo da existência em seus caprichos e determinações. Ou será, por outro argumento, por que a manutenção da vida pertence em gênero, número e grau ao sexo feminino?

Desse modo e dessa maneira, Lucrécia ia de um lado para o outro, e de um desses para a janela, e assim sucessivamente, procurando lá fora o que estava na verdade dentro do seu coração; e já, feliz ou infelizmente, dele escrava, já que perdera para o mesmo completamente o seu controle.

O grande romancista francês Victor Hugo dizia que "o pânico, tal é a natureza humana, pode decrescer tão irracionalmente como crescer".

Fato é que ambos acabaram por ser abatidos pelo cansaço e, ainda mais, estimulados pela esperança, que nesses casos, de regra, se dá ao se justificar, mesmo que seja por ilusão, as deletérias ações cometidas e irreversíveis em um tresloucado processo mágico de expiação.

Da parte de Amaral, estava decidido que iria, assim que amanhecesse, ao cemitério para conferir o fato de que muito precisava, como se precisa do ar para respirar, ou seja, a irreparável morte do seu rival, Cesário.

Da parte de Lucrécia, iria ela, também assim que amanhecesse, segundo sua decisão apaziguadora, em busca de um consolo espiritual. Iria direto à matriz falar com o seu estimado confessor, padre Camilo. Sim, para ela seria isso muito mais importante do que a confirmação da morte de seu ex-marido, Cesário, pois, de um modo ou de outro, o que precisava mesmo era lavar a sua alma do pecado mortal que cometera, e, para tanto, nada melhor do que o sacramento da confissão, irmã substituta da moderna psicanálise. Expediente que sempre usara há muito para mascarar a vida falsa e sem consistência em que vivia. Vida inútil que nem mesmo os reiterados perdões conferidos pelos "curas", regados à penitência, tiveram a força de lhe atribuir a paz de que tanto precisava.

~ XXII ~

O *DAY AFTER*

Assim se deu que Amaral, logo de manhãzinha, ao primeiro canto do galo, e não ao terceiro, o que seria mais apropriado a sua malsinada personalidade, pôs-se a caminho do cemitério, ávido por conferir aquilo que mais desejava saber, ou seja, a real morte do seu parceiro de jogo amoroso e de outras "jogatinas". Não fora muito difícil levantar-se ainda em plena madrugada, já que quase não pregara no sono durante toda aquela fatídica noite. Esperava ele, naturalmente, que tudo tivesse sido diferente, mas não o fora, muito pelo contrário. Já tinha ouvido falar, é claro, que o crime não compensa e que o criminoso sempre volta ao palco do crime. Entretanto, sempre rira disso ao achar que tais brocardos jamais se aplicavam a ele, até porque, como sói acontecer com o chamado *homo sapiens*, em razão de não ter ainda tomado o amargo cálice daquele fel (pimenta nos olhos dos outros é refresco). Bem, pode até ser, queremos crer com toda a sinceridade, mas, como se sabe que água mole em pedra dura tanto bate até que fura, a repetição de um ato impune não será necessariamente sempre impune; e nos parece que a própria natureza quer estimular a repetição de um ato para que se esgote em busca de uma superação (ou modificação de seu estado), o que a nosso ver seria um corolário da chamada lei física inercial, ou, em outras palavras, segundo Aurélio, "a resistência que todos os corpos materiais opõem à modificação de seu estado de movimento (ou de ausência de movimento)".

Quando ele, o pilantra, chegou ao cemitério, já encontrou as duas grandes portas de ferro batido, de entrada, escancaradas. Isso, já tão cedo, deixou-lhe o coração acelerado de medo e angústia. Após ficar por alguns segundos paralisado, resolveu adentrar em direção ao mausoléu da família Albuquerque. Esse local ficava bem aos fundos do campo-santo, em um pequeno promontório que parecia mais uma antessala da floresta que se estendia em elevação para a Serra das Capivaras, por onde Cesário escapara, ajudado por seu capanga Raimundo. O muro que dividia ambos os sítios não era muito elevado, representando apenas uma mera demarcação de fácil transposição, já que ali, naquela pacata cidade, não havia ladrões de túmulos, e mesmo porque lá não havia faraós que quisessem alcançar o paraíso carregando todas, ou grande parte, de suas riquezas. Essas ficavam, de regra, bem guardadas em insuspeitas instituições bancárias (e, antes da descoberta da inflação pelos sapientíssimos economistas, debaixo dos colchões). Isso em se tratando de riquezas ditas sonantes (provenientes do vil metal), uma vez que as outras, as imobiliárias, isto é, não sonantes, não eram, como se sabe, transportáveis, nem daqui para os bancos, nem muito menos de cá para o outro mundo, ou seja, o paraíso. Melhor então gozá-las por inteiro aqui mesmo, antes que a "ossuda" (como Saramago designava a morte) venha inesperadamente arrebatar os mortais dessa pretensa e vaidosa imortalidade.

Imortalidade ou onipotência (já que quanto à ubiquidade é bem mais difícil de se acreditar, por incrível que pareça) induzidora da enganosa luta pelo "ter" em vez do "ser", ou do "antes seja para mim do que para qualquer um desses aventureiros", como muito bem um pai aconselhou seu filho, dando um tremendo calote na galera de baixo, e passaram o resto da vida crendo piamente ter levado vantagem, tanto que adotaram daí em diante o velho princípio do "farinha pouca, meu pirão primeiro", regra sagrada aplicável não somente na escassez, como também na abundância, já que "seguro morreu de velho", pois antes "sosobre do que fafalte", como naquela hilariante piada aplicada a um certo governante que ao viajar, cordial ou politicamente, para um país amigo, situado do outro lado do oceano, fora cumulado com uma grande quantidade de presentes, os quais, pelo excessivo peso, poderiam se perder em uma tempestade marítima.

Mas basta de histórias, porque "águas passadas não movem moinho", como bem o sabemos por experiência histórica. Vamos, portanto, doravante nos ater tão somente a uma dessas pobres mentalidades, ou seja, a do nosso curandeiro Amaral. Ia este aos pulos, aos trancos e barrancos, em direção do sepulcro de Cesário, tal como um sapo a procurar acasalamento, quando estancou de repente à vista daquele medonho homem que vira no dia precedente e que lhe impedira de dar as ordens para que Cesário fosse logo enterrado. O olhar daquele homem, assim que o viu, fora bem claro, direto e ameaçador; e, como para bom entendedor meia palavra basta, não precisou de mais nada para que Amaral, sujeito esperto e prevenido, além de covarde, botasse mais uma vez o rabinho entre as pernas e saísse em direção oposta, "ganindo", o mais depressa que pudera. Mas isso não sem antes observar que o enterro do caixão na cripta definitiva da família estava para se consumar, dada a presença dos coveiros, portando as adequadas ferramentas em punho e prestes ao trabalho. Assim, consolado de alguma forma, sentiu-se aliviado por nada mais ter a fazer, pois tudo parecia muito bem encaminhado, apesar de uma ligeira suspeita pela desagradável presença daquele homem rude, daquele odioso jagunço. Ele agora precisava somente esperar. Esperar e rezar para que seus sujos propósitos fossem realizados da maneira como sempre esperara, e *tout court*, ou seja, nada mais.

O mesmo ainda se deu com os coveiros, que vinham de cabeça baixa e cheios de perguntas, que a si mesmos faziam em pensamento, quando se depararam novamente com aquele mesmo homem mal-encarado e ameaçador, que na véspera os obrigara a deixar o caixão em cima da lousa do túmulo central. Sentiram-se, e não sem razão, proibidos de emitir qualquer outra indagação ou de externar qualquer dúvida, já que sabiam muito bem que "manda aquele que pode, e obedece quem tem juízo".

Dúvida igualmente atroz, entretanto, avassalara os referidos coveiros ao levantarem o caixão para colocá-lo na cripta definitiva. Foi que lhes pareceu muito mais pesado do que antes, além do que, sentiram qualquer coisa, como alguma movimentação, quase que imperceptível, todavia estranha e incomum na cotidiana tarefa dos enterros, o que lhes pareceu como o deslocar de algum objeto solto ali, bem dentro do referido caixão.

É que Raimundo e Cesário o preencheram, quando vazio e após a "ressurreição" do mesmo, com terra de outra cova aberta, adrede preparada para o próximo "freguês". Trabalho feito às pressas, como já se viu, sem o devido cuidado de separar algumas pedras que naturalmente se misturavam à terra. Tiveram, os coveiros, uma louca e quase incontida vontade de abrir o féretro à verificação; entretanto tiveram que se abster do justo desejo, diante da presença ameaçadora e fiscalizadora daquele homem rude, com cara de mau e de poucos amigos, que ali permanecera de prontidão até a consumação final do falso sepultamento.

Quanto a Amaral, passada as primeiras impressões a lhe favorecerem os torpes objetivos, passou a imergir pouco a pouco na desconfiança à medida que outras hipóteses iam-lhe vindo à tona de seus caprichos e de seus receios. Passou então de confiante à desconfiado, apesar do que tinha há pouco constatado. Sua cabeça começava a rodar no carrossel da dúvida e da intranquilidade. Vinha ele assim, quase que sem destino, quando deparou-se com Lucrécia nas imediações da Praça da Sé. Sentiu uma imensa vontade de correr em seu alcance, mas, por prudência e muito controle de si mesmo, diminuiu o passo e lhe acompanhou a trajetória.

Ia ela com certeza ao templo, porque carregava o missal e estava toda vestida de preto, em completo luto, e portava um véu negro cobrindo a sua formosa cabeça. "Iria, certamente, à missa, ou... será que iria se confessar?" Nada de mais até então, todavia ele conjeturava desesperado, pois que, nas circunstâncias em que ela estava, bem provável seria ter a fraqueza de confessar ao padre Camilo toda a urdida trama. Nada mais provável, cismava ele, nada mais factível! Lucrécia, segundo ele, era uma mulher frágil e, certamente, não teria o sangue-frio de se controlar. O perigo rondava na possibilidade da confissão. Se de fato o fizesse, seria por inteiro, não pela metade, já que era uma mulher muito fervorosa aos princípios da Santa Madre Igreja, e o faria, certamente, premida pelo medo e pela culpa.

"Ora, ora, que parasse com essa imaginação idiota", concluiu o mesmo, por igual necessidade. "Por que ela não poderia simplesmente assistir a primeira missa do dia?, e nada seria mais natural, pelos seus costumes, é claro," arrematou. Mas, pelo sim ou pelo não, Amaral não se conteve e entrou na igreja, postando-se ajoelhado nos fundos, à esquerda, bem ao lado da imagem de São Judas Tadeu, talvez não por acaso, aos pés do famoso santo das causas impossíveis, a fim de certificar-se sobre o que Lucrécia afinal faria, restando-lhe, desse modo, unicamente o recurso da reza, se é que o poderia fazê-lo para que tudo se desse conforme gostaria que acontecesse. Ademais, já bastava aquela maçada no cemitério. Aquela terrível desconfiança. Ah, como gostaria de saber! Pensava mesmo em indagar suas suspeitadas dúvidas diretamente aos próprios coveiros, mas isso seria muito perigoso, convinha com toda a sua boa razão.

De repente, Amaral congelou à vista do pesado e compassado caminhar de Lucrécia rumo ao confessionário. Ela ficou parada, na fila do mesmo, em estado de impaciência, pois não conseguia permanecer imóvel por pouco tempo. Amaral teve vontade de ir ao seu encontro a título de lhe prestar solidariedade em mais esse recente sofrimento, e isso mesmo lhe era impossível, pois estava disso igualmente impossibilitado, sentindo-se pesado como chumbo para tanto. O que é que o medo faz com o homem! Aquela sua intenção teria sido louvável e sem qualquer suspeição em outra situação, digamos, mas não era ele um suspeito? Sim, entretanto mais para a sua consciência do que para a dos outros. É que, realmente, a pior polícia é a própria consciência, quando se a tem. E será que ele teria?

Ao levantar com grande esforço, pode ver que Lucrécia, após titubear por várias vezes, saíra quase que correndo de dentro da igreja, desaparecendo rapidamente. Foi na mesma direção, contudo não pode, infelizmente, alcançá-la, perdendo-a de vista definitivamente. Meditando e revolvendo as dúvidas, os sins e os nãos, os prós e os contras, quase que se convenceu de fazer uma visita de nojo a Lucrécia. Nada mais natural, mas continuava no fundo cheio de contradições. Sentia-se na teia de uma terrível viúva negra onde se debatia em vão.

Desse modo passou quase que toda a manhã e boa parte da tarde ruminando suas ideias, ao mesmo tempo em que tentava coordená-las para não perder o controle da situação, o que o mantinha numa torturante e constante vigília a lhe drenar boa parte das forças. Foi assim que, finalmente decidido, dirigiu-se à mansão dos Albuquerque para falar com Lucrécia. Era o que mais precisava para sair daquele inferno em que estava mergulhado nas últimas horas desde o enterro de Cesário.

Deu-se dessa vez que, em chegando à porta da mansão, deparou-se infelizmente com aquele tal rapaz contra o qual vinha ultimamente amargurando uma doentia desconfiança. E talvez até que tivesse razão, devido a certos indícios por ele deduzidos, dado que era um homem de profunda percepção da natureza das pequenas coisas da vida. Todavia, se não fossem as suas pérfidas intenções, não teria maiores motivos para tanto, em razão do reduzido tempo em que tais indícios se deram, já que, por isso, não haveria, logicamente, maior aprofundamento de uma relação afetiva, ou de qualquer concretização amorosa entre aqueles dois. Mas, pelo sim ou pelo não, é claro que não poderia baixar a guarda, mormente quando a "presa" se sentia completamente abandonada e, naturalmente, enfraquecida devido às circunstâncias em que as coisas aconteceram. Tudo levado a sua imaginação pela imprevisão do desdobramento das consequências, e essa era a causa principal de toda sua preocupação, porque, do contrário, estaria tudo até esquecido, e mesmo perdoado, se não tivesse sido recusado peremptoriamente por Lucrécia. No entanto, para seu amargo desgosto, aconteceu que, ao ser anunciado, recebeu como resposta que passasse no dia seguinte, quando seria então recebido por ela, por estar a mesma necessitando de repouso. Porque tal aviso, na realidade, não era daqueles a se acreditar facilmente em sua veracidade.

Amaral, por óbvios motivos e razões, saiu dali possesso, com uma tremenda vontade de adentrar a casa e fazer valer a sua autoridade de macho ferido, contudo, fora obrigado, premido pelas circunstâncias, mais uma vez a se conter. Tudo conspirava contra ele, e, assim, tinha agora medo do total descontrole. Resolveu, como de bom aviso e a muito custo, ir para sua casa tratar de seus assuntos, o que seria um bom antídoto. O vento que agora soprava contra ele certamente voltaria a soprar a seu favor. Isso era uma lei natural e uma questão de tempo, que a tudo cura. Era só esperar e pronto! Sabia ele muito bem, por experiência própria, que afobado come cru e quente.

Além disso, o cargo com o qual sempre sonhara estava agora vazio, e o poder demandava um novo dono, um novo protagonista. Era a hora e a vez de encampá-lo, nem que fosse na marra! Com pandeiro ou seu pandeiro ele iria brincar mesmo, e cordiais saudações para quem disso duvidasse. Lucrécia, afinal, iria ver só com quantas toras se faz uma canoa. As eleições não tardariam a acontecer, e uma vez no poder, ah!, sim, tudo seria então muito, muito diferente! E quem viver de fato veria. Bom era pelo menos sonhar!

Mas nada é tão fácil quanto parece, apesar da eficiência do plano golpista do boticário, uma vez que, bem antes da "morte" de Cesário, já se urdia, com o seu aval e administração, uma enrustida campanha eleitoreira para a continuidade do poder em suas mãos, apesar de uma proibição legal, que, para a situação, era legitimada para manutenção da ordem pública ameaçada, bem como do chamado impropriamente *wellfare state* (bem-estar do povo). E isso naturalmente justificava-se por si só, não sendo passível de qualquer contestação, pelos menos daqueles que tinham "bom juízo". E tudo para manter os antigos e perpétuos privilégios. A argumentação jurídica era, como sempre, baseada numa interpretação exclusivamente gramatical, ou seja, nas frias letras da lei, em detrimento do seu espírito ou das suas boas intenções, com o pomposo argumento científico de princípios jurídicos descompassados com a realidade, ou, ainda, açodamento dos juízos da chamada e inoportuna oposição.

A oposição? Ora, continuaria de bom grado a comer nas mãos dos donos do poder, e olhe lá! Todavia, como ninguém é mesmo de ferro, tinha ela igualmente os seus sonhos e os seus planos. Sabe-se lá o que poderia acontecer? E de fato aconteceu! Por isso se arvorou mais ainda na luta pelo encampamento do "doce poder". Até porque tinha, de resto, por falta de opção, adotado até então os mesmos argumentos sociais, as mesmas promessas de seus irmãozinhos da situação, alegando, entretanto, que em suas mãos haveria maior ganho para a sociedade em geral e para o povo principalmente, o que, na realidade, equivalia dizer, sem eiras nem beiras, que seus próprios interesses estariam muito mais garantidos e usufruídos.

E o povo? Ora, este restaria mais uma vez enganado, aturdido pelas doces falácias que lhe eram prometidas pelos seus "confiáveis" representantes, ou ainda, o que mais certo seria, pelo irrefutável argumento do lobo contra a ovelha.

Claro que havia os bem-intencionados, sem dúvida, mas esses serviam apenas de bandeira de ideais e ideias sempre tidas como sonhadoras e fora da realidade. Todavia, por incrível que pareça eram exatamente esses homens que acabavam por imprimir de um modo ou de outro, fosse como fosse, a continuidade do desenvolvimento humano, sem o qual não haveria razão para se viver. A utopia é utopia aos olhos das raposas, mas pode ser uma realidade aos olhos de quem nela acredita e por ela é capaz de tudo, pois, na verdade, a vida só tem valor e sentido quando se sonha, se quer e se luta por alguma coisa que valha a pena; ou, como pregava Jean-Paul Sartre, "... enquanto não se encontra alguma coisa pela qual se está disposto a morrer."

~ XXIII ~

O CAVALEIRO NEGRO

Noite de lua cheia. Noite encantada para alguns; para outros, todavia, amaldiçoada. É que há os que acreditam no extraordinário mundo das coisas impossíveis ou na existência de todo o imaginável. Mas o que é realmente impossível? Dizem até que é o começo do possível. E sobre a impossibilidade, melhor nos será ter dúvidas, jamais afirmar ou negar sua existência, tal como se dá com a doutrina agnóstica, que prefere negar a possibilidade do conhecimento do mundo extrassensorial por achá-lo inatingível.

E aconteceu que naquela noite mágica surgira do nada, assomando através da baixa neblina noturna, a figura assustadora de um cavaleiro montado em um não menos aterrorizante e extraordinário cavalo preto, alazão de pura raça, de patas altaneiras e largas nas extremidades, como que plantadas ao chão, cabeça bem erguida em grandiosa atitude e projetada por grandes olhos vermelhos faiscantes. Essa besta majestosa, todavia, não tinha a força de anular o cavaleiro que a dominava em seu alto, largo e firme dorso; muito pelo contrário, pois quem olhava o homem, esquecia da montaria, que, devido à imponência de seu porte e vulto, sobressaía-se sobremaneira, tal e qual um monumento em seu altaneiro pedestal.

Aqueles que tiveram a sorte, ou azar, de vê-lo, prostraram-se de medo ou de respeito, e não tinham sido poucos, já que aquela figura equestre vinha reaparecendo, agora com uma certa regularidade, e logo após o fatídico acontecimento mórbido da súbita morte do prefeito, que a todos ainda assustava, seja pelo inesperado, seja pela sua inexplicável razão, apesar de ter sido explicado em claros termos médico-científicos. Mas o povo lá quer saber de alguma ciência? Não, claro que não; o que realmente o move são o mistério e o sobrenatural. E para tanto muito concorria os inexplicáveis anseios residentes nas profundezas da alma humana, com suas ferrenhas e indomáveis necessidades e suas desagradáveis frustrações. Tudo mais devidamente emoldurado com o inegável carisma do "falecido", consubstanciando-se em mistério e medo.

Certo é que alguns mais sensíveis, e sem qualquer fundamento direto ou indireto, diziam, batendo no peito em sinal de certeza, tratar-se de uma aparição do próprio edil, há pouco desencarnado. Só faltava quem dissesse o porquê daquela assustadora aparição. Alma penada? Para muitos, na sua maioria, sim. E para esses havia uma explicação muito simples: desejo de uma vingança qualquer. Só faltava, no entanto, se saber de que, contra quem e para quê. Fato é que tais aparições incutiam um clima de medo e culpa generalizada, tal o estado psicológico daquela pobre e ignara comunidade, que absorvera sem o saber a realidade crua e nua, apesar de que não a podiam entender ou mesmo aceitar, senão através das mais incríveis crenças sobrenaturais. Alguns, como se sabe, tinham real motivo para temer: a turma dos espertalhões. Mas isso já é outra história, que não nos cabe aqui antecipar, apesar da grande expectativa do nosso respeitado leitor.

Nesse torvelinho de crenças, muitas eram as versões que a cada dia surgiam não se sabe de quem ou de onde. Muitas delas próximas à realidade; contudo, a maioria, como sói acontecer no seio do povo, mentirosas, duvidosas, ou mesmo incabíveis, como, por exemplo, que Cesário vinha do outro mundo para levar com ele a alma de alguém (?). Bom, e se bem pensarmos, não seria exatamente, com as devidas considerações, o que de fato acontecia? Sim, podia até mesmo ser assim diante das circunstâncias, já de nosso inteiro conhecimento, posto que foram bem absorvidas, esperamos, através das linhas retas e, por vezes, tortas narradas aqui desde o seu início. Por enquanto é só, pois, como já dissemos há pouco, não iremos antecipar os acontecimentos vindouros, uma vez que tudo tem seu tempo e sua razão, e há ainda muita água por rolar por debaixo de nossa ponte; melhor será, desse modo, se interpor o recurso da paciência para se ver mais adiante o que sucederá, como medida de bom alvitre e de bom senso.

Não estamos, mesmo assim, certos da veracidade dos fatos narrados pelos hipotéticos videntes daquela entidade fantasmagórica. Verdade? Ninguém sabe ao certo! Verdade mesmo, que tomamos conhecimento por muita pesquisa, é a existência de uma antiga lenda a respeito do tal "cavaleiro negro". Dizia que nas noites de lua cheia ele vagava vindo do além em busca de sangue humano, como se fosse um vampiro transmudado em homem. Essa história já era contada pelos antigos escravos nas escuras senzalas, somente iluminadas por abafados lampiões a óleo cru.

A lenda tinha como base de sua existência reais acontecimentos aparentemente extraordinários, como mortes violentas ou desaparecimentos inexplicáveis, que, muito embora passíveis de explicação, como assassinatos ou fugas de escravos, eram melhormente aceitos por meios do sobrenatural, já que não havia qualquer intenção na apuração daqueles fatos delituosos, ou mesmo dos desaparecimentos. E, claro, por óbvios motivos, uma vez que os autores das tais mortes encomendadas, apesar da impunidade vigorante naqueles obscuros tempos, não quererem se expor diante da sociedade, rígida defensora de falsos valores. Melhor era manter as aparências, nunca se despindo do rico e proveitoso manto da hipocrisia. Quanto aos desaparecimentos, nenhum senhor tinha interesse em esclarecê-los, porque as fugas bem-sucedidas de alguns escravos estimulariam outras e outras, num crescente e perigoso complô genérico contra a terrível e desumana escravidão. Era, portanto, uma combinação engenhosa dos misteriosos desaparecimentos e bárbaros assassinatos, bem ligados em tese e origem uns aos outros e vice-versa.

A disseminação da citada lenda àquela época tinha a finalidade de incutir pavor àqueles que pretendiam desobedecer às rígidas regras que mantinham a escravidão, o que é explicável, já que nenhum ser humano, por mais abjeto que seja, cede a sua liberdade com facilidade, a não ser através das correntes e dos cruéis e infamantes castigos.

Por isso, e por outros motivos, que não nos cabe aqui indagar, ainda hoje vigora uma generalizada crença de que o temível cavaleiro negro nada mais é do que a encarnação de antigos senhores feudais, mormente daqueles mais empedernidos e mais cruéis, verdadeiros lobos. Não sendo por isso nada difícil se entender o poeta romano Plauto, pelo que afirmou: "O homem é o lobo do homem, não homem."

Pelo sim ou pelo não, crentes e não crentes estavam de fato muito assustados com a repentina volta das aparições, principalmente aqueles que, como se diz, tinham culpa no cartório pelos recentes e nefastos acontecimentos; e outros afins por extensão, o que se verá mais adiante. Alguns não tiravam mais os olhos, meio esbugalhados, das vidraças de suas mansões, durante quase todas as noites de lua cheia. Eram ingênuos como o povo? Certamente que não, já que possuíam pelo menos a intuição de tudo, ou de quase tudo, o que estava acontecendo na realidade, e tinham muitas razões para tal.

XXIV

A METAMORFOSE

Esta é uma incrível passagem, dentre outras quase inacreditáveis, desta surrealista história que vimos contando, e que acreditamos ter acontecido em qualquer tempo e num país imaginário, naturalmente com as devidas considerações. Fato inusitado ou não, não importa! O que importa são as meras coincidências que, às vezes, tentamos a todo custo negar, mas negar simplesmente não as tornam impossíveis ou mentirosas, porque são partes integrantes do mistério da vida humana.

Desde que Cesário escapara da morte certa por aquele meio cruel e insidioso, ficara recluso em sua "ratoeira" de campo. Ali passava os dias a ler, meditar e cuidar de suas plantas preferidas, principalmente as que mais amava, como as orquídeas. Tinha ele lá no Sítio do Encontro um belo orquidário, onde cultivava uma grande quantidade de belos e raríssimos espécimes, próprios daquela rica fauna da região. E era ali que, após o almoço, passava distraidamente boa parte de seus dias, às vezes até o pôr do sol, pois nesses momentos era atraído bela beleza das cores de tom forte, meio avermelhado, que acompanhavam o astro-rei em sua despedida, como se fora um difuso arco-íris. Ficava ele ali sentado em um banco de jardim, paralisado, em observação extasiada, até que a escuridão dominasse todo o esplendor e quando o esplendoroso astro-rei já ia longe pelas escarpadas encostas da nossa amada e benfazeja terra-mãe. Nesse momento de transição do dia para a noite, uma imensa e profunda saudade invadia a sua alma. Tinha, então, uma enorme vontade de voar em direção ao infinito em busca de um passado no qual fora feliz. Tempos idos que nada faria, nem por milagre, retornarem. Iam eles lá longe, bem distante de sua pesada e dolorosa vida, ora sem qualquer sentido ou qualquer doce esperança. As oportunidades esvoaçaram por cima de sua cabeça, sem que as pudesse colher como hoje pensava valer a pena, como uma enorme águia, deixando para trás um rastro de frustração e amargura, restando apenas, ainda que bem, uma doçura em seu coração, ou um encanto dos bons momentos vividos, que, pelo menos, o acompanharia com certeza até o final de sua existência.

Mas, quando a noite vinha pesada e sonolenta, Cesário começava a percorrer a sua via crúcis, que ia por vezes até o amanhecer, quando de outra forma estonteante o mesmo astro-rei se anunciava para mais um outro dia. Durante esse tempo procurava refúgio em alguns de seus velhos e esquecidos livros filosóficos ou romances clássicos, nos quais tentava afogar as suas mágoas, bem como encontrar qualquer explicação, mínima que fosse, para a sua existência e seu destino; era com eles e neles que de certa forma encontrava algum refrigério, pois sabe-se que, segundo a sábia regra da homeopatia, os semelhantes curam-se pelos semelhantes (*similia similibus curantur*).

Cesário nunca fora dado às leituras, como já dissemos, apesar de ser dono de uma magnífica biblioteca, que se destacava mais pela qualidade que pela quantidade. Foram livros herdados de um parente distante, amante da filosofia e da literatura, ou seja, da teoria e de sua vivência, livros esses que mantinha lá no sítio com muito carinho. Eram eles como amigos que guardava para, sabe-se lá, acompanhá-lo na velhice ou em qualquer outra situação de refúgio, uma vez que na política nunca se tem certeza da perpetuidade do poder. Tinha ele também livros sobre teologia, que trouxera dos tempos em que estivera no seminário. Contudo, esses não lhe soavam muito bem pelo seu estilo e por suas profundas crenças. Conhecia bem a Bíblia, que, pelo menos, o divertia com aquelas suas passagens encantadas e, por vezes, para ele, bastantes misteriosas. Gostava mesmo daquele jeito ingênuo, mesmo que de vez em quando duros, de traduzir os conhecidos vícios humanos, bem como de, por outra feita, enaltecer as desejáveis boas virtudes, que, embora raras, pelo menos nos servem de bússola na difícil estrada da vida.

Gostava muito também, após o jantar, de sustentar uma complicada palestra com Raimundo, na qual, por incrível que pareça, mais parecia aprender do que ensinar, até porque, por necessidade e diferença, pouco falava e mais ouvia, desenvolvendo nessas circunstâncias a sábia virtude de escutar (a palavra é prata; o silêncio, ouro). Conversava também com Amélia, a dileta companheira de Raimundo, encontrando na sua humildade e conformismo a paz e a compreensão de que tanto precisava.

E assim ia levando os seus dias, ou melhor, suportando-os da melhor maneira possível. No entanto, nada disso conseguia arredar os maus pensamentos que abatiam e corrompiam o seu espírito, principalmente o fato irretorquível de que estava de certa forma morto, muito embora incrivelmente vivo. Sentia, portanto, quase sempre durante à noite, quando sozinho em seu quarto, como se estivesse dentro daquele horripilante e sufocante caixão, do qual por milagre escapara, e bem lá embaixo da terra, envolvido por uma escuridão opressora e destrutiva. Nesses momentos sentia uns calafrios seguidos de uma raiva incontida, devido certamente ao terrível sentimento de abandono e impotência. Queria reagir, mas não tinha outra coisa a fazer do que se conter, dizendo a si mesmo que "afobado come cru e quente", ou "nada como um dia atrás do outro", ou, ainda, "amanhã será o dia da caça". E assim ia se acalmando até conseguir pregar de cansaço no sono, cansaço esse produzido pela raiva e angústia, que eram de certa forma amenizadas pela esperança da doce vingança, que muito acreditava como certa um dia acontecer.

Sabia muito bem que a situação em que estava era irreversível, pelo menos em termos psicológicos. Como poderia ele agora se apresentar humilhado e desacreditado? Como poderia contar que fora enganado como um verdadeiro idiota? De qualquer modo, jamais haveria como retornar ao que tinha sido. Cesário, tinha, por isso, plena consciência de sua morte moral, somente lhe restando o recurso da vingança, e nada mais. Apesar de tudo, ainda tinha a esperança de dar a volta por cima. O problema era como fazê-lo, pois a vingança teria que ser de tal maneira que não lhe caísse nas costas, como de resto costuma acontecer. Sentia-se como um jogador que perdera quase todo o seu cacife de mesa e que precisa apostar o que não tem para voltar ao jogo, tentando a recuperação. Eis toda a questão!

E nessa espera e angústia acachapantes é que surgiu um estranho acontecimento que a seguir passaremos a contar com imenso prazer, porque é humano se torcer pelo perdedor, muito embora não possamos modificar o seu destino.

Todos os santos dias, com exceção dos feriados, é claro, Raimundo madrugava e, após fazer o desjejum, montava em seu fiel alazão indo em busca de alguma caça. Como um exímio atirador, era o único jeito de viver da maneira que vivia, praticamente isolado no sítio do patrão. Também não tinha muita saída. Ou era assim, ou acabar trancafiado num dos calabouços da vida, ou ainda pior, ser justiçado pelos seus antigos desafetos, que não eram poucos. Assim é que a sua vida e a do seu patrão se assemelhavam sobremaneira, apesar da diferença social que os distanciava, por incrível que pareça!

Todavia, nada disso deve nos causar espécie, já que, afora as diferenças de classe e mesmo de cor, todos nós pertencemos a mesma origem e a mesma espécie, isto é, somos irremediavelmente irmãos. Esse fato insofismável nos guarnece e nos protege pela solidariedade. Assim sendo, aqueles monstros chamados de "torturadores", muito embora homens, são, sem dúvida, destituídos de qualquer humanidade, seja por desvios psicológicos ou qualquer outra espécie de doença mental, que os faz regredir a tempos bastantes primitivos, quando a vida era uma questão de sobrevivência das terríveis condições e manifestações da natureza ainda em formação.

Certo dia, Raimundo voltou da caça muito mais cedo do que o previsto, espavorido, trazendo na garupa o corpo de um homem inconsciente e em lamentável estado físico, todo ensanguentado em razão de ferimentos generalizados, principalmente nas mãos e no rosto. Sua roupa, embora bastante suja de sangue e lama, deixava entrever que era totalmente preta, excetuando-se a camisa e o colarinho, brancos.

À vista daquela comovente cena, Amélia gritava e chorava ao mesmo tempo, chamando assim a atenção de Cesário, que acorreu rapidamente em socorro. Já então Raimundo desmontara a vítima e, a mando do patrão, transportara-a para um dos quartos de hóspedes. Ali o homem foi devidamente limpo e tratado, dado o estado em que se apresentava, por Amélia e seu amásio, acompanhado de perto por grande interesse e préstimo do patrão, movido, só Deus sabe como, por uma profunda solidariedade, uma verdadeira empatia.

Por motivos que todos nós já sabemos, não havia como recorrer a qualquer assistência médica diante daquela urgência, a não ser que o paciente tivesse resistido aos ferimentos. Todavia não foi o que, infelizmente, veio a acontecer, pois a vítima faleceu em razão da grande perda de sangue que sofrera, sem que se pudesse sequer pensar um qualquer outro expediente mais eficiente como último recurso.

A consternação foi geral, como se dá nesses casos em que as pessoas se debruçam, sem saber o porquê, no afã de salvar uma vida, ainda que de uma pessoa totalmente desconhecida. É como se o sofrimento fosse transferido de outrem para nós mesmos, um dos grandes mistérios do princípio da conservação da espécie, uma das grandezas da humanidade.

Em estando os três em contemplação, como que orando pela alma daquele infeliz, fora Raimundo quem primeiro quebrara o silêncio que dominava aquele ambiente fúnebre, com algum esclarecimento:

— Olha, meu patrão, o que a gente encontrô no paletó do defunto... — disse enquanto estendia a mão para entregar à Cesário uma larga carteira de couro recheada de papéis, documentos e algum dinheiro, bem como um livro negro encimado por uma cruz dourada. Cesário pesquisou avidamente a herança, detendo-se em uma carta oficial que dizia:

"Caríssimo reverendo Carlos Montenegro,
Digníssimo pároco da matriz de Capivara da Serra.

Sabemos muito bem como V. Revma. tem se dedicado à difícil tarefa de dirigir a religiosidade de sua paróquia, fazendo tudo que lhe é possível, apesar de ter poucos a lhe ajudar, mormente nos trabalhos que unicamente cabem ao sacerdócio.

Temos tido todo o empenho em atender aos seus pedidos de envio de um padre auxiliar que lhe dê alguma ajuda nos sacramentos, o que é justamente o que mais entendemos lhe carecer; contudo não tivemos qualquer condição de enviar, com a urgência merecida, o auxílio que, por diversas vezes, nos solicitou.

Entretanto, justamente agora tivemos a alegria de receber a atenção do padre Antonio Miguel de Assunção, que vem prestando enormes serviços ambulantes a diversas paróquias limítrofes a sua. Foi realmente um achado que nos deixou muito alegres.

Gostaríamos muito de enviar-lhe alguém com mais assiduidade; contudo, sabe bem o reverendíssimo pároco que a falta de interesse pelo árduo mister do sacerdócio é um fato alarmantemente crescente. São, naturalmente, sinais dos difíceis tempos materialistas e de pouca fé em que, infelizmente, vivemos.

Esperamos, assim, de qualquer modo, que o envio do padre Antonio Miguel possa atendê-lo, se não satisfatoriamente como bem merece sem qualquer dúvida a sua santa dedicação, pelo menos acreditamos que irá certamente aliviar consideravelmente a sua carência, com isso amenizando a sua e a nossa preocupação, acrescido de que o enviado é pessoa de nossa inteira confiança, posto ser possuidor de virtudes invejáveis e, sobretudo, abnegado no exercío de seus misteres.

Ficaremos, ainda assim, a sua inteira disposição para o que for necessário.

Do irmão em Cristo, com todo apreço.
Arcebispo Inocêncio da Consolação."

A carta não deixava qualquer dúvida sobre a identidade daquele pobre homem, além das provas documentais que ele carregava em sua carteira. Era sem dúvida o pároco auxiliar que ia assumir o ministério na matriz do município, onde um dia o igualmente infeliz Cesário fora o todo-poderoso prefeito. Mas se havia certeza da identidade do morto, ficava uma tremenda interrogação sobre as causas de sua morte, bem como do porquê o reverendo vinha por aquele caminho tão mais difícil, ou, por assim dizer, quase que impossível de atravessar, principalmente para quem o desconhecia, como deveria ser o caso do trágico acidentado.

"O pároco como aqui nos pareceu
Caiu do cavalo e rolou ribanceira
E não só disso por isso pereceu
Alguma coisa outra foi certeira.

Foi com certeza para o céu
Tão bem encomendado que era
Ainda que no fim jazia ao léu
Mas com sua alma agora elevada.

Nada mais em desejo carece
Prá cumprir o seu traçado destino
Assim igualmente nos parece
De ter um substituto bem ladino.

Que lá o bom dom Camilo
Avidamente por ele aguarda
Cansado de ao bispo socorrer
Pra sua difícil e nobre jornada."

— Ó Raimundo — retomou Cesário, que, após ler a carta do bispo, olhava fixamente o semblante do falecido:
— Conte-me direitinho essa história! Não estou convencido do acontecido. — E Raimundo, meio embaraçado, com voz humilde, procurou satisfazer a curiosidade do patrão:
— Bem, ia lá pelas bandas do corte da serra, esperando encontrá boa caça, pois lá, como vosmecê sabe, tem muito jacu, galinha do mato e pato selvagem, quando no silêncio da mata escutei uns relinchos. Achei estranho que alguém tivesse por ali. Fui devagarinho, arma em punho, até que consegui olhá um cavalo lá nos cafundós de uma grande ribanceira. Fiquei mais desconfiado ainda, mas resolvi descê. Com muito custo cheguei no lugar da queda, e, com grande espanto, dei com aquele homem que está ali já passado. Não tinha como trazê ele pra riba. O cavalo tava

condenado, com as patas da frente quebrada. Fiz, meu patrão, o que outro qualquer fazia. Dei fim a seu sofrimento com um tiro na sua cabeça. Restava o homem. Entonces, com ele não podia fazê o mermo, tinha que tentá salvá. Dispois de acomodá ele, fui de vorta pra riba. Entonces, peguei meu cavalo e desci por outro caminho, dando a vorta no despenhadeiro. E aí é que foi o diabo, patrão; só mermo quem conhece o lugá como eu conheço! E dispois de muito tempo, andando com muito cuidado, é que consegui trazer o homem na garupa até aqui, como vosmecê já sabe.

— Mas, meu camarada — intercedeu Cesário em dúvida —, como é que o homem foi parar lá embaixo?

— Não sei não, meu patrão, acho inté que os ferimento foi obra de um animal... talvez uma jaguatirica. Nesse tempo ficam faminta e feroz e saem das toca como louca em busca de comida... Só pode sê, meu patrão!

— Sim, sim, é possível... Mas o que esse homem estava fazendo por aqui num caminho tão mais complicado para quem queria ir pra cidade?

— É, patrão, isso não sei não... É muito estranho. Dispôs ele nem estava armado pra tar viage.

Cesário voltou a olhar o morto, como quem olha para o nada, com o pensamento distante. Assim ficou durante algum tempo, em total abstração. De repente, como acordando de um sono profundo, dirigiu o olhar para Raimundo e ordenou, determinado:

— Cabra, enterre o homem em um lugar seguro e dê-lhe um descanso cristão como merece e com as devidas orações. Depois pegue todas as tralhas dele e traga-as pra cá. Padre Camilo não ficará na eterna espera; terá um substituto interino!

Raimundo e Amélia se entreolharam espantados, sem entender muito o que o patrão realmente queria dizer. Cesário, vendo o embaraço dos dois, retomou:

— É isso mesmo que vocês ouviram. Agora eu sou o pároco Miguel. Nada me foi tão caído do céu quanto este acontecimento. Nada, nada! Bem que eu tinha razão em dizer que não há como um dia atrás do outro! Parece até que Deus me ouviu, este pároco veio mesmo é do céu ou...

dos infernos, quem sabe?! Seja lá como for, a caça vai agora em busca do caçador, ah, ah, ah...

    Cesário deixou a barba crescer no estilo do pároco, estudou bem o porte dele, que era muito parecido com o seu, o jeito e as vestimentas. Apesar de levar apenas uma vaga carta do bispado como apresentação, ninguém certamente "conferiria sua veracidade em cartório", como era de mau costume naquele desconfiado condado, e não sem razão; ademais, não é de bom tom pedir que cada indivíduo conte sua história e suas intimidades. Passado algum tempo, Cesário, montado num cavalo semelhante e municiado com os pertences do falecido, desceu à tardinha a serra em direção à cidade. Que belo dia para ele! O "morto" agora realmente ressuscitara de corpo e alma!

~ XXV ~

DO PROCESSO ELEITOREIRO

Com todo o rebuliço por que tinha passado aquela "exemplar" comunidade, conquanto o mistério que a envolvia, principalmente no ânimo das suas mais destacadas personagens, as quais, apesar do tempo passado, não tinham de uma vez conseguido superar a dúvida cruel e o medo que lhes corroía o ânimo, a vida ainda prosseguia como necessidade e com seus mesmos parcos e envelhecidos valores. *E La Nave Va*, como o genial cineasta italiano Federico Fellini traduzia o estéril passar dos tempos pelo mero sabor do tempo.

E ali, da mesma forma, iam as coisas, como se nada tivesse acontecido; é que *Tempora mutantur est*, ou seja, o tempo a tudo muda, e a vida, como aquela nave, continuava navegando na mesma água e na mesma direção, com a mesma velocidade, em obediência às leis e aos costumes, ao contrário da índole daquele povo que não tinha muita afinidade pelo estrito cumprimento dos mandamentos legais, nem mesmo os estabelecidos pela Santa Madre Igreja, muito embora estes últimos tivessem, pelo menos, a força de impingir culpa e arrependimento.

Quanto aos preceitos jurídicos, alguns não eram tão perfeitos, pois careciam de certeza de aplicação de uma sanção, ou pena; outros, porque não atingiam exemplarmente a todos os cidadãos igualitariamente, embora a lei seja, em sua essência, geral e abstrata.

Talvez seja, entre outras explicações, porque a justiça ali não fosse totalmente cega, como se desejaria exemplarmente que fosse; todavia, tem-se notado ultimamente, principalmente após a morte do todo-poderoso Cesário, que ela, coitada, acometida de uma grave doença ocular, uma espécie rara de glaucoma, vinha perdendo lentamente a visão pelas extremidades. Para uns poucos, uma péssima e má notícia; para outros, infelizmente a maioria, apenas uma extraordinária chance de engazopar o próximo, segundo aquele velho brocardo que faculta desejar a mulher do próximo quando ele não está próximo.

Assim, no caso presente, por estrito cumprimento constitucional, a eleição para o cargo vago de prefeito foi logo marcada, bem como firmado o prazo de seis meses contíguos e imediatos à data estabelecida para o pleito, quando se permitia a campanha eleioral. Mas isso não impedia que os candidatos da situação saíssem irregularmente à frente daquele prazo em uma disfarçada corrida regada pelos cofres públicos, numa atitude de franca desobediência às regras gerais. Às vezes, a justiça tentava desestimulá-los aplicando-lhes multas que, senão irrisórias, pouco ou nada os intimidavam, uma vez que o que se tinha propagado compensava, pois ficavam nas mentes e nos corações, e não havia pena capaz de anulá-las completamente.

Um dos que, mais se empenhava era o então presidente da Câmara Municipal, que, com Amaral, encabeçava a chamada "chapa das mãos limpas". O primeiro, para se perpetuar como presidente da Câmara; o segundo, como prefeito municipal. Uma tabelinha do tipo "há alguma coisa de podre no reino da Dinamarca"; verdadeira barbada que não tinha como dar errado, mormente quando Amaral tinha o apoio da viúva de Cesário. Mas será mesmo que ainda o tinha?

Como já se disse, os tempos tinham mudado, e como! Amaral andava meio perdido, preocupado com as últimas atitudes de Lucrécia, ungido pelo medo e pela desconfiança. Medo de que ela batesse, de alguma forma, com a língua nos dentes; desconfiança dos seus acólitos, principalmente do seu companheiro de chapa, Severo, com o qual tinha de certa forma uma cumplicidade desconfiada e velada; e mais ainda a terrível dúvida sobre a morte de Cesário, acrescida da volta da terrível "lenda do Cavaleiro Negro". Tudo isso era enormemente aumentado por sua inexperiência política, que o deixava quase sempre nas mãos dos seus piores inimigos, justamente os que se diziam amigos, pertencentes ao mesmo partido, e que estavam dele mais próximos.

Ainda para complicar mais a situação do nosso anti-herói, havia o terrível ciúme que corria em suas veias cada vez mais quente, como veneno potente, à medida em que presenciava a aproximação de Mateus e Lucrécia, e contra o qual já manifestava um ódio venenoso e avassalador, que o impedia até de bem articular o seu plano de encampação do poder a que tanto desejava, como se almeja a própria vida.

Tinha noites que passava rondando a casa de sua ex-comparsa no intuito de flagrar qualquer coisa espúria; e quanto mais desconfiava, mais se sentia preso a ela; quanto mais vigiava, mais sentia realidade numa fictícia traição.

E, como dizíamos, ia a nave singrando o mar da traição, da desconfiança e da corrupção, que a tudo desencanta e a tudo faz descrer, matando pouco a pouco a solidariedade e a esperança, transformando as pessoas em potenciais animais, agressivos, impiedosos e ambiciosos. Agora, somente restava esperar que um outro Moisés, de fato, retornasse mais uma vez de um monte qualquer, quem sabe do Monte das Capivaras da Serra?, exibindo indignado, com as mãos levantadas, a "tábua dos dez mandamentos", e carregando consigo aquele povo infiel e desorientado para uma outra terra, a terra prometida...

~ XXVI ~

A CONFISSÃO

Ah, a confissão... Dela tudo se poderia dizer, mas vamos como não ateus nos ater apenas ao que de fato nos toca, ou seja, tudo, ou quase tudo, que tem a ver com a incrível história que aqui tentamos narrar da maneira mais fidedigna possível.

Primeiramente, fazendo por amor à verdade e à justiça uma breve e sucinta digressão sobre a sua história, pois será a melhor maneira, como acreditamos, capaz de desvendar um pouco de sua estrutura e de seu significado nos tempos passados, atravessando, se possível, o futuro incerto, mas de alguma forma previsível, como numa cadeia de palavras com seus múltiplos. Uma verdadeira semântica dos costumes religiosos e sociais.

Cristo instituiu o sacramento da confissão quando concedeu aos seus 12 apóstolos o poder (mais tarde transferido a todos os sacerdotes da Igreja, de um modo geral) de perdoar os pecados, em razão da reconhecida fraqueza espiritual do homem, comumente levado à cobiça e à concupiscência por força dos impositivos e inarredáveis princípios de sobrevivência e de conservação da própria espécie, o que, no fundo e de resto, significa um refrigério ao pesado e desagradável sentimento de culpa pelos males cometidos contra si mesmos e, principalmente, seus semelhantes, feitos do mesmo barro.

O referido perdão estaria, no entanto, indissoluvelmente ligado ao exame de consciência e também da contrição ou arrependimento, sem o que não teria o poder de redimir as consequências advindas do ato pecaminoso. Contudo, para que o perdão tivesse tal extensão, seria necessário a penitência, ou reparação, realizada através das chamadas indulgências, e a prática de boas obras e de boas ações. Dessas duas vertentes exigidas para a obtenção do completo perdão, a primeira delas, a indulgência, quase sempre prevaleceu sobre à segunda, ou seja, sobre as boas obras, uma vez que era, e ainda o é, muito mais conveniente pagar o preço equivalente à gravidade do pecado do que, convenhamos, optar pela incômoda e difícil tarefa de se praticar boas ações. Mesmo porque a indulgência era "comprável", o que significava tão somente a perda de uns poucos bens, sem quaisquer maiores consequências, a não fazer grande falta ao abastado pecador.

Mas, de qualquer modo, a confissão tinha um grande poder de aliviar as consciências, como acontece até os nossos dias, muito embora haja quem hoje, assim mesmo, prefira o divã de um psicanalista, porque há gosto para tudo e para todo o gênero. Ambos os métodos, com as devidas modificações, tem lá suas garantias. No divã há a proteção legal do silêncio profissional; na confissão há a terrível pena da excomunhão, aplicável aos sacerdotes infiéis que divulguem os pecados a eles confessados. Mas é compreensível que nem todos os sacerdotes, principalmente os mais "políticos", fossem atingidos pela violação do segredo exigido, tal e qual acontece com o atual segredo profissional. Isso foi sem dúvida uma grande brecha para outros tantos e muito mais graves pecados, advindos da citada violação do segredo, os quais por seguros meios empregados ficavam de resto sem qualquer pena ou reparação. Não estamos com tal assertiva querendo antecipar qualquer acusação a quem quer que seja na história passada ou mesmo na do presente, como, de resto, concluirá, se puder, o nosso bom leitor ao final das páginas que irão se seguir.

Ah, o padre Carlos?! Não sejamos injustos com o pobrezinho, pois já sabemos de sobejo, e até por sua muito bem posta alcunha de Dom Camilo, que o mesmo jamais cometera tal sacrilégio. E se ele sabia coisas demais, não era por mal querer. Era tão somente porque Cristo em pessoa o deixava ciente de tudo que acontecia ou iria acontecer naquela muita santa paróquia, quando à noite, em sua cela, cumpria suas obrigatórias orações, assim se protegendo do manto das tentações e dos sonhos perniciosos, como se fora uma inocente criancinha com medo do "bicho-papão" ou do terrível "tucuru".

Mas Camilo, já cansado pela repetição e pela idade avançada, prestava muito pouca atenção aos mesmos pecados de sempre dos igualmente mesmíssimos pecadores, razão pela qual já não queria mais exercer tal mister, principalmente depois do afastamento compulsório dos seus maiores inimigos, os terríveis comunistas, que por muito tempo assolaram a sua tranquilidade e segurança. Agora que acreditava estarem eles definitivamente abatidos, pelo menos em seu estreito mundinho, é que poderia descansar em paz, principalmente depois do desaparecimento do seu protetor-mor, o "falecido" prefeito do município, Cesário Albuquerque. E nisso não havia qualquer contradição, pois bem sabia que as moscas são substituídas, mas o "bolo", dito assim para não ferir os respeitáveis ouvidos do leitor, é o mesmo. Ademais, ninguém poderia ameaçá-lo mais do que o "falecido" todo-poderoso: a mosca varejeira-mor da história daquele pobre município.

Era um lindo dia de domingo. Os sinos repicavam alegremente a chamar os fiéis para a missa inaugural daquela plácida manhã, aliás, um belo e lindo dia, o *dominus dei,* ou o dia do Senhor, quando um estranho padre, vestido à caráter, adentrou pela cidade em direção à paróquia do brioso município de Capivara da Serra. À medida que o cura ia atravessando a principal avenida da cidade, seus habitantes assomavam às janelas, despertados por um alto brado que vinha lá de fora. Provinha o mesmo dos transeuntes que, naquele momento, se dirigiam à igreja, guindados pelo repetido chamamento do insistente repicar, eles e outros que, ao contrário, iam em direção a outras atividades pouco religiosas, isto é, muito loucas e muito lúdicas. Fato se dava que o espanto era geral, e não se sabia bem o porquê daquela figura circunspecta e patética lhes ferir a fundo um estranho sentimento, misto de curiosidade e receio. Era um padre, com certeza. No entanto havia naquela personagem um quê de algum misterioso significado, o qual, de imediato, não conseguiam traduzir o que exatamente os tocava a sua revelia. Talvez a fisionomia, o porte, talvez o pálido sorriso de uma mistura de alegre ironia e de disfarçada candura. As crianças, pelo contrário, como sempre faziam, acorriam em alarido para bem perto daquele estranho cavaleiro, todo em negro, e o acompanhavam rogando santinhos abençoados.

Quando o ainda desconhecido padre chegou à igreja, já lá estava uma comissão paroquial, liderada pelo padre Carlos, para recebê-lo, dado o estrépito que o acompanhava, antecipado sobremaneira pelo "correio" dos mais consumados puxa-sacos paroquianos, eméritos fofoqueiros municipais e santarrões de encomenda, com fita ou sem ela.

Faltou-nos relatar os comentários quase sempre desairosos, mormente em se tratando dos "santos" padres da Santa Madre Igreja, quando o novo, mas desconhecido, pároco auxiliar passou com a inesperada comitiva popular pelo temido Bar Chopim. Heitor, empedernido comunista, não remanescente dos expurgados, digamos, um *nouveau socialiste*, foi o primeiro a acorrer à porta, atraído pelo desusado movimento:

— Ih... Lá vem um novo urubu, direto do céu, mandado especialmente por São Pedro!

E os demais logo acorreram à porta a ver passar o novo cura, ao contrário do que, de regra, principalmente aos domingos à hora da missa, faziam quando passavam as beldades da cidade, as quais, muito curiosas, sem olhar diretamente para dentro daquele pecaminoso estabelecimento, sempre com graça, encontravam um jeito bem de soslaio feminino de saber quais os pervertidos moçoilos de sempre que, em concupiscente silêncio, assim as cortejavam, como lobos famintos. E é claro que elas gostavam, pois dizem que quem desdenha certamente quer comprar...

— É, menino, esse Camilo está com tudo. Agora vai ter mais tempo pra conversar com o seu Cristo... — observou Hugo, o literato.

— E como é que você sabe que esse padreco que aí vai todo serelepe é o seu muito esperado ajudante? — disse-lhe Pedro, por sua vez.

— Ô, rapaz, veja bem que o homem vem trazendo uma considerável bagagem — retrucou-lhe Hugo.

— Alô, maridos, olha que o cara é bem apessoado! — Acrescentou Expedito, o representante vendedor.

— Mas, será que ele é?! — Voltou Heitor, com a sua amarga verve.

— É sim... mas vai atrás que você vai se dar mal, Heitor! — Intercedeu o violeiro e boêmio Haroldo.

— É ruim, heim?! — Respondeu prontamente Heitor.

E assim ficaram eles a rezar a sua "missa" enquanto tomavam umas e outras, preparando-se para a farra daquele prometedor domingo de grandes novidades.

Diante da igreja, no alto da escadaria que lhe dava acesso, a figura do pároco-mor, Dom Camilo, parecia inatingível, como a dos santos em seus altares, além do que o séquito que o rodeava lhe acrescentava incontestável majestade. E assim que o estranho cavaleiro apeou, desceu solenemente a escadaria, tal como um imperador romano em orgulhoso garbo, a seu encontro, antecipando assim o gozo daquilo que há muito tempo esperava e ansiava.

Cesário, digamos, padre Tonico, como mais tarde passou a ser conhecido por sua estudada bonomia, acorreu a abraçá-lo. Contou-lhe que ele realmente vinha com a missão de auxiliá-lo na santa missão de ministrar os sacramentos em sua paróquia. Assim dizendo, passou a procurar com ansiedade a carta de Sua Eminência, o bispo Inocêncio da Consolação, que padre Carlos avidamente leu, aumentando a satisfação consubstanciada em um sorriso que se alargava à medida que avançava na leitura. Ao terminar, olhou fixamente para o recém-chegado ajudante como que a perscrutá-lo, quando inexplicavelmente sentiu alguma coisa que o perturbou imensamente. Cesário, então, sentindo-se traído, procurou prontamente buscar outro assunto, olhando disfarçadamente para os populares que o cercavam, cumprimentando-os tal como um náufrago em busca de uma tábua que o mantivesse à tona, são e salvo. Dom Camilo, de sua vez, pigarreou, como se faz nos embaraços da vida, enquanto convidava o novo auxiliar a acompanhá-lo até os seus aposentos, ordenando ao mesmo tempo que lhe trouxessem as malas, o que foi feito com toda prontidão pelos fiéis mais chegados.

Cesário, ou melhor, padre Tonico, denominação que empregaremos doravante, foi instalado em seus aposentos. Assim, Cesário passa a ser Tonico, e Antônio Miguel passa a ser aquele que tragicamente morreu na Serra das Capivaras, pelo menos de alma, já que o corpo lhe fora emprestado, e com toda a graça e agradecimento. Só nos resta saber qual será o resultado de tão inusitada simbiose. E isso é o que a seguir se verá, passo a passo, uma vez que, por força de muitas circunstâncias, seria azar não aconselhável a aposta nessa ou naquela hipótese.

Certo está que padre Tonico, ao se ver sozinho em sua pequena cela, sentiu uma enorme felicidade a lavar-lhe a alma, não um completo e bom refrigério nem mesmo o resultado de uma boa ação, como aquela da reparação de graves pecados cometidos, mas um sentimento contraditório ou um misto de antecipação de uma satisfatória e próxima vingança que ainda não tinha conseguido alcançar, como ele há muito tempo desejava. Era, contudo, a felicidade possível de um infeliz. E por que não gozá-la?

Havia em sua cela uma janela da qual se podia alcançar a ala direita da cidade, onde, nos bons tempos passados, ele residia, na respeitada mansão dos Albuquerque. Igualmente naquela mesma ala morava Amaral, aquele tal, que hoje era, com justíssima razão, o seu arqui-inimigo. Morava ali também quase que toda a alta burguesia do município, principalmente aqueles que, como Cesário, eram donos de grandes latifúndios, dos quais a mais das vezes colhiam tão somente o pomposo nome de família, ou o de senhor coronel, como também assim fora Cesário.

Mas será que ele não os tinha mais de fato? Não, infelizmente não. Nem de fato, nem de direito, pois, lembrem-se os leitores, o mesmo estava morto. Morto e sem condição moral de ressuscitar, já que não era Lázaro e muito menos Cristo. Todavia, é claro, tinha grande esperança, como todo ser humano, de recuperar suas posses e seu prestígio. A questão era "quando, como e por que meios", algumas das circunstâncias de retórica propostas pelo extraordinário e conhecido orador romano Quintiliano.

Tonico, após permanecer por algum tempo admirando aquela paisagem com o pensamento fixo num horizonte perdido, teve sua atenção voltada para alguém que atravessava a praça da Sé. Logo que pode sua vista alcançar, reconheceu de pronto o seu figadal inimigo, Amaral. O pior é que o sujeito vinha olhando diretamente para ele. O sangue de Tonico subiu célere às suas têmporas, como que a explodir sua cabeça. Teve um ímpeto de voar dali mesmo de cima, como um falcão em busca da presa, mas apenas conseguiu fechar a janela bruscamente, fingindo desconhecimento, apesar do profundo encontro de olhares plenos de intenções e impossíveis de se dissimular. Mistério...

∽ XXVII ∽

A DISPUTA

Desde o último dia que vira a "viúva", Mateus não pode mais esquecê-la, e ele mesmo não sabia explicar o porquê daquela compulsiva atração. Era realmente uma necessidade muita estranha e incômoda, contra a qual esforçava-se com todas as suas forças para resistir e esquecer; entretanto, aquilo mais lhe parecia um pântano: quanto mais tentava fugir, mais afundava e afundara. A imagem de Lucrécia, toda de preto, que sempre lhe assomava, o deixara irremediavelmente apaixonado, atraído como abelha ao mel, ou como um pequeno e inofensivo inseto preso à teia de uma assanhada e faminta aranha. Toda essa sensação lhe dava, em contrapartida, uma coragem capaz de ferir mesmo que mortalmente, necessário fosse, qualquer um que pelo menos tentasse se aproximar dela; e, fica bem claro, esse receio se referia à Amaral, eis que outro, como Cesário, travestido de padre, era, convenhamos, por completo desconhecimento, impossível de ameaçá-lo nesse sentido. Era o instinto animal que pulsava em suas veias, bombeadas por uma inexplicável força natural, mas assustadora para homens ditos civilizados, comumente refreados pelos ditames sociais.

Entretanto, sentimentos semelhantes não pareciam assombrar o seu rival Amaral, que, ao ver Lucrécia durante a recepção do novo auxiliar de Dom Camilo, bem animada, movido por um ciúme doentio, antecipava igualmente por instinto algum mau agouro a dificultar ainda mais a já complicada relação existente entre os dois.

Quanto a Mateus, sua expressão acabrunhada, tão diferente de seu temperamento alegre, muito embora de caráter reservado, tinha sido captada por seus companheiros frequentadores do Bar Chopim a ponto de não poder escondê-la. Achavam-se eles, por isso, na obrigação de dissuadi-lo daquele imprudente romance, o que apenas conseguia piorar a situação ao invés de melhorá-la, porque tais tendências têm, por mistério, uma qualquer coisa de teimosia a conseguir a consumação de seu fim.

Nesse estado de espírito passou o apaixonado pobre rapaz a seguir sua pretensa amada em todos os lugares possíveis, principalmente nas funções da igreja, que ela ultimamente frequentava com assiduidade. Além do que, às vezes, durante à noite, quando o sono lhe fugia, saía a rondar o casarão de Lucrécia, satisfazendo-se em observar a luz de seu quarto acesa, como anteriormente já se falou. Nesses momentos sentia-se como Romeu junto ao balcão de Julieta. Mas o que mais o preocupava era o medo da recusa, capaz, pelo seu estado de espírito, de ceifar-lhe a própria vida, mesmo que isso estivesse muito distante de seus planos e tendência, talvez, quem sabe, uma mera fantasia? Mas com essas coisas não se deve brincar e muito menos delas duvidar! E quando constatava que a luz de seu aposento permanecia acesa àquelas altas horas da madrugada, indagava a si mesmo se teria ela a mesma preocupação que ele, ou pelo menos a mesma ânsia de ser amado. Assim pensava e assim acreditava piamente com a fé de um santo, pois isso era tão somente o que o ajudava a minorar a sua pungente dor de amor.

Loucura?! Sim, doce loucura que lhe aplacava os dolorosos sentimentos, deixando-o disposto a voltar para cama, já bastante extenuado, quando então poderia pregar no sono, afastando a torturante insônia. No entanto, enquanto seu corpo descansava, seu espírito voava novamente até o quarto de Lucrécia, como um vampiro a subir pelas paredes, sequioso de sangue, enquanto ela o esperava hipnotizada, vestida em um delicado e transparente penhoar, a lhe mostrar os seus redondos e polpudos seios intumescidos pela aproximação de um intenso e irrefreável prazer, ocasião em que lhe cravava os dentes na jugular, fazendo-a emitir gritos confusos, misto de gozo e dor, quando aí despertava sufocado e molhado de suor.

Esses eram, na verdade, os repetidos pesadelos dos quais Mateus fugia pelo tortuoso e cruel caminho da insônia de repetidas noites, principalmente quando conseguia encontrar de alguma forma com Lucrécia. Com tudo isso, sentia, pelos olhos dela, que a mesma não lhe era totalmente indiferente, ou será que a sua necessitada imaginação o estava torturando simplesmente por prazer, aliás, talvez o mesmo prazer que sentia por aquela atraente, esquiva e misteriosa mulher?

Durante o dia, o infeliz rapaz bolava mil e um meios e modos de se aproximar da amada. Ora pensava em sentar-se ao seu lado na igreja, ora tentar ser recebido novamente por ela em sua casa a título de cortesia, ora alcançar-lhe na rua com qualquer desculpa, como a saber de sua saúde, oferecendo-lhe, então, mais uma vez seus préstimos para o que lhe fosse possível e impossível. Tudo com a precípua finalidade de realização dos seus sonhos ou, digamos, mais propriamente, de seus pesadelos.

E Amaral, do que é feito? Enquanto tudo isso se desenrolava, continuava ele, igualmente, a tentar em vão aproximar-se de Lucrécia, sua antiga amante e companheira de trama política e conjugal.

Lucrécia, desde o infeliz passado acontecimento, tomara uma certa birra de Amaral, seja pela culpa que carregava em seus fracos ombros, seja por arrependimento, uma vez que achava a cada dia mais que fora enganada, traída pelo boticário e usada por ele como um ignóbil objeto. Desse modo, fechara-se completamente para ele, a pretexto do luto, e para todo o mundo. Sua única alegria agora era a igreja que frequentava quase que diariamente. Às vezes sentava-se em um dos bancos fronteiriços, justamente aqueles que eram dedicados às altas autoridades e às damas da "corte". Fazia ali suas orações, depois ficava absorta olhando em direção ao nada, nem longe, nem perto, pois o vazio não é visível. Queria porque queria confessar-se, entretanto lhe faltava coragem pelo tamanho do pecado mortal que carregava, para ela sem esperança de perdão! Tudo isso acrescido ainda por ter que enfrentar o padre Carlos, o qual lhe tinha na medida de uma santa viva, santidade de mulheres casadas, de prendas domésticas. O padre tinha uma adoração exagerada por sua mãe, que o tinha deixado muito cedo, levada por uma fatal tuberculose (terrível doença que ainda hoje grassa naquele infeliz país em razão da precariedade e abandono em que vive o seu povo). A santa mãe do padre, realmente o era, além do conceito do filho, pois fazia parte daquele clube seleto das filhas de Maria, para as quais somente existe o trabalho e o sofrimento, sendo-lhes proibido a libido e outros prazeres, mesmo que sadios. Essa talvez tenha sido uma das principais causas que levaram padre Carlos ao sacerdócio, nele compreendido o celibato e a renúncia aos bens materiais, e não um escapismo, como de regra se vê. Mas o que na verdade o impelira para a vida eclesiástica fora mesmo vocação, muito embora esta não tivera a força de o santificar. O resto deixemos para lá, porque, como dizia o "Mestre", "quem julga será julgado", e Deus nos livre de qualquer julgamento! Bem, uma coisa deveria estar ligada à outra, todavia, sabe-se muito bem que uma coisa é teoria; a outra, prática.

E foi exatamente por isso que a infeliz Lucrécia muito se alegrou com a chegada do padre Tonico, e outra razão não nos cabe também julgar, apesar dele parecer bem aos seus olhos femininos por seu porte, suas maneiras e seu olhar indefinível...

Tinha, como se vê, Amaral razão de sobejo para temer uma traição por parte de Lucrécia, afinal de contas, se fora capaz de trair o marido, muito mais fácil seria traí-lo. Não pelo fato de seu afastamento, que ele achava até mesmo normal, apesar do sofrimento que isso lhe impunha. Não era pelo amor que nutria por ela, era talvez por orgulho! Orgulho de macho ferido. Mas o que mais o incomodava de fato era a perda do apoio político que dela esperava e necessitava. A sua ambição coçava-lhe e corroía-lhe a alma. Sabia que o vice-prefeito era apenas um fantoche sem qualquer expressão política que ameaçasse. Aliás, é o que sempre acontecia em todos os níveis da administração pública. A mais das vezes ou quase sempre, por infeliz unanimidade, ficavam esquecidos em banho-maria até que um qualquer nefasto acontecimento lhes guindasse para a plena luz do poder. Nessa hipótese, a mais esperada seria a da morte, o terrível e inexorável acontecimento a que todos nós irremediavelmente estamos expostos, querendo ou não, e esse é o fato mais verdadeiro, ao mesmo tempo que insofismável, a que ninguém se furtou ou se furtará, seja em todo tempo passado ou por todo tempo vindouro, até o final das contas.

Mas assim era e assim continua a sê-lo, pois, admitamos, ninguém gosta de concorrência. Então, quem Amaral temia? O senhor Severo, seu pretenso correligionário? Não, de jeito algum, apesar da desconfiança que sempre por ele nutrira. Quem mesmo temia era Narciso, o líder da oposição, que crescia agora no conceito do povo na ausência do carisma de Cesário. Crescia também em razão da disparatada e enebriante disputa que se dava entre os tais conservadores, ou seja, também por falta de melhor quadro político, ou ainda pela desconfiança que sempre tiveram em relação ao maquiavélico boticário. E esse, por tais razões, sentia-se à beira de um profundo abismo, pois, caso não conseguisse se eleger, certamente ficaria à mercê de seus inúmeros inimigos, políticos ou não políticos. Razão bastante para que urdisse um imoral expediente por demais safado e ilegal, a denegrir de uma vez por todas o bom conceito de que gozava Narciso, expondo-o à execração pública, obstando-lhe, assim, sua pretensão de chegar à cobiçada "gaiola dourada" do pobre município de Capivara da Serra.

~ XXVIII ~

O DOSSIÊ

Ah, Amaral, tu és mesmo um tremendo cara de pau!
Pois agora ainda que acuado foste capaz de inventar
Um tremendo truque marginal capaz de a tantos invejar.
Ah, Amaral, tu és mesmo um tremendo cara de pau!
Inventaste um genial meio de enxovalhar o adversário
De tal modo eficiente que as mentiras que disseste
São verdades para sempre e para muita e muita gente,
Que prefere na calúnia acreditar do que antes se frustrar.
Ah, Amaral, tu és mesmo um tremendo cara de pau!

O que é na verdade um dossiê? A palavra já está tão cansada e tão atrapalhada em significados pelo seu atual, contínuo e corriqueiro uso malsão, que quase para o bem já não se a emprega mais, tanto que até esquecemos a sua origem, ou melhor, a sua pureza semântica. Senão, vejamos: Vem a mesma do francês *dossier,* e significa pasta, processo, arquivo ou documentação. Bom, pelo menos isso era naqueles bons tempos, sem considerar, entretanto, que bons tempos mesmo são os tempos passados, pelo menos no sabor dos chamados tempos perdidos e tão somente saboreáveis através dos nossos cinco sentidos, a ponto de ficarem indelevelmente impressos em nossa alma, naquela folha em branco de que falava Emanuel Kant, e segundo a interessante percepção artístico-literária do genial Marcel Proust. E que somente cada um de per si poderá considerar, aqui ou ali, e de acordo com seus íntimos valores, como sendo um fato realmente geral e aplicável a toda a humanidade, o que nos parece fora de dúvida, muito embora disso, infelizmente, não se possa nem se poderá provar cientificamente. São coisas do mundo espiritual no seu sentido psíquico. E sabe-se lá quantos são na verdade os nossos sentidos?

Mas vamos lá, procurando sermos mais tolerantes do que manda o bom-senso. De qualquer modo, no conteúdo dá-nos uma ideia de coisa oficial, ou seja, algum procedimento governamental (muito embora possa também ser de origem privada) para se atingir um determinado fim, razão pela qual vem coberto, em princípio, de veracidade e sobretudo de seriedade, pois aí é que reside todo o seu valor.

E foi por esse geral entendimento que o boticário Amaral navegou em mar tranquilo e seguro para desembarcar nas costas da pirataria, conforme sua índole o orientava. Cada um tem uma bússola moral dentro de si que o leva para o norte ou para o sul, para esquerda ou para direita, segundo suas tendências e seu DNA.

Pois bem, mas não se preocupe o prezado leitor, porque iremos, por sua exclusiva atenção, explicar devidamente o caso com todos os seus maledicentes meandros:

Amaral, considerado amigo e grande colaborador do então prefeito Cesário Albuquerque, tinha uma grande penetração na prefeitura, que sempre visitava a título de auxílio, sem qualquer retribuição pecuniária, a não ser a da fruição do prazer de ajudar o seu "amigo". Assim, acabou o mesmo por conhecer muitos daqueles misteriosos papéis oficiais que geralmente são juntados em uma pasta encimada por um carimbo com a assustadora palavra "Confidencial" (*Top Secret*, alhures), guardados em um um arquivo a sete chaves, mormente aqueles que se referiam diretamente aos inimigos do zeloso prefeito e até de seus comparsas mais chegados.

Eram segredos da política que poderiam render-lhe algum dividendo em certas circunstâncias e tempo, uma vez que essa se faz mais por detração e delação do que por fidelidade e respeito. À medida que tais documentos ficavam devidamente concluídos, através de um procedimento inquisitorial, eram imediatamente, por precaução e malandragem, transferidos para um inviolável cofre em sua própria residência, cujo segredo somente ele e sua esposa sabiam. Desses documentos, o ardiloso boticário tinha conhecimento, pois muitas vezes ajudara o prefeito na sua consecução. E dentre eles figuravam igualmente os chamados oficiais-inoficiosos, aqueles que diziam respeito às tramas econômico-financeiras da chamada "situação", que constituiam, de resto, o grande capital político do partido dominante. Tudo simbioticamente confundido com o interesse público e privado. Amaral, entretanto, além da ciência do teor de tais documentos, deles não tinha, como se vê, qualquer domínio, mas conhecia a sua existência e localização, e sabia também que Lucrécia tinha acesso ao segredo do citado cofre, no qual os documentos dormiam em paz e segurança quase que absoluta. E isso, com razão, era a sua principal preocupação pelo afastamento voluntário de Lucrécia, pois esperava tê-los à mão ao seu belprazer, para o bom uso de sua ambição e vaidade, usando-os como prova cabal e insofismável de fatos bastante comprometedores.

Bem, se Moisés não vai à montanha, a montanha vai, de algum modo, a Moisés. Foi o que Amaral fez com imaginação e genialidade. Juntou todo o seu adquirido conhecimento político e com ele montou uma história falsa, quase um romance, contudo muito convincente pela mistura fina do real com o imaginário, a respeito de seu atual rival político, Narciso, o perigoso líder dos democratas, que o ameaçava nos seus propósitos de encampação do poder.

Nessa extensa história, recheada de falsos papéis, documentos de duvidosos e pretensos fatos, geralmente escritos e narrados com base no conhecido princípio do "aos amigos tudo, aos inimigos a lei", compilados por alguns de seus "fiéis" partidários, servidores municipais colocados a sua disposição pelo fraco e inexpressivo vice-prefeito, agora prefeito em exercício, Felisberto. Tais documentos denegriam a pessoa de seu principal adversário, Narciso, líder dos democratas, atribuindo-lhe participação nas mais torpes ações de desvio de verba pública (dentre elas, a covarde subtração de merenda escolar), bem como outras patifarias, que, a bem da verdade, teriam outros nomes já bem conhecidos de empedernidos corruptos da própria administração. Ladrões de gravata etcetera e tal, por sinal muito fornidos e bem protegidos, abençoados filhos de uma rica "viúva".

Não cabe aqui contarmos todos os fatos desse ignóbil conteúdo, pois entendemos que o leitor certamente não toleraria e muito menos acreditaria em tais mentiras e tais baixezas deslavadas, bastando-nos, portanto, apenas a narração do procedimento da igualmente obscena tramada intenção.

Após a obtenção do famigerado e bombástico dossiê, seria logicamente necessário, como consequência, torná-lo de conhecimento público e notório, sem o que teria o autor matado a cobra e não mostrado o pau, como se diz por aí.

Foi, então articulada uma outra grande invenção: a de premeditar uma igualmente falsa subtração de tais documentos, o que seria comunicado à autoridade policial e registrado como furto. Era sem dúvida uma grande e engenhosa ideia, mas logo descartada, em virtude de poder colocar em séria dúvida a autenticidade do fato e consequentemente do seu conteúdo, podendo, naquele momento de disputa eleitoral, comprometer a administração pública municipal, sobretudo pela clareza da intenção política e mesquinho interesse do autor da contrafação.

Afastada a subtração, restaria o aparecimento de tais documentos pela imprensa. Contudo, necessário se faria que alguém os entregasse a algum repórter especulador, daqueles ávidos por notícias sensacionalistas, mesmo que fosse à custa de quem quer que fosse, do seu nome ou de sua honra. No entanto, aí residia outra questão de difícil solução. Tudo muito bem, tudo muito bom, mas quem colocaria o guizo no pescoço do gato? Felisberto logo se negou, muito embora de maneira indireta e melíflua. Não era ele homem de frente e de coragem, além do que o seu interesse estava nisso muito diluído e bem dividido.

Felisberto era um indivíduo de caráter fraco e duvidoso. Nunca tinha se arriscado tanto, e se aqui o fizera, fora em razão da inusitada situação por que passava a administração municipal, dado o desaparecimento de seu "anjo protetor", o ex-prefeito Cesário. Jamais pensara, assim é a vida, em ter que substituí-lo, e isso por si só constituía um enorme peso em seus ombros. Era o mesmo, por voz corrente, um homem sério e de confiança, e o era na verdade, pelo menos diante dos poderosos a quem sempre servira, pela necessidade de estar perto do poder a lhe compensar a fraqueza de espírito, que lhe caracterizava a personalidade. Em razão da sua flagrante tibieza, seria capaz de tudo, até mesmo, segundo a irrefutável sabedoria popular, de vender a própria mãe. O que ele mesmo precisava era de estar por cima, no poder, à sombra de alguém que fosse capaz de o proteger. Agora, na falta de Cesário, por toda a razão retro exposta, ficara bastante suscetível de obedecer ao primeiro que de qualquer forma encampasse ou pudesse encampar o poder. E esse homem, em sua pequena e curta concepção, era sem dúvida Amaral.

A ideia do furto de documentos da prefeitura, então, prevalecera sobre a outra antes aventada, pela falta de opção. Entretanto, quando se quer, se quer mesmo, e que se danem as consequências! Até porque quem tem poder nelas não acredita de fato, como de resto sempre acontece, pois manda quem tem poder e obedece quem tem juízo. Todavia, a ideia não seria muito fácil de ser implementada, pois quem seria o larápio que furtaria, mediante arrombamento, o dossiê comprometedor? Quanto a isso não haveria grandes dificuldades, pois ele mesmo, Amaral, ciente de que pouco poderia contar com Felisberto, e tendo o maior interesse no complô, se dispôs a fazer uma dobradinha. Seria, ao mesmo tempo, mentor e autor do crime premeditado. E desse modo evitaria compartilhar com qualquer outra e direta cumplicidade, bem sabedor de que tudo tem o seu preço; e ele não era muito de partilhar qualquer coisa que fosse, dada a sua personalidade egoísta e narcisista. E a partilha, caso necessária, não seria de pouca monta, em razão dos bons e polpudos lucros que adviriam ao final da arriscada empreitada; e, convenhamos, tinha nisso suas "boas" razões.

O problema mesmo residia na divulgação dos tais furtados documentos. Aí é que a porca torcia o rabo! Mas como para tudo há solução, com exceção da morte, Amaral, depois de muito pensar, não encontrou meio melhor de executar sua obra-prima do que atribuindo a si mesmo a tarefa de introduzir tais documentos comprometedores no escritório da vítima, o mais sério candidato ao cargo de edil do município, e dentre os seus próprios documentos, onde seriam encontrados após uma apócrifa delação.

Aconteceu, todavia, um imprevisto daqueles que são de regra considerados impossíveis de ocorrer, mas teimosamente acontecem, já que feliz ou infelizmente o homem, mesmo que muito pense e muito articule, não tem o controle de tudo em suas mãos; muito pelo contrário, ao invés de ser na vida um caçador, não passa de uma caça, por sua triste e fraca condição humana.

Fato se deu que Felisberto, o ex-vice, fora acometido por um avassalador sentimento de temor pelo que poderia acontecer caso o boticário viesse a perder a eleição, o que não lhe parecia impossível. Sentia-se, assim, entre a cruz e a espada. Achava que, apesar de tudo, a oposição estava mais forte do que se pensava, dada uma certa aura de dúvida que pairava a respeito da estranha morte de Cesário, acrescido do fato de que Amaral não era uma pessoa que caísse bem no gosto do povo, pois além de tudo não possuía o perfil paternal de que o "vulgo" adora. Passou, por isso, Felisberto, à medida que os dias corriam, a ter pesadelos que indicavam-lhe claramente o seu afastamento do doce convívio com o poder. Sentia-se completamente abandonado e até mesmo socialmente execrado, perdendo consequentemente o pouco e ilusório respeito que lhe restava, e de que necessitava, como do ar para viver. Foi nesse estado de intensa confusão mental que resolveu buscar auxílio religioso que pelo menos minorasse a sua torturante dúvida e arrependimento pelo que ia acontecendo com o seu aval.

Um dia, logo de manhãzinha, foi direto à igreja, resolvido a confessar o pecado que tanto o mortificava. Chegando lá, acorreu ao confessionário, pai dos aflitos, e prontamente contou ao novato auxiliar de Dom Camilo toda a trama urdida por Amaral, inclusive onde o boticário pretendia desovar os temidos documentos comprometedores, para que obtivesse ganho total com relação a toda insidiosa trama. Padre Tonico atribuiu-lhe a pesada penitência de rezar 50 padre-nossos e 50 ave-marias, a serem pagos de joelhos pousados em terra firme, absolvendo-o a seguir de qualquer pecado e culpa. No entanto, como se sabe, tal remissão não tem de fato o condão de apagar quaisquer consequências porventura advindas do ato pecaminoso cometido, por ser de ordem natural das coisas. Felisberto saiu muito contrafeito daquela temerosa confissão, seja pela dúvida dos resultados a advir, seja por não poder obstar o processo que tinha ajudado a formalizar. Por isso, resolveu aguardar os acontecimentos, com a firme esperança de que nada poderia atingi-lo. Primeiro, em sua doentia imaginação, porque estava absolvido por Deus;

segundo, porque tinha a convicção de que tudo recairia sobre Amaral, caso este chegasse a colocar em prática toda a sua ignóbil urdidura política, o que também, pela ousadia, não acreditava que se desse. Depois, não havia como envolvê-lo naquela trama por absoluta falta de provas, bem como pela impossibilidade do boticário de confessar qualquer coisa que fosse, sem que ficasse primeiramente comprometido. Se acontecesse, negaria e negaria até que a mentira virasse verdade! Bem, se tudo fosse assim tão fácil como pensava, pelo menos o ajudava sobremaneira em seu apaziguamento consigo mesmo. E com tais convicções, fora célere a pagar a dívida que tinha com Deus, que era agora o que mais o preocupava, uma vez que tinha como princípio que "se Deus está conosco, quem estará contra nós?". Paga a dívida pelo estrito cumprimento da penitência que lhe fora imposta, cansado que estava, deitou-se e dormiu como um anjinho.

Entretanto, por cruel contradição, seus sonhos não lhe foram muito amenos. Sonhos confusos em que se sentia sem espaço ou a cair num precipício sem-fim, como que a chegar ao chamado e temido inferno de Dante, onde se via arrastado a cometer os crimes mais hediondos, por ordem superior, sem ter como resistir por qualquer meio. Acabava, então, por acordar todo suado e muito ofegante, como se lhe tivessem chupado todo o ar existente ao seu redor. Isso constituía uma verdadeira tortura, que ele deplorava ao questionar onde estaria a tal absolvição divina de seu pecado. Nesse momento queria porque queria levantar-se a obstar de qualquer maneira, nem que fosse por um ato tresloucado, a perversa trama do maléfico boticário, mas a única resposta que obtinha de seu ser era um copioso e sentido choro de desespero. Desespero de viver e desespero de morrer, muito a gosto de um cego conflito existencial, do qual jamais sentira a existência. Lembrava-se de Judas, o traidor, ao mesmo tempo que, seja por advertência, ou simplesmente pela hora avançada da madrugada, ouviu o galo cantar por três vezes, e chorou amargamente o seu conflitado e torturante drama.

~ XXIX ~

O FEITIÇO E O FEITICEIRO

Deu-se assim que Amaral, após tanto planejar o seu astucioso golpe, urdido com muito cuidado e com a ajuda de Felisberto, resolveu colocá-lo finalmente em prática. Agora era tudo ou nada, ser ou não ser, e nada mais! Não haveria, decerto, qualquer provável retorno nem mesmo espaço para qualquer arrependimento. *Alea jacta est* (a sorte estava lançada), da mesma maneira retumbante como proferira o célebre general romano, Júlio César, diante do famoso Rubicão (conhecido rio que separava a Itália da Gália Cisalpina), quando, rompendo com a legalidade, resolvera marchar contra Roma, decisão audaciosa que lhe angariou fama e poder, mas também um triste fim. Assim, como todos os ambiciosos, também decidiu o boticário, travestindo-se em pensamento da insaciável alma do intrépido general romano, tomando com sofreguidão o seu cálice de sangue ao mesmo tempo que jogando o maldito dado da sorte e ingressando no campo do improvável e do imponderável até colher todas as consequências do ato incontido.

E no dia adrede combinado de uma noite de lua nova, quando a escuridão faz de fato todos os gatos parecerem pardos, partiu decididamente para a casa de Narciso, às altas da madrugada. Sabia ele que Narciso estava passando uns poucos dias de descanso, ao lado da família, no sítio de um seu amigo de partido, a uns sessenta quilômetros da cidade. Nada mais propício, nada mais tranquilo.

Em lá chegando no dia azado, adentraria por uma janela de fácil acesso, sem entretanto deixar qualquer vestígio, o que lhe seria facilitado pelo bom conhecimento que tinha da casa, obtido na prefeitura, nos arquivos atinentes a concessões de "habite-se". Uma vez no interior, colocaria o dossiê encartado na pasta dos requerimentos que semanalmente Narciso entregava ao presidente da casa legislativa, como integrante da mesma, para despacho, de regra às segundas-feiras.

Lembramos mais uma vez ao leitor que a posse dos tais forjados documentos, apesar de favorecer-lhe em sua solerte luta pela encampação do poder, poderia em contrapartida prejudicá-lo caso fossem encontrados, o que denotaria certamente, pelo menos, a sua participação na contrafação dos mesmos.

Contudo, Amaral contava a seu favor com o fato de que a polícia, uma vez tomando conhecimento do falso furto de tais documentos do arquivo confidencial, não faria, pelo menos na chefia do delegado Silvério, qualquer esforço na apuração do escabroso caso delituoso, como de regra acontecia em casos semelhantes, seja por preguiça, incompetência, ou mesmo prevaricação (que, nas circunstâncias aqui narradas, parece o que melhor se aplica).

Ademais, o plano tinha sutilezas a não deixar que a vítima pudesse de alguma forma defender-se, mesmo de uma superficial investigação policial. Uma delas era o "sapatinho de Cinderela", uma caneta de estimação de Narciso com seu nome gravado, que seria surrupiada de seus objetos e colocada intencionalmente no arquivo violado, para então proceder-se à notificação do crime.

Pasmem os nossos leitores, e têm eles toda razão de repudiar e principalmente de duvidar da existência de semelhantes ignóbeis expedientes, mas, infelizmente, a história os confirma a sobejo (o famoso caso do capitão Dreyfus, a quem Émile Zola dedicou uma extraordinária defesa: O *J'accuse,* ou "Eu acuso"; e o famoso romance *O Conde de Monte Cristo*.

Desse modo, tudo muito bem articulado a muito animar e a muito estimular o senhor principal protagonista do sinistro golpe sujo e truculento, pela certeza do sucesso e da impunidade, deu-se que, na madrugada de um domingo escuro, frio e ventoso, a desestimular qualquer aventureiro, pôs-se à execução do plano. Para tanto enveredou-se por caminhos estreitos e muito pouco frequentados, nos quais a mata circundante à cidade era mais densa e mais farta. Por eles, com toda a certeza, jamais seria descoberto, ainda mais acobertado pelas circunstâncias de tempo e de hora, tempo e hora das corujas e das assombrações. Todo o cuidado, entretanto, seria pouco, pois qualquer descuido na implementação do audacioso plano poderia afastar a pecha de ladrão corrupto sobre a pessoa da articulada vítima, deixando o vilão-autor em uma situação difícil, fazendo, como muitas vezes soi acontecer, o feitiço virar contra o feiticeiro.

A cidade dormia pesado a sono solto, tudo era silêncio, o céu estava coberto de uma densa camada de pesadas nuvens, como grossos rolos de fumaça característicos dos tempos invernais, que já se aproximavam. Amaral ia todo vestido de preto, dos pés à cabeça, travestido à moda dos camaleões, porque seguro morreu de velho. Ia ele segurando o dossiê com uma das mãos; com a outra, iluminando, quando necessário se fazia, o caminho com uma fraca luz de lanterna.

De repente, bem perto da cerca divisória da casa de Narciso, pela parte traseira, estancou atônito e em estado de intenso medo e pavor, petrificado e boquiaberto à vista de uma dantesca figura apavorante a sua esquerda, mais ou menos a uns dez metros. A princípio, somente podia ver que era alguém montado em um grande cavalo. À medida que a assombração se aproximava de maneira lenta e silenciosa, pode ouvir o bufar das narinas daquela enorme besta. Tudo, porém, era mais sentido do que visível. A figura montada confundia-se com a montaria e bufava como ela o fazia. Os seus olhos, à luz da lanterna, que se atrevera a usar mais como reflexo do que por vontade, eram vermelhos como eram os de sua apavorante montaria. Amaral teve o ímpeto de correr, mas, como num terrível pesadelo, não conseguira. Permaneceu paralisado, com a lanterna em punho e o ignóbil dossiê debaixo do braço. Quis gritar, mas também não conseguia. Era realmente um extraordinário e real pesadelo. E a figura se aproximava lentamente no passo a passo do seu cavalo, o qual parecia, como seu dono, ter alguma malvada intenção. Só podia ser coisa do diabo, mas nele de fato não acreditava, contudo, a pavorosa realidade a sua frente vencia-lhe o espírito de incredulidade. O que ele queria mais era correr, desaparecer, mas continuava sem ação. Seu lema era o mesmo de São Tomé, tocar para acreditar; mas que tocar que nada! O que foi feito de sua coragem?! Tocar não tocou, muito pelo contrário, ele é que foi tocado, e de uma maneira inesperada e impiedosa.

Foi então que se deu conta de que estava diante do famigerado e temido Cavaleiro Negro, de cuja existência sempre duvidara. Já era, então, muito tarde para qualquer reação quando percebeu o grande perigo que corria.

Levava dolorosas e infamantes chibatadas nas costas e nas nádegas, que, por vezes, lhe atingiam também o rosto, enquanto fugia em desabalada e covarde carreira. Nesse desespero deixara cair em lugar incerto e não sabido o corpo de delito do infamante crime, o dossiê. Corria desesperadamente a livrar-se do fantasmagórico personagem, o qual continuava impiedosamente perseguindo-o à chicotadas. Afinal, não sabe como, escapou pela mata adentro quase a nada enxergar. Por vezes trombava em algo, que lhe parecia árvores enormes a lhe impedir a fuga. Desse modo, aos trancos e barrancos, já todo coberto de lama, foi que conseguiu chegar em casa, bufando mais do que o cavaleiro fantasma e seu cavalo de olhos vermelhos como sangue. Passara assim, sem que percebesse, à frente do Bar Chopim. Ali, mesmo àqueles horas, ainda tinha algum boêmio, bebendo, como de costume, e jogando conversa fora, já que era um final de semana, tempo de prosa e de cachaça, porque naquela medíocre cidadezinha nada mais havia que se fazer; ou era o bar ou a chamada zona do meretrício (o puteiro, como era mais conhecido), e nadinha mais. Ah! tinha ainda a igreja, mas só para quem não gostasse das outras duas opções. Alguns até que gostariam de procurá-las, mas tinham medo do que deles depois se falaria. Enfim, eram escapes de uma vida monótona e sem qualquer sentido. Um muito bem bolado sucedâneo, ou uma proteção, no caso do meretrício, das moçoilas ainda em flor...

A passagem de Amaral pelo Chopim foi um acontecimento marcante, que deu panos para a manga. Chamou a atenção daqueles notívagos frequentadores do bar, que logo acorreram à porta a saber o porquê daquela correria, mas somente conseguindo vislumbrar a fumaça que Amaral levantara a sua inusitada e cômica passagem. É, o feitiço realmente tinha virado contra o feiticeiro!

Amaral chegou em casa em lamentável estado físico, psíquico e moral; jogou-se na cama, cobrindo-se com um cobertor até bem acima dos olhos, parecendo querer afastar de si qualquer mal ou ameaça. Batia os dentes como que acometido por uma forte febre. Sentia ainda muito presente o susto e os maus-tratos sofridos. Assim ficou como uma criança assustada a se proteger de um imaginário bicho-papão. Bicho papão em cuja existência jamais acreditara, nem mesmo quando criança, dada a dura realidade em que viveu nas mãos de um padrasto frio e violento por causa do vício da embriaguez. Medo? Tinha ele dos homens! E contra eles indiscriminadamente se protegia, fossem o que fossem, bons ou maus. Sua mente pervertida pela adversidade não escolhia, ou não sabia escolher, apenas generalizava ou criava medos inexistentes e infundados por uma corrupção de sua mente neurótica. O poder para ele significava muito mais do que realização, expressava sobretudo proteção contra todos os males, principalmente aqueles que eram, na realidade, inexistentes, que povoavam o escuro sótão de seu inconsciente doentio e o torturavam dia e noite impiedosamente, sem qualquer descanso. O pior é que, apesar de muito racionalizar por seu triste passado, não conseguia de jeito algum entender, pelo menos naquele momento, o que realmente havia acontecido. Simplesmente sentia as dores, bem como constatava as terríveis marcas das infamantes chibatadas, o que, por sua vez, lhe enchiam de ódio, medo e impotência.

Nesse triste estado de ânimo, acabou caindo em um profundo sono, o que, ao invés de consolá-lo, precipitara-o num poço de dores e amarguras de um daqueles pesadelos horríveis em que via o seu padrasto de vara em punho a lhe vergastar as nádegas até o sangramento. Queria e precisava acordar, mas não conseguia, correr, mas não se movia, como se estivesse paralítico, razão maior de seu ódio e desespero!

No dia seguinte, permaneceu em casa recluso tratando de seus ferimentos e procurando apaziguar suas dúvidas e receios. Mas o que mais queria e mais precisava, na verdade, era mesmo de alguma explicação plausível para o indigesto acontecido da madrugada anterior. Veio-lhe, então, a figura de Cesário, por uma dessas associações de ideias, que, no seu caso, não era assim tão incompreensível. E a cruel dúvida que há muito o atormentava recaiu em cheio sobre ele, como uma recidiva doença que há bem pouco tinha estancado, a se imaginar mesmo completamente curado.

Lembrava-se em arrepios da pavorosa visão daquele cavaleiro em negro, e pensava lá com os seus botões: "Assombração? Porra nenhuma! Não era um idiota. Tudo aquilo era real, e como tal tinha uma explicação! Havia alguma coisa de muito estranho. Visão? Coisa nenhuma... E as chicotadas que levara e que ainda lhe ardiam as costas? Bobo ele não era, pois haveria certamente de esclarecer tudo, era só ter paciência, pois afobado come cru e quente, como sabe toda a gente. A grande questão era ter que se aguentar, ter paciência para tudo clarear."

Tudo muito bem, tudo muito bom, mas havia outra questão muito maior e muito mais preocupante: os documentos perdidos durante o terrível episódio do indigesto encontro com aquele desgraçado Cavaleiro Negro.

"Agora, certamente, estaria em seu poder, e se assim o fosse, como certo seria, o desgraçado o usaria agora contra ele." Prosseguia, assim, em seu febril pensar: "Afinal de contas, qual seria o outro motivo do ataque? Mas havia outra grave questão. Quem o teria delatado? A bem de ver, um único nome, devido aos cuidados de não partilhar a trama: o do prefeito Felisberto. Só poderia sê-lo. Mas como prová-lo? Não poderia apertá-lo, isso seria muito mais perigoso, dada a posição de inferioridade que ora estava em relação ao mesmo. Tinha ele, de qualquer modo, o poder em suas mãos, e aí é que poderia ser a sua ruína total. Nao havia outro jeito senão esperar e esperar para então agir na hora e na medida certa."

~ XXX ~

O ENCONTRO

A infidelidade feminina há que ser vista e tratada como uma simples transgressão moral a que o homem, pasmem!, está igualmente obrigado a cumprir. Mas por aqui, nas bandas de Capivara da Serra, que nem oriental, é e continua sendo tratada como fato intermediário entre a obrigação legal, que estabelece em contrapartida um direito subjetivo por parte do ofendido, e a obrigação moral, que na realidade nada tem de obrigatoriedade imposta por lei, pois somente diz respeito àquele ou àquela que a desrespeita, gerando para si uma repreensão por parte de sua própria consciência e, consequentemente, a desaprovação pública, razão pela qual não requer qualquer punição, quando muito apenas uma reparação pecuniária em casos de extremada ofensa.

Todavia, na sociedade em que se passa toda a trama dessa famigerada história, muitos, por serem a maioria, admitem até o apedrejamento da transgressora nos moldes de tempos perdidos em longínquo passado, o que não passa, graças ao bom Deus, de mero desejo, nada mais. Isso porque, como se sabe, as mudanças nas leis nem sempre representam mudanças nas concepções interiores, pois essas são muito mais lentas do que os verdadeiros julgamentos.

Assim, esses impiedosos "juízes" ainda continuam a exercer o "apedrejamento" da infiel de uma maneira velada, senão hipócrita, por formas ditas mais civilizadas. (Infelizmente ainda há nos nossos tempos modernos fogueiras estilizadas para aqueles que pensam de modo diferente dos pretensos donos da verdade.) Alegam esses moralistas a necessidade de tais "apedrejamentos" diante do crescente número daquelas que praticam os abomináveis atos de infidelidade conjugal. E por que será?

Tanto assim tem sido que alguns mais exaltados sonham com a construção de um lugar especial onde seriam lapidadas sumariamente as pecadoras. Seria mais ou menos como um grande estádio, que, por razões econômicas, funcionaria como palco, principalmente aos domingos, para a prática do futebol ou de outras populares práticas esportivas. Seria tal como a reedição moderna do famosíssimo Coliseu romano, ou melhor, o orgulhoso "coliseu capivarense", onde o povo, no seu desvario e frustração, extravasaria seus temores e suas angústias, e ao qual, pelo seu arraigado e inarredável complexo de inferioridade, denominaria com muita propriedade de "Pedrejão", ficando tão somente faltando em toda a farsa um novo Cristo, para dizer-lhes mais uma vez, e de maneira categórica, "que aqueles que estiverem isentos de pecado que atirem a primeira pedra".

Lucrécia nunca fora vítima de tais "apedrejamentos", já que era a primeira-dama do município, esposa "amantíssima" de um todo-poderoso prefeito municipal que, como todo bom marido, estava certo e bem seguro de sua autoridade marital. Claro está que naquela pequena e mesquinha comunidade a vida alheia era por todos muito bem conhecida, às vezes a ponto de espantar as próprias vítimas, porque tudo ficava sempre como em segredo de justiça familiar, em que todos têm a conivência de saber e o dever de calar.

Enfim, tudo se processava como uma novela de epsódios sem fim, para amenização e sobrevivência de uma vida amargada pela mediocridade e falta de conhecimentos mais alevantados. Faltava-lhes, de outro modo, perspectivas de verdadeiras mudanças e de valores mais significativos. Tal enredo, comumente chamado de futrica, tinha a grande vantagem, em contrapartida, de "valorizar" os protagonistas de tais aventuras, fazendo-os até sentirem-se engrandecidos pelos comentários emitidos a seu respeito, mesmo que fossem desairosos! O importante era tão somente estar na berlinda, pois desse modo se sentiam mais vivos, elevados e cheios de graça, segundo aquele famoso brocardo: "falem mal, mas falem de mim", ou "os cães ladram e a caravana passa"...

Mas os tempos mudaram. Lucrécia pouco a pouco ia perdendo sua plena "imunidade parlamentar", um dos mais espertos mecanismos da sacanagem oficial, que tudo permite e tudo concede. E isso não se dera em razão de continuar a relação extramarital com o boticário, pois bem sabemos que, após a "morte" de Cesário, Lucrécia se afastara de seu ex-amante, por razões que o leitor muito bem já conhece. Vivia agora uma vida reclusa, pouco aparecendo em público, a não ser nas funções da igreja, principalmente aos domingos, e sempre se recolhendo à casa logo após o encerramento daquelas solenidades religiosas. Ia sempre vestida de um luto fechado, portando um longo véu, ricamente bordado, a cobrir-lhe a formosa cabeça, escondendo-lhe os longos e sedosos cabelos escuros que lhe faziam atraente e, portanto, muito cobiçada.

Mas o tempo que, como se diz, tudo cura e tudo passa foi-lhe aos poucos, apesar do sentimento de culpa que no fundo corroía-lhe a alma, exigindo-lhe um retorno à vida. Num desses domingos, logo após assistir à missa, deu-se ao luxo de se sentar num dos bancos da praça da matriz a gozar o maravilhoso dia que se fazia. Era uma bela manhã primaveril, clara e banhada por uma suave brisa que lhe acariciava todo o corpo. Os pássaros gorjeavam num atraente e encantador cicio. As flores emanavam um cheiro doce e embriagador. Tudo, enfim, ali era vida, era desejo, era amor. Lucrécia sem saber o porquê, atreveu-se a retirar o véu de sua cabeça, deixando os seus cabelos soltos à brisa, balançando-os de vez em quando, a gozar aquele gostoso contato acariciador da natureza em flor.

Mateus a olhava de longe, sem qualquer coragem de abordá-la. Ia todos os domingos e dias santos à igreja com a ideia fixa de encontrá-la. Não tinha qualquer intenção religiosa, sua reza era exclusivamente em louvor e fervor da bela Lucrécia.

Desde o primeiro dia, aquele do fatídico enterro de Cesário, não conseguia tirá-la de sua cabeça! Tudo o mais lhe parecia fútil e sem graça! Os amigos, ávidos de sua presença, criticavam suas maneiras distantes e a ausência do brilho de antanho. Mateus amaldiçoava tal situação, principalmente durante às noites em que sonhava com Lucrécia, passando por isso o resto das mesmas insone e irritado. Nessas vezes, ia até o portão da casa dela, gozando tão somente a olhar a janela iluminada. Quem sabe Lucrécia não teria o mesmo sonho e a mesma vontade? O certo e o mais incômodo para ele é que não dormia; entretanto, a insônia os unia sobremaneira, pelo menos no fundo do seu coração faminto de amor e de desejo. Mas o que mais o acabrunhava era o fato de não poder transigir com aquele poderoso e inexplicável impulso que o dominava cada vez mais sem qualquer piedade! Bem que tentava, mas tudo lhe parecia inútil e sempre sucumbia nas malhas daquela terrível e amaldiçoada atração. Tinha medo sim e ao mesmo tempo, arrebatamento. Às vezes sonhava, quando vencido pelo cansaço, que estava à beira de um tenebroso abismo no qual parecia precipitar-se. Sentia que alguém vinha por trás a lhe retirar qualquer tipo de resistência, empurrando-lhe. Mas não conseguia virar-se para ver quem era aquele ente ameaçador, contudo sentia a sua presença com uma tal realidade como se de fato pudesse vê-lo, e, nesse momento de inteiro paroxismo, sentia-o muito próximo, com sua ofegante respiração, acelerada e quase que dolorosa, como em um ato de amor. Fugia desesperadamente sem ter como salvar-se, sendo-lhe permitido um único caminho, o fundo do pavoroso precipício. Via-se então caindo vertiginosamente por um tempo sem conta até que, prestes a se chocar com as pedras lá embaixo, acordava sufocado e banhado de frio suor.

Outras vezes, sentava-se diante da escrivaninha e compunha versos ardentes, cheios de angústias e incertezas, como o que vai aí adiante:

O que vou dizer
De tudo que passo e que já passei
Que após a morte esquecerei
Mas que restará indelével
No tempo e na sua sucessão.

O que vou dizer
Do sentimento guardado
Que bate descompassado
No meu aflito coração.

O que vou dizer
Da solidão que me esmaga
Que me abandona e me cega
Sem ter qualquer razão.

O que vou dizer
Do ardor impensável
Que nem sei mal dizer
Se é amor, morte ou ilusão.

O que vou dizer
Da dor que me dilacera
Que impiedosa se acelera
E de mim não tem compaixão.

O que vou dizer
Do que pulula em meu peito
Que não tem qualquer jeito
Ausência de qualquer razão.

O que vou dizer
Aos que estão ao meu lado
E na verdade longe estão
Das rimas desencontradas
Do meu louco e insano coração.

Naquele belo domingo, Mateus, após muitas considerações, resolveu mergulhar por inteiro naquela realidade assustadora que o desafiava. Ou era agora ou nunca! Agora ou agora! Tomou, portanto, atitude e garbosamente partiu para cima da fera, ainda que meio acabrunhado e desajeitado. Ao chegar perto do banco onde sentada estava o seu desafio, respirou fundo e, num só assomo e sem saber como, assim se exprimiu:

— Bom dia, dona Lucrécia!

E a mesma voltou-se um tanto ou quanto espantada, com aqueles olhos cor de jabuticaba, cheios de langor e sensualidade, a responder-lhe:

— Bom dia, Mateus.

— E é mesmo um lindo dia, não acha? — Disse-lhe por sua vez Mateus, encorajado pelo jeito amável de sua amada. Aliás, o diabo, dizem, é mais feio do que se pinta. E, depois de algum titubeio, retomou:

— Posso me sentar ao seu lado?

— Claro! Como se atreve a ficar de pé diante de uma dama?

— Desculpe-me, mas minha intenção é não incomodá-la.

— De jeito nenhum... Aliás, o senhor nunca mais me fez uma visita.

— Vontade não faltou... mas me sentia um importuno... Claro, devido a tudo aquilo por que passou...

— Ora, Mateus, tudo que passei de certo modo acabou... É a vida, não é mesmo?

— Sim, sim, é a vida... mas cada um sabe do seu sofrimento.

— É verdade, é verdade... Sabe de uma coisa? Apesar de todo sofrimento, ainda estou viva. Senti isso agora ao me deixar relaxar neste banco de praça, permitindo que a vida me seduza novamente.

— Faz muito bem, dona Lucrécia, faz muito bem mesmo!

— Ó Mateus, deixe o dona pra lá, afinal, nós já nos conhecemos, não?

— Engraçado, Lucrécia, parece a mim também que já lhe conheço não só de agora, mas de muito mais tempo... Será?

— Acho que não, Mateus, mas é aquele negócio inexplicável que nos leva a achar que já nos conhecíamos. Simpatia ou empatia... Deve ser isso.

— É, deve ser mesmo por aí... acho que você tem razão. Não é o sangue que une as pessoas, não.

— Não, não é mesmo... cada dia mais eu acredito.

Nesse momento, alguém, aproximando-se, interrompeu propositadamente a conversa de maneira brusca e inadequada, transparecendo autoritarismo ou propriedade:

— Posso acompanhá-la até sua casa?

Era aquela figura asquerosa do boticário Amaral, que a fez repentinamente mudar aquela anterior expressão de descontração e alegria, como uma daquelas plantas que se fecham ao serem tocadas. E ele, percebendo a sua atitude inconveniente, mudou de tom, sem mesmo olhar ou cumprimentar Mateus:

— Se a senhora quiser, naturalmente, pois a honra é toda minha.

Dito isso, Lucrécia cobriu-se novamente com o véu preto, levantou-se pesadamente e pôs-se à disposição do inesperado e repentino interlocutor, não sem antes dar uma olhada bastante enigmática em direção a Mateus, ao mesmo tempo que lhe dizendo:

— Muito obrigada pela sua amável companhia, gostei imensamente. Até mais ver.

Mateus não teve outro jeito a não ser lhe retribuir com ênfase o "até mais ver", ficando ali parado como uma estátua perdida no meio da praça, até que Lucrécia, acompanhada daquele sujeito antipático e desagradável, desaparecesse em uma das esquinas da rua principal, que levava até a sua casa.

~ XXXI ~

O DESENCONTRO

E lá se foram. Lucrécia, quase como a conter, ou disfarçando, seus próprios passos indecisos, dada às circunstâncias antagônicas de seus mais puros sentimentos em contraposição aos receios de uma qualquer aparência de suas veladas culpas; Amaral, a segurar o braço dela à moda dos guias de cego, com a indisfarçável intenção de se impor como senhor e justo proprietário.

Quando dobraram a esquina e se viram encobertos de qualquer olhar de possíveis e inconvenientes assistentes, logo começaram a discutir nos seguintes termos:

— Olha, Lucrécia, eu estou ficando de saco cheio desse seu comportamento!

— Ah! Então você acha que eu tenho que fazer o que você acha que eu tenho que fazer? É isso, ou estou enganada? Diga-me logo, sem qualquer subterfúgio!

— Você se esqueceu do nosso compromisso, não é mesmo? E não venha com conversa fiada pra cima de mim. Subterfúgio? Ah, ah, ah, eu acho muito engraçado! — disse ele ainda com aquele ar de dono de cachorro grande.

— Que compromisso é esse, Amaral? O politicamente correto, como está na moda se dizer? Justo por aqueles que não sabem o que é certo ou errado?! — Retrucou ela no mesmo tom, contudo com a voz contida por discrição.

— Não se faça de desentendida, minha cara! Quem te ouve até pensa que você é uma vestal. Será que se esqueceu dos últimos acontecimentos? Precisa que eu te recorde? Ou...

— Ou o quê?! Quem é que você pensa que é? Até parece que você tem uma grande credibilidade por aí... Olha, meu caro, sei de tudo muito bem, mas parece que é você quem precisa de ter algumas recordações!

— Quais, Lucrécia, quais? — replicou Amaral, prontamente, carregado de raiva, com as faces esfogueadas. E com mais ênfase, prosseguiu. — Fique você sabendo que é tão culpada quanto eu! É ou não é, ou vai negar?

— Ah, sim... Só se for na sua curta imaginação. Eu não sei onde eu estava quando me deixei levar pela sua conversinha-fiada de botequim ou, melhor dizendo, de botica — terminando a frase com um nítido ar de deboche.

Nesse ponto, à aproximação de um qualquer passante, esboçaram um ar meio amarelado de falsa cordialidade, prosseguindo, logo que constataram estarem novamente a sós, o duro diálogo antes iniciado:

— Talvez você não tenha ideia do que seja cumplicidade, não é mesmo? — Volveu ele, já então mais contido por uma tática de esperteza, surpreendido por aquela inesperada atitude de rebeldia de Lucrécia, que até então desconhecia por completo.

Como prova disso, agora ela novamente redarguia à altura:

— Cumplicidade? Ora, sei muito bem o que significa, meu caro, mas você, talvez, não saiba o que significa coação! Ou sabe?

— Ah, ah, ah, não me faça rir, Lucrécia, você está até parecendo Madalena arrependida, não é mesmo? Só que eu não sou Cristo, não!

— Ora, seu mal-educado, vê se me respeita! O que você está querendo dizer, hein?

— E eu preciso dizer?! Você toda caidinha pra cima daquele fulaninho que nem bem conhece! Ah, você está me saindo de encomenda! Não é mesmo?

— Ah, agora você pensa que é meu dono?! Pois fique sabendo que eu falo com quem eu quiser, ando com quem eu quiser e ninguém tem nada, nada mesmo a ver com isso!

— É o que você pensa... Não sei como é que você pode tomar tais atitudes. O povo aqui, você bem sabe, não perdoa, e o perigo é nos expormos aos olhos do mundo.

— Olha, Amaral, quem não deve, não teme! Vou lhe dizer uma coisinha: esse fulaninho a quem você está se referindo é uma pessoa digna e honesta, e sinto-me honrada em sua companhia.

— Olha só quem é que fala! Até parece que você sempre andou em boas companhias, não é mesmo? — Disse-lhe Amaral com maldosa ironia.

— Claro! Em sua dileta companhia... Vamos esclarecer logo de uma vez as coisas, Amaral, se eu tenho alguma culpa, foi acreditar em você. Aliás, eu, na verdade, nunca acreditei em tudo o que você me dizia. O que eu realmente queria, e vamos deixar isso mais claro do que a luz do sol que nos ilumina, e de uma vez por todas... o que eu queria mesmo era colocar ciúmes em Cesário, pela sua indiferença. Sei que fui mais longe do que devia, mas isso eu não posso te explicar. Você seria incapaz de entender. — E após breve pausa prosseguiu no mesmo tom de indignação. — Se você está se referindo a ele, faça isso com reverência, pois ele não foi e nunca seria, caso estivesse ainda vivo, igual a você!

— Ah, sim... estou entendendo... vai pular agora pra outro poleiro, não é mesmo, queridinha?

— Pois entenda como quiser! Aliás, acho mesmo que você não tem condições de entender nada, nadinha de nada! Você é um infeliz!, sabe Amaral?

— Lucrécia, Lucrécia... olha que se as coisas forem descobertas, você irá pagar tão caro quanto eu... não é mesmo, minha filhinha?

— E quem é que vai acreditar na sua história, meu caro? Afinal de contas, eu tenho muita coisa contra você... muita coisa mesmo. E você, que provas tem contra mim? Diga, diga!

Nesse ponto Amaral viu-se em desvantagem, apesar de acreditar piamente na culpabilidade de Lucrécia, pelo menos em aceitar um previsível resultado criminoso. Mas sabia também muito bem que ninguém teria coragem em acusá-la formalmente; e tinha ela alguma razão quando dizia "com que provas?". Mais fácil seria ela acusá-lo do que ele a ela. Jamais pensara (realmente o crime, como dizem por aí, não compensa) que ela tinha, e ainda tem, todos os documentos do ex-marido guardados à chave em sua casa. "O idiota", pensava ele de si mesmo, "errara em acreditar nela, uma mulher frágil e infeliz. Mas que fragilidade é essa?" Não dava realmente para ele entender. As mulheres são realmente imprevisíveis! O melhor seria, de bom aviso, contemporizar até poder tomar de novo o timão do barco em suas mãos. Era somente uma questão de tempo. Ela estava totalmente desequilibrada, e isso era bastante perigoso. Era, então, mudar de tom e saber esperar, pois "afobado come cru e quente", como diz a sabedoria popular. Assim pensando, retomou a conversa que ficara a bons passos interrompida. E assim prosseguiu, em tom melífluo:

— Olha, minha querida, se eu lhe ofendi, não foi por querer. Foi só para protegê-la e nada mais... e por ciúmes, eu admito!

— Proteger a mim ou a você? — retomou Lucrécia rispidamente.

— Chega, Lucrécia, chega! Peço-lhe perdão... Mil perdões!

— Está bem, Amaral, está bem, mas quero deixar bem claro uma coisa!

— Diga, meu bem — concedeu ele a propósito de contemporizar a questão.

— Eu não quero mais qualquer relacionamento com você. Nem bom-dia, nem boa-noite. Pra mim chega, acabou! Entendeu?!

— E isso é definitivo, minha queridinha?

— É sim, e não me chame mais de minha querida nem de seja lá o que for! Não penses que estou caindo no seu belo canto de sereia. Eu não quero mais vê-lo... entendeu ou não?!

— Nem como amigo, Lucra? — Aqui Amaral usou estrategicamente um carinhoso apelido para amansar a fera.

E ela, de sua vez, já um tanto ou quanto cansada, resolveu igualmente contemporizar, talvez por conveniência ou, quem sabe, movida por antigos sentimentos que ainda jaziam lá no fundo do seu coração; mas não por amor, convenhamos, e sim por uma espécie de solidariedade ou compaixão, coisa bastante feminina:

— Olha, Amaral, deixa o tempo passar, está bem? Eu preciso agora de paz, e nada mais.

— Está bem, está bem, mas seja mais prudente, menina. Nós temos um grande segredo entre nós. Ah, ia me esquecendo, vê se evita falar com aquele padreco, o tal auxiliar. Não o vejo com bons olhos.

— Adeus, Amaral, adeus... Isso é problema meu.

E assim se distanciaram um do outro. Lucrécia entrou célere em sua casa e Amaral voltou cabisbaixo em direção oposta, com o pensamento distante e carregado de preocupação, não sem pouca razão, convenhamos.

O mundo de Amaral pouco a pouco desabava. Só que apenas com esse inusitado episódio do desencontro com sua "ex" foi que lhe deu uma percepção clara da queda iminente que, com todas as forças, tentava evitar. Já não bastava a bosta da política com seus meandros de hipocrisia, traição e corrupção. Agora era muito mais do que isso. Sem dúvida era a perda do seu sustentáculo amoroso; era para sermos mais exatos, sustentáculo financeiro e político. E muito mais financeiro, pois, sem grana, é bem sabido, ninguém consegue eleger-se. E Amaral, pelo seu caráter antipático e de poucos amigos, jamais conseguiria qualquer intento nos meios da política sem o apoio de Lucrécia, e isso ele muito bem sabia desde que urdira toda a sua trama diabólica. Sabia, igualmente, o quanto influíra na fraca e instável personalidade de Lucrécia. Mas agora tomara um susto ao se deparar com aquela atitude fria e calculista de sua ex-queridinha. Ora, por quê? Um homem ladino e cheio de atitudes e expedientes como ele? Bem, todo mundo erra, é claro. Mas seu erro era imperdoável, devido aos seus conhecidos dotes de arquitetar e executar planos macabros. Todavia, aí é que a vaca fora sem querer direitinho pro brejo, matemática é matemática, ao passo que mulheres são mulheres: indecifráveis e imprevisíveis. Ainda mais que ele, Amaral, tinha já seus preconceitos contra o sexo oposto, devido a vários dolorosos desencontros com o gênero; coisa até muito compreensível no mundo masculino. Acontece que em seu caso particular, além do mais, subsistia no fundo de sua alma uma grande necessidade de afirmação pessoal, que, senão raiava à obsessão do "dom juanismo", jazia na desmesurada necessidade de completa anulação da personalidade do outro ego, o chamado alter ego, e isso se vê em qualquer tipo de relacionamento, amoroso ou não.

O que Amaral não sabia nem sequer gostaria de saber é que, na realidade, não se dera qualquer modificação na personalidade de Lucrécia, muito pelo contrário. O que de fato houve fora uma mudança nos fatos, bem como consequências dolorosas a que ela fora submetida pela culpa e por um completo desvio de suas ingênuas e irresponsáveis ações. Isso, é claro, sem querer antecipar outros acontecimentos que já se prenunciavam em seu faminto e solitário coração, através de um compasso arrítmico.

Até aí tudo muito bem, sem querer piorar as coisas para o infeliz boticário, que já as tinha muito complicadas. Agora, sem ter plena consciência da realidade, lembrava o mistério do famigerado "Cavaleiro Negro", de sua existência e de sua identidade. Tudo isso lhe roía a alma e o ameaçava como uma verdadeira espada de Dâmocles a balancear, segura apenas por um fio, acima de sua desprotegida cabeça.

Pensava ele: "Quem seria esse indivíduo? Será que era... Nem é bom pensar! Mas se fosse, por que não se apresentava? Ah, que coisa de louco! Parece que estou a enlouquecer. Se pelo menos pudesse encontrá-lo, mas onde e quando? Eis a terrível questão. Era ele um fantasma? Nisso não acredito de jeito nenhum, mas é como se fosse, pois sua existência como tal ou não dificilmente afastaria a angústia e o medo que me rouba a tranquilidade, e justo num momento crucial como o de agora."

Desde aquela pavorosa noite em que fora açoitado pela "assombração", pensara muito em procurar o delegado Silvério e pedir-lhe a exumação do corpo de Cesário. No entanto, tivera medo de se expor a troco de quase nada. Ademais, sabia que o delegado, apesar de tudo, tinha um tremendo respeito às regras legais quando se tratava de gente importante. Nesses casos o homem se tornava demasiadamente temente aos preceitos jurídicos, já que o que mais temia era perder o cargo. Amaral também não era ingênuo a ponto de desconhecer que nesses casos, de regra, haveria que ter um bom motivo e uma autorização judicial. Acabou assim por desistir, principalmente depois do afastamento de Lucrécia, pois, quem sabe, com um justificado pedido dela, a exumação talvez fosse acatada, com certeza. Acreditava nessa hipótese, mas achava, no entanto, que isso seria uma faca de dois gumes, e se cortasse, seria certamente a ele. Desse modo preferiu finalmente dar o dito pelo não dito, já que o que não se fala, é como se não existisse.

Entre tantas, como anteriormente foi dito, havia outra grande preocupação na cabeça do boticário: o novo padre auxiliar. Também aqui lhe faltava motivos ou fatos reais. Era tão somente falta de empatia, ou melhor, de simpatia. Achava aquele homem detestável. Sua maneira de falar, seu porte, seu olhar. Tudo lhe passava a ideia de coisa ruim. E tem mais ainda. Lucrécia se mostrava bastante cordial com o mesmo e gostava de se confessar com ele. Nesses momentos o seu coração batia em desespero, expulsando-o do templo contra a sua vontade. Era realmente um horror, um pesadelo! "Mas qualquer dia" — pensava ele consigo mesmo — "tomando coragem, iria, ah, como iria!, se confessar igualmente com o mesmo 'padreco de merda'", como ele o chamava para si mesmo depreciativamente, e entre os dentes.

XXXII

O CONFESSOR E O CONFIDENTE

Como dizem os entendidos, tudo neste mundo existe em dupla partida, ou seja, não há amor sem ódio, fogo sem água, homem sem mulher. Uns e outros dependem dos seus opostos e, por incrível que pareça, se completam e se interpenetram para um só e único fim. Mistério? Talvez, mas é um fato insofismável do qual não cabe qualquer dúvida, de bom alvitre. Até Deus, segundo o próprio testamento, criou o seu oposto (Lúcifer), por necessidade de separar o bem do mal. Bom, como se vê, a coisa é muito complicada, ou será que não?

    O problema, em suma, não é da natureza como ela nos mostra, senão de como a gente a vê, seres imperfeitos que pretendem a perfeição. Outro dia mesmo deparei-me com um dito muito próprio a respeito da criação, ou seja, da natureza, da lavra de um conhecido poeta: "O homem criou Deus para que Ele o criasse." Hum... acho que muita gente não estará de acordo, e nós respeitamos, mas que tudo nos deixa bastante perplexos, ah! isso nos deixa, e não há como se negar, também, de bom conselho. Entretanto, isso já é filosofia, a qual, mesmo que muito útil no bom viver, aqui, entretanto, não nos dará certamente uma boa direção... Voltemos então ao caminho de antanho a respeito da duplicidade das coisas e dos seres.

    Confessor e confidente, da mesma forma, não existem de per si, pois se interpenetram e interagem. É o que acontecia com os padres confessores, pelo menos aqueles que ainda não tinham criado em torno de si uma couraça de proteção contra os sentimentos e dores alheias, o que de regra acontecia e acontece ainda hoje, e até com outros profissionais cujas profissões se ligam diretamente à cura do espírito e do corpo.

Feliz ou infelizmente, esse desprendimento profissional não se dava com o padre Tonico — como o povo passara a chamá-lo —, pois seu sósia, Cesário, jamais fora padre, mas um seminarista de conveniência e um inato político, portanto despreparado para o mister "profissional" do sacramento da confissão. Ainda mais que Cesário como político, conforme dito a pouco, estava movido por outros interesses bem diversos do que a cura da alma humana, muito embora, se a gente olhar a fundo a questão social antes da financeira, devesse se pautar pelos atos políticos; mas fazer o quê? Dizem até que isso é uma arte, a arte do possível... Tudo muito bem, tudo muito bom, mas de que possível? Eis a grande questão!

Padre Tonico, na dúbia e esdrúxula situação em que se encontrava a contragosto, fora tal como colocar o coelho na toca do leão, porque, ao cabo de alguns meses, pasmem!, o mesmo começou a ser infestado pela crueza e maldade dos homens. Uma coisa era ver de longe a miséria, outra, muito diferente, era conviver dia a dia com ela, com seu cheiro e sua feiura. Isso acontecia não somente quando exercia o sacramento da confissão, mas, sobretudo, quando dava o último dos sacramentos aos moribundos, ou mesmo quando assistia os fiéis em suas miserias diárias, missão das mais sagradas da religião, muito esquecida nos atribulados dias de uma sociedade extremamente tecnológica e consumista, isto é, sem alma.

Cesário, ou padre Tonico, sentava-se completamente despido de quaisquer defesas no confessionário por horas a fio, ouvindo e sentindo o hálito daqueles homens e mulheres infelizes e abandonados pela sorte, pobres de bens e de espírito. Era um constante lamento de dor capaz de atingir até a medula óssea de quem quer que os ouvisse. Coisas difíceis de aceitar para aqueles que não foram dotados para tanto.

Ora era uma mulher que vivia sendo humilhada e espancada diariamente pelo marido, geralmente um daqueles alcoólatras empedernidos, fabricados aos montes por um sistema cruel e injusto. Ora uma mãe chorando o estupro de sua filha, levado a termo dentro de sua própria casa, sem que pudesse reagir, às vezes, ou quase sempre, fruto de um pai psicopata. De outra feita, um homem que furtara ou roubara para alimentar os filhos famintos, quase sempre seria preso e torturado insensivelmente, bem como condenado na forma da lei a uma pena desproporcional, estabelecida tão somente para aplacar o pavor da supressão de quaisquer bens, mesmo que insignificantes, a lembrar o sacrossanto valor da propriedade privada; pena essa cumprida em uma dessas masmorras modernas chamadas indevidamente de "prisão correcional", muito mais preocupada com a retribuição do que com a recuperação social. Havia também, nesse rol de miseráveis, os cancerosos, os leprosos e doentes afins. Acrescente-se ainda os lancinantes lamentos das impotentes mães pelas perdas irreparáveis de seus amados filhos, carne de sua própria carne, vítimas das doenças endêmicas, da desnutrição ou da violência.

Cesário, quando mocinho, começara a ler *Os miseráveis*, de Victor Hugo. No entanto não conseguira terminá-lo. Talvez por achar tudo aquilo uma invenção romântica ou, quem sabe, por ter-lhe doído demais o coração. Como tudo tem o seu resultado, seja para o bem ou mesmo para o mal, Cesário jamais esquecera a insensível figura do terrível inspetor Javert, pela sua incrível determinação de arraigados preconceitos, cujo cumprimento era, para ele, um dever sagrado e inarredável, a ponto de, para tanto, obscurecer seus mais profundos e humanos sentimentos, preferindo mesmo a morte do que com eles se conformar, entorpecido pelo longo exercício de uma atividade dura e, quase sempre, cruel, já que é sabido que "o prolongado uso do cachimbo deixa a boca torta".

Certo dia em que ia ao confessionário exercer aquele seu indigesto múnus religioso, deparou-se com as terríveis palavras do sermão de padre Camilo, que pregava no púlpito a conversão de Paulo de Tarso, antigo oficial romano: "Saulo, Saulo, por que me persegues?", dizia o padre em alto e bom som. Essas palavras o atingiram como um raio que tivesse caído direto em sua cabeça, dividindo-a em duas partes diferentes, à semelhança do que se dera, naturalmente de outra forma, no conto bíblico que trata da conversão daquele santo exemplar. Cesário, nesse momento, teve que se escorar numa pilastra próxima, e assim ficara por algum tempo, como um bêbado a recuperar o equilíbrio, a ponto de uma das fiéis que estava ajoelhada mais próximo levantar-se em seu socorro para o ajudar. Ele agradeceu, um tanto contrafeito, e com grande esforço dirigiu-se célere ao confessionário, onde sentou-se ofegante, mantendo a cortina fechada para os confidentes que aguardavam a vez para se confessarem, até que se recuperasse o suficiente para começar a ouvi-los, como sempre o fazia por mera curiosidade e, principalmente, pela necessidade de representação.

Certa feita, Tonico fora procurado por um pobre homem que se via ameaçado pelo inescrupuloso e corrupto delegado de polícia por uma dívida infundada, daquelas maquinadas pelos impiedosos profissionais do crédito. O que, na verdade, Silvério queria era a mulher do pobre homem, e, para atingir seu imoral e criminoso intento, todos os meios empregava. Chegou até a ir à casa da infeliz mulher para sequestrá-la a pretexto de fazer justiça, usando para tanto, como nesses casos acontece, de meios oficiais que lhe estavam disponíveis por força de lei, desviando sua verdadeira finalidade, em franco abuso de poder. Cesário, após ouvir aquele desgraçado homem, mandou-o ir em paz, prometendo-lhe de alguma forma resolver a questão. O homem, cheio de pavor, dissera-lhe ainda que a causa era muito urgente, pois o meliante oficial prometera ir à noite a sua casa para concluir ou resolver a questão libidinosa a qualquer custo. À noite, Cesário, ou padre Tonico, transformou-se no temível Cavaleiro Negro, e nos fundos da casa dos ameaçados, esperou o delegado. Assim que ele chegou, tentando adentrar pela casa, batendo como um desesperado e em nome da "lei", o Cavaleiro assomou da escuridão a lhe dar tantas vigorosas chibatadas na cara que o indivíduo não teve outro jeito a não ser correr como um animal perseguido pelo predador. Antes tentara se defender com a arma que levava à cintura, todavia, pior lhe fora a emenda que o soneto, pois, desarmado pelo Cavaleiro numa rápida manobra, fora derrubado ao chão, e, naquela incômoda posição quadrúpede, levou outras tantas chicotadas dolorosas nas nádegas. O delegado, nos dias que se seguiram, escondeu-se o quanto pôde a fim de que não lhe vissem o rosto marcado pelas boas chicotadas tomadas. Alegou, para tanto, uma qualquer doença infecciosa e passou alguns dias a roer o corpo e a alma de raiva e de dor. Jurou vingança, mas, por medo, nunca mais se atreveu a levar adiante o seu animalesco desejo libidinoso. Assim agia o famigerado Cavaleiro Negro, sempre em defesa dos humildes e desventurados. Outras tantas foram as peripécias desse temível cavaleiro justiceiro, que, dia a dia, se tornava mais odiado pelos poderosos daquela infeliz e atrasada, para não dizer incivilizada, cidadezinha de Capivara da Serra.

Alguns políticos, pela aproximação da eleição, ávidos como aves de rapina, tiveram a mesma punição, em substituição às justas medidas punitivas das quais sempre saíam ilesos, embora culpados, sem quaisquer dúvidas, pois democracia, para valer de fato, pressupõe um equânime equilíbrio entre as classes sociais, o que, no caso da presente história que narramos, estava incrivelmente muito distante de acontecer.

Cesário, como falso padre, exultava. Em curto tempo fizera mais justiça e muito mais bem à comunidade, muito embora por meios inoficiosos, do que fizera durante os longos mandatos como prefeito todo-poderoso daquele pobre e carente município. Pensava em voltar ao cargo e restabelecer uma nova ordem, mas logo lembrava com muita tristeza, dada às circunstâncias em que estava, da impossibilidade de isso acontecer, principalmente por ter conhecimento de todo um sistema podre e por demais arraigado. Apesar de tudo, mantinha a esperança acesa no fundo do seu coração, pois ela, a esperança, somente morre com o homem, mas renasce sempre viva, como uma fênix, a cada segundo no coração de todos os outros homens vivos, porque a humanidade é imortal.

Pouco a pouco ia Cesário, na medida em que vivia uma nova vida, fortificando a sua cara-metade do bem e do justo, que, como já dissemos, residia ainda muito viva no fundo de sua alma. Mas isso não se dava assim com tanta facilidade como se pensa, uma vez que as mudanças assustam, e às vezes mais do que a própria morte, já que mudar também significa morrer. Mas havia sobretudo a grata compensação, que se consubstanciava em nova vida, plena de alegria e satisfação, o que jamais pudera imaginar ou sentir em sua antiga personalidade. Tinha caído cego do cavalo, como Paulo de Tarso caíra, mas encontrara em compensação a luz que lhe permitia enxergar além da comum e estreita mediocridade mundana.

~ XXXIII ~

O AMOR E OS AMANTES

O amor explode a razão
E contraria todas as intenções
Satisfaz somente o ego próprio
Mais nada para ele importa, então.

O amor parece doce e bom
Mas no fundo é amargo e cruel
Zomba impiedoso dos amantes
Mais nada para ele importa, então.

O amor tem visgo e cega atração
É um mar revolto em tempestade
Que joga e quebra quaisquer ondas
Mais nada para ele importa, então.

Violento e imprevisível, senão
Arranca das almas descuidadas
A admissível prevenção e cautela
Pois nada para ele importa, então.

O amor é mistério e confusão
Que deixa fecunda semente

Em protegidos latifúndios alheios
Por meio de injusta revolução.

E por que tanto ele nos importa, então?

Inútil dizer o que todo mundo já sabe: que o ódio e o amor são faces do mesmo rosto. Tal assertiva é justificável em razão da incrível história que aqui narramos. Claro está que não é a primeira nem será a última a ser considerada, o que está fartamente corroborado pelas incontáveis obras literárias a respeito, tal seu inconteste significado para a alma humana em seu desenvolvimento e conservação, o que, felizmente, nos poupa de nomear qualquer título, seja por justiça ou por impossibilidade, tal a sua universalidade.

O amor é o nosso maior prazer, nossa maior esperança, enfim, o sentimento que nos traz ao mundo e, igualmente, dá-nos algum sentido à vida. Não é, portanto, à toa que o ódio lhe faça contraponto, pois nada poderia além dele compensar na medida certa a frustração de sua negação, a negação da vida e do indivíduo como ser participante e atuante de todo o drama existencial. É reamente uma revolta, uma revolução, por seu significado alevantado e espírito universal; é, enfim, a primeira evidência que resgata o indivíduo da solidão, ou seja, do absurdo do mundo.

E em assim dizendo e sem mais delongas vamos à nossa história, que é o que no momento interessa a todos nós, narrador e leitor, ávidos de maior e libertador conhecimento.

Encontramos, assim, o nosso amante Mateus, triste e desencantado pela ausência de seu objeto amado, a bela e desejada Lucrécia. Ausência, digamos, de uma compreensível e necessitada correspondência, pois, após aquele feliz encontro na praça da matriz, passaram eles, apesar dos pesares, a se encontrar daquela mesma forma nos finais de semana, no mesmo banco de jardim, que agora mais do que nunca consubstanciava um amor em flor.

E Lucrécia, em contrapartida, pesarosa e solitária mais do que nunca, a precisar de uma palavra e de uma mão amiga, muito embora não pudesse contar com confidências, por motivos óbvios, a lhe amenizar pela transferência a outrem de seus medos, angústias e amarguras sem fim.

Mateus, de seu lado, não tinha a mesma necessidade que Lucrécia, mas precisava ver, falar e estar com a mesma, como seu corpo necessitava de pão e água. Amor obsessivo? Não, simplesmente amor, aquele amor que inexplicavelmente queimava a sua alma! Explicar o quê? Não precisava, era somente sentir e nada mais, porque o amor não se explica. Contudo, à medida que o tempo passava tal necessidade ia se tornando quase que insuportável, por contradição, pois a presença da amada naquele frio banco de praça não bastava, queria bem mais, era muito mais o que o seu louco amor exigia! E como o exigia!

E de tanto que o ferro fora malhado, começara a forjar semelhanças, enfim, na desesperada e carente alma daquela mulher, pelas incessantes batidas do coração de Mateus. Desse modo, Lucrécia foi pouco a pouco sendo invadida por alguma coisa que seu vazio coração ansiava por preencher, a ponto de se derramar em borbotões como em uma enorme avalanche. Tudo foi crescendo até os dois passarem a se encontrar na casa dela aos domingos, logo após a missa, em vez dos desconcertados encontros na praça da matriz. Era tudo que precisavam para dar alguma vazão aos seus contidos sentimentos, já então bastante intumescidos pelo desejo. Mas não pense o leitor que isso ia aonde naturalmente deveria; não, eram apenas arroubos de um namoro ainda em formação. Depois, Lucrécia, por tudo que tinha acontecido, se policiava extremamente, a fim de evitar quaisquer comentários desairosos a seu respeito. E, se o recebia aos domingos em sua casa, era porque nesse dia as casas, como era costume ali, ficavam abertas a todos os amigos que quisessem retribuir visitas ou pagar algum favor recebido.

A mudança de local, todavia, não tivera, como os dois a princípio pensaram, grande efeito na maledicência alheia, principalmente na "boca do inferno", ou no Bar Chopim. Lá, os próprios amigos de Mateus, seja por inveja ou por ciúme, assim se reportavam a respeito dos encontros rotineiros de todo domingo, chovesse ou fizesse sol:

— Cara, que negócio é esse do nosso amigo Mateus aos domingos?! Não é de missa, mas não falta mais às funções religiosas; depois mete-se na casa de dona Lucrécia como se fosse da família — observou reticentemente Heitor.

— Bem, vai ver que se converteu... — replicou Haroldo, com ironia. A risada foi geral, após o que volveu o mesmo:

— Ó gente maldosa! Por que não poderia se converter?

— É ruim, hein, meu camaradinha! — Interveio dessa vez José.

— Falou a voz da consciência — completou Haroldo com crítica ironia.

— Olha, eu não gosto de estar falando não, mas aí tem dente de coelho. Ah, se tem! — Disse Heitor com incontida desconfiança.

— Só de coelho? Vocês não sabem de nada e ficam falando à toa — acrescentou José, demonstrando conhecimento no assunto.

(Fala, fala, fala! O coro foi unânime.)

— Fala o quê, seus putos? Eu não sei de nada não! Não sei, não quero saber e tenho raiva de quem sabe. Perguntem ao Amaral e à Bebel, talvez... — arrematou José com um indisfarçável sorriso maroto.

— Bebel, eu não sei não... mas Amaral, ah, esse a gente já conhece. Por falar nele, o careta anda muito esquisito, ah, isso anda! Eu até soube que ele uma certa noite passou por aqui, de madrugada, em desabalada carreira... Muito esquisito! De onde será que vinha? Do puteiro é que não foi — concluiu Heitor.

— Como é que você sabe, hein, meu camarada? Estavas lá? — Indagou Aurélio em tom filosófico.

— Deixa disso, eu lá sou homem de puteiro? — Respondeu prontamente Heitor

— Bem, tem alguma coisa aí de errado, ah, isso tem... O cara anda numa baixa do cacete! Perdeu a mulher, ah, isso perdeu. E vai perder também a eleição! Dizem que ele andou fazendo certas falcatruas politiqueiras, como é de seu estilo — interveio novamente Haroldo.

— Quem é que disse, Haroldo? — Indagou José.

— Sei lá, meu camarada, essas coisas vem como onda; e se a gente pergunta de onde, os caras dizem que veio de fulano, que disse que soube de beltrano, que, por sua vez, soube de sicrano... e sicrano não sabe de nada, muito pelo contrário... É do cacete!

— É, é assim mesmo, a gente conhece bem... mas que tem dente de coelho, isso tem mesmo, ninguém pode negar... — concluiu nos finalmente Expedito.

E assim ficou a "boca do inferno", trocando quase que em miúdos a vida dos fulanos, dos sicranos e dos beltranos. Só deles mesmos é que não falavam, pois está provado que o homem sabe tudo a respeito do alheio, mas não sabe nada de si mesmo. Mas tinham razão quanto a Amaral, o cara andava realmente muito invocado, muito a contragosto da vida, e as razões são bem claras e evidentes, ou melhor dizendo, públicas e notórias.

A eleição se aproximava ameaçadora e as pesquisas lhe eram desfavoráveis, pelo menos naquele momento. A culpa, claro, não era dele, mas do podre e corrupto sistema eleitoral daquela subdesenvolvida comarca, e nele o que bastava era a fama do candidato, fosse boa ou má, para o completo sucesso. O que valia era a propaganda, na qual se gastava o que não se tinha, ou melhor, gastava-se o do alheio, sobretudo o dos financiadores diretamente interessados nesse ou naquele candidato de sua inteira confiança. Todo o sistema eleitoral era em favor do político e, claro, em desfavor do povo, porque este era completamente alienado de qualquer informação útil, e talvez fosse essa a maior dificuldade em se promover uma verdadeira reforma política e educacional. Mas para que mudar o que está tão bom?! Ou se muda? É, como se bem diz, para ficar como está.

De outro lado, o chamado sistema representativo a ninguém representava além dos interesses pessoais de poucos, principalmente dos chamados "representantes", que com outros poucos dividiam o bolo que, aliás, a "viúva" tinha com muito esforço de todo o "galinheiro" amealhado, ao contrário do que se conta nas fábulas fabulosas.

Era uma grande boca a perder e Amaral não podia arriscar. Se estava perdendo, a culpa era da desgraçada da Lucrécia. Se ela estivesse ao seu lado, com certeza tudo estaria muito e muito diferente... mas não, não estava! "A danada roera logo a corda. Agora, culpado também era aquele filho da mãe do Mateus, que aparecera de repente na vida dele, colocando tudo a perder." Assim pensava o boticário, e nada mais conseguiria dissuadi-lo, indo pouco a pouco minando suas esperanças e dando, portanto, vazão à sua imaginação perversa e assassina.

Vinha seguindo os dois amantes como um verdadeiro cão de guarda. À noite, postava-se com um potente binóculo a espionar a casa de Lucrécia. Via Mateus por lá, ficava possesso como um louco, a ponto de ir até ao portão da casa e sacudi-lo como a querer adentrar, fazendo-se necessário que os empregados viessem convencê-lo de que madame não o queria ali de jeito nenhum, e se continuasse a investida, eles tinham ordem de chamar a força pública. Amaral, que tinha medo de que isso pudesse arrasar de vez com suas pretensões políticas, seu último baluarte de defesa, desistia do intento tomando um pileque no bar do Joca. E assim ia pouco a pouco desintegrando-se.

Tudo na vida tem um início, um meio e um fim. Também na vida dos amantes isso não é diferente. No início eram os encontros de domingos, depois às quartas, mais tarde não tinha mais data marcada. Era só Mateus chegar e colocar a mão na chaga aberta, como fizera Tomé, e por ela entrar. Lucrécia, a essa altura, já não tinha mais controle de si mesma e deixava-se levar como que empurrada por um vento muito forte. Era o amor, amor que invadira de vez os corações famintos de ambos, como meio para atingir sabe-se lá que fim.

~ XXXIV ~

A ARTE DE AMAR

"Se queres sentir a felicidade de amar, esquece a tua alma (...)
(...) Porque os corpos se entendem, mas as almas não."
(*A arte de amar*, Manuel Bandeira)

Ainda há outro complicador para a questão do presente capítulo. É que em tempos passados vigorava na educação uma incomensurável rigidez (as Sagradas Escrituras recomendavam o castigo de vara como o ideal para a boa educação, se fosse por amor dos filhos a corrigir), porque naquela época os costumes eram igualmente rígidos, principalmente quanto à educação das mulheres, criadas tão somente para a procriação, educação dos filhos e cuidado do lar.

Não se precisa nem dizer que tal vetusta filosofia fora naqueles tempos tão repressora que resultou em contrapartida, em nossos dias, em uma liberação irresponsável, uma vez que agora quase não se distingue mais os bons dos maus costumes. Foi uma abolição total pela falta de uma educação esclarecedora, gerando, portanto, homens e mulheres conflitados pela ausência absoluta de uma formação adequada para o exercício da liberdade recém-conquistada, ainda mais agravada pela também ausência de bons exemplos (igualmente raros nos confusos dias de transformações por que passamos).

Mas o que é que isso tem a ver com o amor?, perguntará com toda a razão o nosso leitor. Tudo, respondemos mais uma vez, porque fora justamente a rigidez na educação e nos costumes que transformou o amor em paixão e, consequentemente, a paixão em tragédia, cujo paradigma maior foi o conhecido e genial romance de Shakespeare, *Romeu e Julieta*. E isso tudo por repressão, porque, como é óbvio, não se pode negar o natural sentimento do amor quando brotado do fundo do coração.

E, ainda, outra consequente indagação não menos própria: o que é que isso tem a ver com a nossa história? Tudo, igualmente respondemos, porque Lucrécia fora educada com uma religiosidade excessiva, sendo-lhe, durante o nascimento de seus arroubos femininos, imposta a ferro e a fogo a castração dos seus mais comezinhos sentimentos humanos, ou seja, do amor. Além do mais, fora-lhe também negada a maternidade e forçado um casamento de conveniências e conchavos.

Mas a fera não se cala. Lucrécia, como toda vítima da repressão religiosa e social, finalmente encontrara o amor, e por circunstâncias bem dramáticas, logo se vê; mas, feliz ou infelizmente, este se revelara na sua forma trágica: a paixão. Mateus, *mutatis mutandis* (com as devidas mudanças), mesmo mais liberado sexualmente como macho, não se livrou igualmente das correspondentes imposições religiosas em sua meninice, quanto à possibilidade de amar e ser amado com liberdade.

Apesar disso tudo, Lucrécia bem que tentara evitar a todo custo o envolvimento amoroso com Mateus, seja pelas difíceis circunstâncias em que vivia, ou ainda levada por seus antigos escrúpulos sociais e religiosos, assim como fizera com a relação com seu extravagante ex-amante, Amaral, ao qual se ligara por uma terrível necessidade de extravasamento psíquico. Acontece que, nesse último caso, não havia amor que pudesse se transformar em paixão, havia apenas ressentimento e desespero, o que, naturalmente, se transformaria em desprezo e ódio, uma vez cumprida a sua espúria missão, como de fato se dera, com o desaparecimento de seu esposo Cesário.

Lucrécia descobria, portanto, o amor, o doce amor que lhe tinha injustamente confiscado o coração e nele, contudo, permanecera de tocaia até que lhe dessem alguma oportunidade de se libertar e finalmente afluir; e de fato afluiu com aquela força incontrolável e avassaladora das grandes enchentes.

À medida que Lucrécia e Mateus se encontravam mais amiúde, o desejo de ambos, em vez de diminuir, como seria de acontecer, aumentava consideravelmente, latejando suas têmporas e lhes asfixiando e descompassando as batidas de seus corações, a ponto de lhes incutir medo, ocasiões em que permaneciam mudos e sem qualquer iniciativa, sentindo-se como dois adolescentes picados por Cupido.

Certo dia ou certa noite, já que os dois ficavam conversando e, às vezes, jogando cartas até tarde, suas mãos se encontraram por acaso. Ele logo apertou-as, puxando-as, como que não querendo que escapasse o pássaro apreendido, no sentido de levá-las a sua boca faminta de carinho e amor. Ela, de sua vez, por algum instinto conservador, prudência ou, quem sabe, feminino pudor, retirou-as prontamente, baixando os olhos marejados de lágrimas. Ele, a tudo percebendo, levantou-se e tomou Lucrécia em seus braços, beijando a sua boca com todo o frenesi. Ela não teve como reagir, fraca que se encontrava, já então possuída pelos mais puros sentimentos do amor que lhe saía pelos poros provocando-lhe um suor de êxtase e prazer. Contudo, conseguiu desvencilhar-se e, voltando à consciência, disse:

— Mateus, é melhor você ir embora... Vá, Mateus, pelo amor de Deus!

— Por que, minha querida? — Respondeu ele, tonto de desejo.

— Nós não podemos... não devemos, vai, vai, antes que seja tarde!

— Está bem, está bem... se você quer assim, está bem. Mas posso voltar amanhã? — Retornou ele, temendo contrariá-la.

— Não, não, não podemos, não podemos — disse ela, com as lágrimas a correr pelo formoso rosto em sinal claro de uma decisão dura, tomada a contragosto.

Mateus, querendo aproveitar o ensejo, tentou novamente abraçá-la, mas ela escapou, indo direto à porta de saída, abrindo-a bruscamente, como que a convidá-lo a se retirar. Ele, sentindo que não tinha outra escolha, ao mesmo tempo que não querendo magoá-la, retirou-se dali pesadamente, embargado de tristeza e dor.

Naquele noite, Mateus ficara a rondar pelas ruas adjacentes à casa de Lucrécia a olhar para a janela acessa de seus quarto, logo acima. Teve ímpeto de voltar e bater a sua porta, mas dissuadiu-se da intenção para não piorar a situação. "Afinal", pensava ele, "o que fizera? Que situação mais embaraçosa essa. Quando tudo ia muito bem. Que maçada! Ora, era deixar o tempo passar e logo tudo voltaria às boas. Era realmente não forçar a barra. Era esperar, esperar, mas até quando? Bem, não tinha outra escolha. Melhor seria, então, ir para o hotel e tentar pregar no sono..."

E dormiu? Não, claro que não. Passou, desse modo, uma noite de cão; todavia, como essas noites já lhe eram costumeiras, a não ser por Lucrécia, achou melhor procurar alguma coisa para atrair o sono, e, nesse caso, o melhor seria ler. Puxou da gaveta o seu *Madame Bovary*, de Gustave Flaubert, com o qual vinha convivendo e se identificando, ao mesmo tempo que lhe servia de consolo e esperança. Aliás, ler era um bom costume que o rapaz adquirira em tempos muito difíceis de sua vida.

No dia seguinte, esperou por algum aviso de Lucrécia, mas fora em vão. Sequer a vira durante a missa de domingo, caso raro e muito preocupante. Resolveu, então, ir a sua casa a título de perguntar por sua saúde. Foi recebido pela ama, que lhe recomendou que a deixasse em paz, ela não vinha sentindo-se bem. Mateus procurou insistir em saber o que se passava com ela, mas a ama aconselhou-o, mais uma vez, delicadamente, a ir-se, que daria a ela o recado de que ele estivera ali muito preocupado com a sua saúde. Não tendo outra alternativa, Mateus deu meia-volta e foi-se mais uma vez bastante triste, cabisbaixo e contrariado.

Passou-se quase um mês sem que tivesse qualquer notícia da amada. Seu coração a essa altura estava aos frangalhos, pois não conseguia mais dormir, comer ou até mesmo ler. Definhava aos olhos dos amigos, com os quais evitava qualquer aproximação. Estes, em suas assíduas reuniões noturnas no Bar Chopim, comentavam o estranho fato e com ele se preocupavam, como que antecipando alguma coisa de ruim.

Quem engordava de satisfação, no entanto, era o boticário, que via naquilo tudo uma renovada oportunidade de aproximação com Lucrécia. Mas, ao contrário do que esperava, essa o rechaçava ainda mais, de maneira fria e indelicada, atingindo por vezes as raias da crueldade. Amaral, possesso, entregava-se à bebida, arruinando-se passo a passo. Para piorar a situação, as pesquisas no pleito próximo lhe eram bastante desfavoráveis, o que ajudava a lhe esfacelar mais ainda o seu moral já bastante combalido. As eleições estavam para acontecer em poucos dias e ele já antecipava a amargura de uma humilhante derrota, dado ao abandono em que se encontrava. Derrota esta que, com toda razão, creditava ao desprezo de sua ex-cúmplice, apontando-lhe um futuro triste, amargo e sem qualquer perspectiva.

Por incrível que pareça, o maior suplício era o de Mateus, porque sofre-se por maus instintos e por ações perversas, porém, o sofrimento mais pungente é o da frustração do amor, que exige a qualquer preço a sua realização, e para tanto impõe aos amantes os mais penosos e dolorosos sacrifícios. Todavia há loucos, como somos todos nós, que, apesar dos pesares, ainda dizem valer a pena! Isso é uma verdade que não se pode negar, muito embora contraditória, tanto no termo quanto no conteúdo.

Mateus, um incorrigível sentimentalista, sofria que sofria! Precisava, por isso, colocar sua mão por inteiro nas chagas do seu redivivo amor para torná-lo palpável e verdadeiro, como São Tomé fizera com Cristo ressuscitado, pois não há crença nem mesmo saciedade no amor platônico. E tanto fez que acabou por tomar de vez o veneno que, a gotas, o consumia; melhor assim seria do que ficar morrendo à míngua.

Foi então que, numa daquelas noites quentes de verão, quando a lua nasce rubra de vergonha por seu atraso em iluminar a Terra ou para exibir com orgulho a sua fecundidade, Mateus rondava feito um desesperado a casa de Lucrécia, como vinha sempre fazendo desde que fora expulso daquele paraíso, em doce convívio com o pretenso anjo. Só que, dessa feita, vinha o mesmo decidido a pôr fim ao seu suplício de qualquer maneira. Ao chegar próximo à varanda do quarto de sua amada, que ficava no sobrado da casa, no seu lado direito, não teve outra atitude a não ser subir por um caramanchão a alcançá-la. Por várias vezes titubeou, mas já não podia retroceder, fosse o que fosse ou desse o que desse! Parou, então, na soleira da porta aberta como um vampiro a farejar o doce sangue de sua indefesa vítima, que jazia adormecida, estendida esplendidamente em sua larga cama guarnecida desde o teto por um vasto véu de filó ricamente bordado. Uma tênue luz de abajur deixava transparecer todo o corpo daquela bela mulher, ali abandonada nos seus sonhos e quimeras, compensação pelas frustrações da vida ou água fresca para amenizar a secura do deserto de sua existência.

Mateus, hipnotizado por toda aquela formosura, aproximou-se lentamente de Lucrécia, como um autômato. Ao chegar mais perto, pode sentir a respiração um tanto ou quanto opressiva que arfava o seu lindo busto de quase donzela. Lucrécia vestia uma linda camisola transparente e todo o seu corpo podia ser visto através de uma nuvem abençoada, com exceção das sua partes íntimas, não visíveis mas realçadas por uma sensual calcinha preta. Após se deliciar por algum tempo com aquela doce miragem, foi que, tomando coragem, da qual nem ele mesmo saberia explicar de onde vinha, afastou lentamente o véu e delicadamente sentou-se à beira da cama para melhor apreciar aquela fabulosa promessa viva de prazer.

Ficou ali quase que petrificado, e com isso perdera qualquer medo, parecendo que a esfinge, ao invés de devorá-lo, fora por ele devorada. Eis que ela, sentindo a presença de alguém a seu lado, talvez por força de um sexto sentido, ou como se estivesse na mira de algum ávido e impiedoso caçador, abriu os olhos como quem sai de um coma profundo. Primeiramente visualizou um vulto, e se assustou; ia gritar, mas fora contida por Mateus, com doçura, colocando sua mão em seus polpudos lábios, dando-lhe tempo de voltar a si e reconhecê-lo. Ao acalmá-la, retirou sua mão e segurou-lhe os seus braços numa tentativa de extremo carinho e desejo. Lucrécia não teve outra atitude a não ser dizer:

— Mateus, o que você está fazendo aqui?! Você está louco?!

— Louco de amor por você, minha querida... Você não pode imaginar o quanto eu te amo!

— Mas Mateus...

— Você me ama, minha querida?

— Precisa de resposta? — Respondeu Lucrécia meio titubeante, como que com receio do que realmente teria que afirmar se fosse colocada em cheque numa questão tão complicada e tão incerta.

— Lucrécia, meu anjo, não precisa dizer mais nada, meu amor... Pode todo mundo estar contra nós, mas seremos felizes pelo menos aqui e agora, porque a felicidade é feita de momentos e, embora efêmera, é o que fica gravado para sempre em nossos pensamentos e em nossos corações; e também porque o amor é a coisa mais preciosa que a vida nos pode oferecer, a única solução possível para o sentimento de vazio e solidão que nos apavora ao encarar a dura realidade de nossa tênue e atribulada existência.

Lucrécia retraiu-se para mais acima do seu macio travesseiro de cetim, colocando suas pequenas mãos atrás de sua formosa cabeça a ajeitar seus frondosos cabelos escuros e acetinados, no que Mateus, observando, exclamou:

— Não se mexa! — Advertiu ele com extrema seriedade. — Fique assim para que eu me recorde desse momento maravilhoso de feliz êxtase! É assim que te verei para sempre. Se eu fosse um pintor, gravaria para a eternidade o seu retrato, como fizera o inspirado e sensual pintor espanhol Goya com a sua extraordinária "Maja Desnuda".

Lucrécia permaneceu na posição daquele "modelo" citado por Mateus e, após alguns instantes, exibiu um sorriso doce de candura misturado com uma expressão de desejo dissimulado e malicioso, como só as mulheres sabem fazer, premidas pelo pudor e pela necessidade. Mas, logo em seguida, diante da fraqueza masculina em tais assuntos, sua face adquiriu uma contração de seriedade ao mesmo tempo em que, tomando a iniciativa, atraiu Mateus para si. Beijaram-se loucamente como jamais tinham antes feito em suas vidas. Desnudaram-se completamente e se fundiram em um só ser e uma só alma. Lucrécia uivava como uma loba ao ser possuída, a ponto de perder completamente a consciência. Foram momentos de prazer intenso, de felicidade e de liberdade. Nada mais lhes importava do que a posse da carne e do espírito do outro, mesmo que fosse para sua completa e total perdição. E assim se acharam e se perderam... e *consumatus est*.

A partir de então, os dois passaram a se encontrar daquela maneira furtiva quase todas as noites, se amando intensamente numa louca escalada de gozos e prazer. Já não tinham qualquer pejo nem mesmo se importavam com qualquer coisa que dissessem a seu respeito. Passaram até a aparecer frequentemente juntos todos os domingos à missa e, logo depois, em passeios pelos pontos mais pitorescos da cidade. A população comentava e se escandalizava, e os comentários eram, como sempre, os mais desairosos possíveis. Afinal, ninguém gosta da felicidade alheia, principalmente quando se é infeliz e simplesmente por amargo ressentimento.

Lucrécia e Mateus, à medida que o tempo passava, iam-se sentindo completamente alijados. Apesar do amor que lhes fortalecia e sustentava, tinham necessidade de serem aceitos, como é de se querer normalmente; mas não se perdoam os pecadores e os criminosos. A sociedade, no final das contas, não admite qualquer desregramento de seus "bons postulados", com exceção, é claro, daqueles cometidos debaixo dos panos pelos chamados "homens de bem".

Amaral, chefe-mor da hipocrisia local, indivíduo canhestro e sórdido, era aquele que mais divulgava injúrias do casal e esperava como uma cobra a oportunidade de inocular, em um bote certeiro, seu terrível e mortal veneno naquelas inocentes e desprotegidas presas.

E a oportunidade acabou por surgir para sua felicidade e "alegria" de todos. Certo dia, Lucrécia se surpreendera com a suspensão de suas "regras", que, pela demora em se regularizar, apontou para a inevitável consequência natural: estava irremediavelmente grávida! Finalmente grávida! Mas não seria isso uma alegria para ela que sempre desejara a maternidade, realização maior da feminilidade? Triste e ledo engano, porque, ao invés de ser um acontecimento auspicioso e feliz, passou a constituir uma ameaça das mais temíveis. Mateus ficou exultante, mas igualmente apreensivo. Ninguém poderia sabê-lo; era como se fosse uma maldição, e pobre daquela criança que nascesse com tal estigma. Pensaram e repensaram sobre todas as consequências, boas e más, sendo que estas últimas infelizmente sempre prevaleciam. Sonharam então com uma fuga daquela cidadezinha infeliz, contudo, acabaram por desistir por não terem para onde ir. Estavam irremediavelmente presos a um destino de previsível desgosto e infelicidade, apesar do amor que nutriam um pelo o outro. Premidos, então, pela fatalidade que lhes ameaçava e lhes arrebatava todas as esperanças, resolveram partir para uma extrema solução: o aborto do infeliz nascituro, ainda em embrião no útero materno. Lucrécia, então, num arroubo de coragem e martírio, resolveu enfrentar a tudo e a todos. Teria, custasse o que custasse, o seu tão esperado e já muito amado filho, decisão que Mateus acatou, resolvendo, igualmente, arrostar todos os perigos previsíveis ou não, acompanhando-a corajosamente.

~ XXXV ~

A ELEIÇÃO

E a eleição chegou...
Chegou pra não ficar.
Porque se ela veio...
Não foi pra melhorar.
Somente pra piorar...

Exagero?! Não, somente triste realidade, pois, a cada eleição, o povo ficava mais esquecido e mais empobrecido, enquanto os prestidigitadores eleitoreiros engordavam à sombra do poder público ou à cama e à mesa da "viúva", que de "negra" não tinha nada.

E o bem público, e a democracia?!

Bem, isso é uma questão que merece ainda uma grande e profunda discussão, apesar das já preconcebidas e estabelecidas pelos filósofos do Bar Chopim, mais propriamente conhecido como o ninho dos chupins (?). E lá, a essa altura, logo após o fechamento das urnas e da rapidíssima apuração, mesmo que sem qualquer ajuda dos modernos meios eletrônicos (?), dada a pequena quantidade de eleitores, assim se conjeturava:

— Finalmente acabou toda essa palhaçada, meus amigos — observou, com aparente sensação de alívio, José, o bancário.

— Graças a Deus! Eu já não aguentava mais — completou Haroldo, o violeiro. — Depois, era uma propagandazinha tão medíocre, embalada com aquelas musiquetas do cacete!

— Mas o que é que vocês querem afinal? Quem vota mesmo, numericamente, é o povinho, na marra e no cabresto, sabemos disso. Nosso voto não vale de porra nenhuma! — Acrescentou Chico, o clínico, demonstrando um claro desencanto.

— Mas o que é que você quer, meu amigo Chico? É a democracia, ou não é? — Retrucou de sua vez Aurélio, o filósofo, com ares de aberto cinismo, como era de seu feitio.

— Que democracia que nada, meu camaradinha! Isso tudo não passa de uma grande conversa fiada, uma esperta e bem bolada "enrolação" — asseverou Chico, com ares de desprezo e desencanto.

— Bem, a gente sabe muito bem que não é perfeita... — Argumentou Heitor, o advogado.

— Já sei! Lá vem você com aquele velho e "careca" sofisma: "É o melhor de todos os piores regimes"... não é mesmo? — Argumentou o filósofo cínico, ironicamente.

— É isso mesmo, seu fascista de merda! — Respondeu prontamente Heitor.

— Fascista tu já sabes quem é, seu rábula de uma figa! — Respondeu o outro à altura, literalmente ofendido.

— Bem, falando sério, pode lá ter seus defeitos, mas também tem, como a política, as suas qualidades; e não podemos em sã consciência negá-lo, venhamos e convenhamos — concluiu magistralmente o professor Hugo.

— Aí é que está todo o busílis da questão, meus amigos. Concordo em gênero, número e grau com Hugo, mas por que não funciona a contento? É bom e ruim ao mesmo tempo? Como é que é isso? — Aurélio colocou a contraditória e difícil questão na mesa de discussão.

Todos se calaram pensativos diante da terrível indagação, quando, passado algum tempo de completo silêncio, surgiu uma resposta igualmente discutível.

— O problema não está na instituição, mas na sua aplicação — asseverou o "ex cathedra" Heitor.

— Rima, mas não explica — disse por sua vez Haroldo, o violeiro.

— Não, não, eu explico, não é tão difícil assim — respondeu Heitor.

E prosseguindo em tom professoral como era de seu estilo:

— Já prelecionava com toda razão Albert Camus que, em sociedade, o espírito de revolta só é possível em grupos nos quais uma igualdade teórica encobre grandes desigualdades de fato, como é o nosso infeliz caso...

— Continua rimando, meu camaradinha, mas...

— Mas o que, Haroldo? É tão fácil de se entender! — retrucou Heitor. — A democracia só funciona quando existe uma certa paridade entre as classes sociais, mormente quando a chamada classe média está na alta, digo, quando constitui o grande peso eleitoral, quando tem, é claro, uma significativa média educacional e cultural. Do contrário, o que existe, na realidade, não é democracia, é populismo, e acabou! Democracia mesmo só para os privilegiados da vida, não é mesmo?

— Como na antiga Grécia — asseverou Chico, querendo mostrar erudição.

— Não tem nada a ver Chico. Lá, pergunte ao Hugo, que entende desse assunto, a classe baixa era constituída de escravos que não tinham qualquer direito. Tirante isso, a democracia deles era perfeita! A nossa é que é problemática, porque, na verdade, é um "me engana que eu gosto".

— É isso mesmo, palmas para o Heitor, gostei de ver! Estou de pleno acordo! — Exclamou Hugo, o professor, que, animado com a claque, prosseguiu. — Scheler, o filósofo alemão, dizia que o espírito de revolta dificilmente se exprime nas sociedades em que as desigualdades são muito grandes, como, por exemplo, no regime hindu de castas.

— Vocês continuam a falar em revolta, que, fica muito claro, não é de nossa índole, infelizmente...

— Não é nada disso que estamos tratando. Acho que você nos entendeu mal. A revolta de que falamos é apenas o ato do homem informado, isto é, que tem consciência de seus direitos... E isso, acho que também é o pensamento do Heitor, nada tem a ver com revolução. É apenas um problema educacional que eleva o homem à condição de cidadão pela conquista de fato de seus direitos constitucionais — concluiu Hugo.

Então, meu caro, nesse caso, hum... façamos o óbvio ululante: estabeleçamos o voto de qualidade e pt saudações... — brincou José, de maneira irônica, arrebatando uma risada geral.

E assim continuaram a discutir a filosófica questão das igualdades e desigualdades humanas através dos tempos, com argumentos realistas e outros utópicos, bem contemporâneos.

O partido da situação tinha, finalmente, sido derrotado, caso bastante raro na sistemática política do interior e, por muitas vezes, nas capitais mais avançadas. Mas aqui a justificativa era bem aparente. Primeiro, pela "morte" do grande líder carismático e populista; segundo, pela desqualificação moral e política do candidato conservador, o bisonho e sinistro Amaral.

Pelo menos haveria uma troca de cadeiras, como nas brincadeiras infantis, mas o sistema continuaria o mesmo, apesar de algumas diminutas mudanças, quase que imperceptíveis, a não deixar morrer à mingua o precioso e útil eleitorado. De resto o caudaloso rio continuaria a correr na mesma direção e o navio com o mesmo capitão; e quem tentasse nadar em sentido contrário, estaria fadado a naufragar no imenso oceano da política, razão pela qual quase sempre se adotava o inteligente sistema da partilha conciliadora e conformista, quando não comercial, em que todos comeriam um pedacinho do bolo a se conformarem com a nova situação, aliás, por esperança, que é a última que morre, de encaparem o poder mais adiante, *tout court*.

A maior desgraça disso tudo não fora a do povo, com certeza, que continuaria a navegar nas mesmas águas turvas, mas sim a desventura infeliz de Amaral, que, perdendo a eleição, praticamente perdera tudo! E nessa terrível tragédia nada mais lhe restava do que o recurso da vingança, ilusória ferramenta dos frustrados, ou do suicídio, expediente extremo dos desesperados, a mais das vezes.

~ XXXVI ~

O FRUTO DO AMOR

Lucrécia, em seu leito de Procusto (personagem da mitologia grega que torturava suas vítimas deitando-as em um leito de ferro: se a vítima era maior, cortava-lhes os pés; se menor, esticava-a por meio de cordas até que atingisse as dimensões do leito), amargava, com as devidas alterações, uma ferrenha luta contra os rígidos preceitos sociais de sua comunidade, de regra carregados de injustificáveis preconceitos, que dia a dia, lentamente, ia lhe solapando a saúde, já um tanto ou quanto debilitada; e tudo agravado pela inesperada gravidez, pois esta acreditava em sua infertilidade frente à masculinidade agressiva de seu "ex-marido". Nunca, em momento algum, acreditara, ou mesmo imaginara, que tal situação poderia ser inversa. Por isso muito se alegrava; era como uma segunda libertação, como um verdadeiro renascimento. Todavia, tal sentimento se anulava quase que instantaneamente frente às imensas dificuldades que sabia ter que enfrentar. Não que não tivesse essa intenção, senão porque já estava bastante abatida em seu moral, por tudo que passara, mormente nos últimos meses, logo após aquele impensável desaparecimento de Cesário, naquele nefasto complô, no qual, apesar de não querer, assumira por inconsequente egoísmo participação. Assim, não se achava de modo algum merecedora de qualquer felicidade ou recompensa pelos sofrimentos que passara ao longo de toda a sua vida de humilhações, de frustrações e, principalmente, pela falta daquilo de que mais carece e enobrece a alma humana: o amor, como já se tratou anteriormente.

Essa luta interna que travava começava a apresentar manifestações corporais, os chamados sintomas psicossomáticos, através de pequenos sangramentos que, ao longo do tempo, iam se intensificando. Tais sintomas, por desconhecimento, agravavam-lhe ainda mais o seu estado mental, a ponto de perder o sono e o apetite. Mateus, tomando conhecimento da situação, ia, por seu lado, perdendo o encanto e a esperança pela provável anunciada paternidade. Tinha medo e não sabia o que fazer. A ama Efigênia, apesar do prejudicado relacionamento com a patroa, como boa alma e dedicada empregada tudo fazia, e em silêncio absoluto, para tentar resolver por meios caseiros aquela "doença esquisita" que, por experiência própria, muito bem conhecia: era com certeza um aviso de um anunciado e iminente aborto. Lucrécia, como mulher, também bem conhecia tal perigo e, às vezes, até aceitava-o como um bom resultado, porque a pouparia da humilhação pública; outras vezes abominava tal pensamento e lutava intensamente contra o mesmo. Contudo, o pior não era mais o aborto pré-anunciado, mas o perigo de vida que corria. Mateus tentava em vão convencê-la a chamar o médico, o doutor Hipócrito, embora isso lhe parecesse igualmente impossível, dada a sua participação direta na questão amorosa moralmente proibida. O doutor era uma pessoa de costumes muito rígidos e fora um grande colaborador, se não amigo, de Cesário. Resolveu, como último recurso, recorrer ao padre Tonico, o agora quase exclusivo confessor e conselheiro espiritual de Lucrécia. (A princípio, o posto pertencia ao velho padre Camilo.) Entretanto, após a fatídica "morte" de Cesário, Lucrécia tinha um grande receio, com toda a razão, de se confessar com o mesmo, e foi como que uma dádiva dos céus o aparecimento do desconhecido mas simpático padre Tonico naquela freguesia.

Mateus, certo dia, em franco desespero, resolveu, após muitas idas e vindas, falar com o padre auxiliar. A decisão era bastante difícil, pois teria que se confessar com o cura, coisa que não tinha por costume, já que não era católico praticante, muito embora tenha sido educado em colégios de formação religiosa apostólica romana. Ademais, tinha uma certa birra com aquele padre. Achava-o muito misterioso e arredio. Alguma coisa não batia bem, mas não sabia explicar a razão.

Entrou na igreja na hora da confissão. O confessionário estava concorrido, como sempre, aguardando o pároco confessor. Mateus, relutando muito, foi ter com ele assim que este saiu da sacristia em direção ao confessionário. Assim que deu pela presença de Mateus, o padre estancou sua apressada caminhada, e, em seguida, procurou se afastar do mesmo. Mateus não percebeu a postura evasiva do falso pároco e, movido por aquela necessidade premente, apressou-se a alcançá-lo antes que atingisse a sua meta; não alcançando o seu intento, dirigiu-lhe a palavra sem reticências:

— Padre, preciso lhe falar com urgência!

— Sobre o que, meu filho? — Respondeu o falso sacerdote, procurando sempre disfarçar a voz e de alguma forma esconder o seu rosto, fingindo preocupação com as pessoas que, ansiosas, o procuravam para a confissão.

— É sobre Lucrécia — adiantou prontamente Mateus.

O padre quase que perdeu a voz; permaneceu calado por algum tempo, voltando com uma evasiva e inútil pergunta:

— Que Lucrécia é essa? — Pergunta essa que desconcertou Mateus, levando o mesmo algum tempo para responder. E, ao consegui-lo, o fez nos seguintes termos:

— Ora padre, mil desculpas, não fui muito respeitoso, admito... Trata-se da dona Lucrécia, a viúva de Cesário.

— Ah, sim! Mas o que tem a dona Lucrécia?! — Perguntou Tonico, agora muito interessado e com a voz um tanto embargada.

— É que ela está muito doente e precisando de ajuda...

— Sim, mas por que vem a mim?... e logo você? Não seria melhor buscar auxílio médico?

— Sim, padre... mas acontece... oh, meus Deus! Não sei nem como lhe dizer... — respondeu Mateus muito embaraçado.

— Mas diga, meu filho... diga, se o caso é sério, é preciso que fale. Sinta-se como se estivéssemos no confessionário... Aliás, eu não posso me demorar, as pessoas me esperam para a confissão. — Terminou a última frase disfarçando a sua ansiedade.

— Padre! É que Lucrécia... Lucrécia parece que está grávida — respondeu o rapaz de supetão, como que a arrancar aquela afirmação a fórceps de dentro do seu dorido peito.

— Grávida?! — Exclamou padre Tonico com grande espanto. — Mas grávida de quem, meu rapaz!?

Diante dessa incômoda indagação, Mateus baixou os olhos e assim permaneceu, totalmente mudo. O padre, entendendo aquele gesto como uma velada confissão, voltou a falar para afastar aquela desagradável situação em que os dois se encontravam:

— Entendo, entendo, meu caro... Mas vamos direto ao que mais interessa, a saúde de Lucrécia.

— É, meu padre, ela está perdendo muito sangue e tenho medo por sua saúde já debilitada — esclareceu Mateus aparentando muita preocupação, demonstrada principalmente por suas mãos, que se apertavam uma à outra angustiosamente.

— Mas me diga uma coisa, seu Mateus... Ah! não, não diga mais nada — concluiu o padre bastante consternado e ao mesmo tempo chocado. — Vá então chamar o doutor Hipócrito, imediatamente, enquanto eu dou conta da confissão. Essa gente está aí há bastante tempo a me esperar...

— Não, padre, não... De jeito nenhum! Lucrécia não quer nem ouvir falar no doutor. Ela morre de vergonha!

— Vergonha?! Mas se é urgente!?

— Padre, ela confia tanto no senhor. Acho que se procurá-la, ela acaba aceitando a ida do doutor até sua casa. É por isso que estou aqui, padre. Por favor!

— Vá, meu filho, vá para junto dela; assim que acabar aqui, vou ver o que posso fazer, e que Deus esteja conosco! — Concluiu, fazendo o sinal da cruz como que abençoando Mateus.

No mesmo dia, ao cair da tarde, Tonico mandou um recado para Mateus, dizendo que precisava vê-lo com a máxima urgência. O rapaz saiu em disparada para o encontro com o pároco. Entrou na igreja com o coração aos pulos, cheio de agústia. Encontrou Tonico sentado em um dos bancos laterais ao altar-mor, lendo, ou fingindo que lia, o seu breviário. A penumbra do templo àquelas horas, sem qualquer função religiosa, dava guarida a sua verdadeira identidade, que temia transparecer, razão pela qual tinha muito receio de procurar pessoalmente Lucrécia, e logo em sua própria casa, como bem sabemos. Assim, sempre evitara se deparar com ela fora do templo, lugar mais seguro e próprio à manutenção do seu segredo capital, pois ali havia uma aura de introspecção espiritual que afastava as mais profundas indagações mundanas, a não ser as de cada um dos que ali procuravam alívio para suas dores mais íntimas.

A situação, no entanto, era grave, e Tonico, nem ele mesmo sabia o porquê, sentia-se lá, bem no fundo de seu coração, responsável pela vida de sua "ex-esposa". São essas coisas que, de tão complexas, fogem ao nosso entendimento, deixando-nos perplexos e, portanto, desamparados. E não adianta dizer que Freud explica, porque há, além de toda vã filosofia, um profundo e insondável mistério: o grande e enigmático mistério da vida.

Movido por essa força desconhecida, Cesário, travestido de padre Tonico, resolveu quase que abruptamente procurar Lucrécia ainda naquele mesmo dia. Para tanto, iria mais à noite com a desculpa de que estivera muito assoberbado nas suas inúmeras tarefas paroquianas, mas preocupado com a sua ausência prolongada da igreja. Tomaria para tanto todas as cautelas possíveis, exibindo óculos com lentes mais escuras, por cansaço, e envergando um chapéu sacerdotal à moda dos bispos, com a diferença na cor, que em seu caso era preto, de acordo com o seu grau eclesiástico. Sua voz já não exigia grande preocupação, dado o longo tempo de uso de uma entonação meio carregada e pastosa, a demonstrar tolerância e compreensão, como costuma acontecer com os sacerdotes. Entretanto, por precaução, sempre procurava carregar na imitação sem mesmo reconhecer em si mesmo a transformação já incorporada, o que, de regra, acontece com as lentas e progressivas modificações de nossa personalidade, que teimamos em apostar ser sempre a mesma, ou seja, imutável.

Em chegando à sua antiga mansão, seu coração disparou e suas pernas bambearam, quase que lhe impedindo de prosseguir, mas logo se recompôs com a chegada de Efigênia, que o recebeu com toda pompa e respeito. Sabia ela que sua patroa não o chamara, mas abençoava a sua chegada. Era um verdadeiro enviado dos céus a salvar a sua ama, que era seu último refúgio nessa vida atribulada, pois não tinha qualquer outra pessoa a lhe acolher; e, ainda mais, sentia aquela casa como se fosse sua, pelo longo tempo que ali vivia, desde que ficara órfã de pai e mãe.

Aberta a porta, Tonico entrou abençoando Efigênia, que acorrera a beijar sua mão, que ele, de maneira natural, estendeu a ela compassivamente cheio de viva emoção. Era pelo retorno, era pela esperança e era igualmente por Lucrécia. A casa estava mergulhada na escuridão e apenas uma tênue luz indicava o caminho da escadaria que levava aos aposentos do andar superior. Tonico subiu a escada de maneira lenta e solene, esquecendo-se, pela emoção, de fingir desconhecimento, e porque as pernas têm memória. Seu coração novamente disparava ao sentir que se aproximava do seu antigo aposento conjugal. Nele havia também acesa uma morta luz que tremulava como se fosse uma vela de cera. Na vasta cama estava deitada a pobre mulher, absorvida pelo macio colchão e oprimida pela fraqueza, que lhe tirava qualquer resistência à invencível lei da gravidade. Tonico aproximou-se com todo o cuidado, sentando-se, finalmente, ao lado da cama em uma cadeira posta ali por outra visita desconhecida, talvez Mateus. Lucrécia abriu os olhos lentamente procurando o reconhecimento daquela obscura e aparentemente desconhecida figura. Tonico, então, pousou carinhosamente sua mão na testa dela e lhe disse com a voz embargada pelos sentimentos aflorados em borbotões:

— Lucrécia, sou eu, padre Tonico. Senti a sua falta na igreja e vim ver o que está acontecendo com você, meu anjo. Francamente, não sabia que estava tão doente... Por que não me chamou há mais tempo, minha filha?!

— Ah, padre, que bom que você veio... não aguentava mais esse sofrimento, essa solidão... esse abandono...

— Mas, diga-me, Lucrécia, o que está acontecendo com você, minha filha? Abra-se... confesse o que está dilacerando o seu coração, minha filha. — Assim dizendo, retirou de um dos bolsos a estola da confissão, colocando-a em seu pescoço a cair pelos seus ombros até a altura de suas pernas. Lucrécia tentou beijar uma de suas extremidades, em vão. Então, ele mesmo tomou a iniciativa de ajudá-la em seu intento, levando-a aos seus lábios, ao mesmo tempo em que atraía sua cadeira para mais perto dela.

Foi aí que Lucrécia desabou em um choro convulsivo, esforçando-se para dizer qualquer coisa, sendo impedida pelo lamentável estado em que se encontrava, bem como pela até então contida forte emoção.

— Padre, me perdoe pelo amor de Deus! Eu sou uma pobre e infeliz pecadora que não merece qualquer perdão... mas perdoe-me, por favor! — Assim falava, parecendo até que farejava ali a presença do seu ultrajado marido. E quem poderia afirmar que não? Afinal, dizem que os sentidos não são somente os cinco por nós conhecidos, havendo por certo o acréscimo de um sexto, e que nada tem de bissexto.

— Minha filha, quem perdoa não sou eu... Quem perdoa é Deus, e certamente já lhe perdoou diante de todo esse seu sincero arrependimento do qual sou testemunha — respondeu-lhe o padre realmente compadecido. — A sua alma está curada, minha filha, mas agora é preciso tratar do seu corpo enfermo. Para isso, você tem que mandar chamar o doutor para vê-la e medicá-la convenientemente.

— Não, padre, não, eu não quero ver ninguém! Ninguém! — Retrucou Lucrécia, ainda aos prantos.

— Ora, minha filha, mas por quê?

— Não quero, padre, não quero! — Voltando ao choro convulsivo, disse em voz surda e embargada pelas lágrimas. — Eu estou... grávida, padre, grávida!

— Eu já imaginava, minha filha, já imaginava. Mas não tenha vergonha não... se foi por amor...

— Sei lá, padre, se por amor ou se por desespero... Eu não sei mais de nada, de nada, meu padre!

— Acalme-se, acalme-se. Tudo vai se resolver, eu lhe prometo. Vamos fazer uma coisa... Você confia em mim? — Diante da muda concordância dela, prosseguiu: — Vamos fazer o seguinte, mande a Efigênia chamar o doutor e eu fico a seu lado o tempo que for preciso. Não permitirei que ele vá além do que tem que fazer. Diga-lhe tão somente o necessário, e eu explicarei o que tiver que explicar, está bem? Mas, por favor, minha filha, faça o que estou lhe pedindo! É para o seu próprio bem.

— Sim, meu padre, eu confio. Se o senhor ficar ao meu lado, pode mandar chamar o doutor, então...

Tonico abriu um largo sorriso de satisfação que poderia até ter comprometido a sua verdadeira identidade, se não fosse o estado de enfraquecimento da enferma. Prontamente levantou-se para transmitir à ama a ordem da patroa.

Ao cabo de meia hora, o doutor batia à porta do quarto de Lucrécia, acompanhado da ama de leite, carregando sua valise de primeiros socorros. Ao entrar, espantou-se com a figura do padre, mas logo compreendeu a razão de sua presença ali àquela hora da noite. Examinou a paciente, fez-lhe poucas perguntas, sempre consultando o padre, que o seguia em todos os passos; medicou prontamente Lucrécia, recomendando-lhe repouso absoluto. Pensava com seus botões tratar-se claramente de uma gravidez de risco, mas intrigava-lhe a identidade paterna. Seria de Cesário? Certamente que não, dado o tempo de seu desaparecimento. De quem seria, então? Questão complicada, que não queria sequer mencionar, seja pela obrigação do segredo profissional, seja por respeito ao sacerdote ali presente, que o olhava como que a policiá-lo e mesmo impedi-lo de fazer quaisquer perguntas inconvenientes. Ademais, o padre era uma assustadora testemunha sobre qualquer vazamento daquele misterioso acontecimento.

Havia, certamente, suspeitas, mas quem se atreveria a maldosas conjeturas, mesmo que fossem verdadeiras? Afinal de contas, tratava-se da ex-primeira dama, e isso bastava para que se tivesse um cuidado acima do comum.

Hipócrito prescreveu dois medicamentos básicos, além do já ministrado à titulo de primeiros socorros: um, para estancar a hemorragia; outro, para fortalecimento muscular e estímulo metabólico geral. Tais medicamentos deveriam ser aviados pelo senhor boticário, como era costume na cidade, que, feliz ou infelizmente, ainda não tinha sido invadida pela moderna e ambiciosa indústria farmacêutica.

Em razão desse imbróglio, muitas coisas igualmente misteriosas ainda estavam para acontecer; o que veremos nos capítulos seguintes.

~ XXXVII ~

A AMARGA VINGANÇA

Vingança é uma palavra mágica
Prenhe de vã e tola esperança.
De fazer revolver o mal sofrido
Em um mal de mera semelhança.

Prescritos finalmente os medicamentos de que Lucrécia tanto necessitava, o que se dera pela interferência do padre Tonico após uma longa conversa persuasória entre ambos, faltava agora o aviamento da receita, o mais rápido possível, devido naturalmente ao preocupante estado da enferma.

Efigênia, a ama, foi então mandada às pressas à única botica da cidade: a botica de Amaral, é claro. Engraçado observarmos como, feliz ou infelizmente, o destino das pessoas se cruzam e se encontram, por vezes em situações muito impróprias ou irônicas, como nesse estranho caso de que ora tratamos.

Efigênia, recebendo as ordens diretamente do padre Tonico, saiu em disparada em busca dos tais medicamentos prescritos pelo doutor Hipócrito. Chegando à botica, encontrou-a já fechada, devido às horas avançadas daquela noite; mas, como era de costume em casos extremos, bateu à porta da mesma, nervosamente. A botica ficava bem ao lado da casa de Amaral, de onde se podia alcançá-la e vice-versa. Assim fora feito, à propósito da atividade premente que exercia, a prestação de socorro a qualquer hora do dia e principalmente durante a noite e madrugada. Não demorou muito e alguém veio atender. Era Maria, a governanta de Amaral. Efigênia transmitiu-lhe a receita, pedindo urgência. Maria quis saber o que estava acontecendo; a ama apenas disse-lhe que sua patroa não estava passando bem e que, portanto, precisava daqueles medicamentos o mais rápido possível, acrescentando que ficaria ali à espera dos mesmos, corroborando assim a sua máxima precisão de urgência. Maria convidou-a a entrar, dizendo-lhe que iria levar prontamente a receita ao boticário Amaral. Efigênia esperou por alguns minutos, ansiosamente, até que Amaral em pessoa veio atendê-la. Logo que ele chegou, falou-lhe nos seguintes termos:

— Ó mulher, o que afinal está acontecendo, criatura!

— Minha patroa tá doente e o doutô qué que ela tome esses remédio aí agora mesmo — respondeu Efigênia, apontando a receita que estava nas mãos de Amaral, com a boca em bico.

— Mas é tão grave assim?! — Perguntou-lhe o boticário com disfarçada preocupação.

— Isso não sei não, meu sinhô, só sei que mandaram eu aqui correndo...

— Ah, sim, sim, deve ser... mas o que é que ela tem, criatura? — Volveu Amaral, agora demonstrando uma grande e indisfarçável curiosidade.

— Não sei não, meu sinhô, ma, por favor, ande rápido, sim? — Demandou Efigênia a Amaral com aparente nervosismo.

Amaral observou-a, olhando-a fundo nos seus olhos, a ponto de desconcertá-la. Em seguida, disse-lhe em tom de apaziguamento:

— Não se preocupe, mulher, tenho que preparar a receita. Naturalmente não é como você pensa... demora algum tempo, pois não tenho esses medicamentos prontos. Faz o seguinte: vá para casa tranquilamente, assim que estiverem prontos eu mando Maria em pessoa levar até a casa da sua patroa. Está bem?

Sem qualquer outra opção, Efigênia concordou de pronto com Amaral, não sem antes recomendar-lhe presteza no aviamento da receita, partindo logo em seguida célere de volta à casa para assistir Lucrécia nas suas necessidades mais prementes. Já o boticário ficou ali mesmo parado, acompanhando com grande interesse a caminhada da ama até seu desaparecimento completo, ainda meio perplexo pelo conhecimento repentino daqueles fatos. Olhou para ambos os lados e, após alguns segundos, foi em direção à botica, fechando cuidadosamente a porta de emergência. Ao se ver completamente só, exibiu para si mesmo uma perversa expressão de alegria, e dirigiu-se para o seu balcão de trabalho, no meio daqueles inúmeros frascos de diversas cores e tamanhos, contendo pós, óleos e fluidos curativos diversos. Parecia um louco alquimista, esfregando as mãos uma na outra, freneticamente, e murmurando consigo mesmo:

"Mas esse mundo é mesmo muito redondo, gira, gira e volta sempre ao mesmo lugar. Depois dizem que a história só se repete como farsa, ah, ah, ah. Como é que eu mesmo ia contar com essa oportunidade de ouro! Nem que eu a tivesse imaginado! Ah, Lucrécia, agora vamos ver quem é quem nessa história!" E continuava a esfregar as mãos, tal e qual aqueles médicos-monstros dos contos de terror. "Dizem", continuava em seu surdo monólogo, "que o castigo vem a cavalo". Mas eis que a lembrança do ditado, sem que tivesse tal intenção, evocou justamente o que jamais queria recordar: aquele triste e acachapante episódio do Cavaleiro Negro e das chibatadas que dele tomara, as quais lhe doíam até hoje lá no fundo do seu pervertido coração. Todavia tal recordação, ainda que bastante desagradável, pelo menos animava-o a concretizar com maior determinação a tão querida e esperada vingança.

Preparadas as poções recomendadas pelo doutor Hipócrito, respirou fundo, enrolou-as em um bem-feito pacote, indo com o mesmo, cuidadosamente, como a carregar um precioso tesouro. Ato contínuo, ordenou que Maria os levasse imediatamente a casa de Lucrécia.

Tonico, como prometera, permanecia à cabeceira de sua "ex-mulher", esperando avidamente pelos remédios prescritos pelo médico. Assim que os mesmos chegaram, prontificou-se sem demora a ministrá-los à enferma. Lucrécia a essa hora cochilava, esgotada pela hemorragia antes sofrida, pálida e muito fraca.

Pode realmente causar estranheza ao leitor a atitude de Cesário, totalmente contrária a tudo que já se disse dele, ou que dele se narrou. É muito estranho o sentimento humano que habita ou brota das profundezas dessa faminta e inexplicável alma humana. Sabemos que de um modo geral o ódio brota do amor, seu irmão siamês, contudo, acontece às vezes, como exceção que confirma a regra, que, ao contrário, o amor também brota do ódio e, ao invés de exigir vingança, transmuda-se em perdão e arrependimento. Assim aconteceu com Cesário; um sentimento nobre foi pouco a pouco invadindo a sua alma faminta de amor e de compreensão. Era como se, de repente, tivesse se transformado, como Paulo de Tarso, em um defensor daquilo de que antes tinha sido um perseguidor implacável. Como aquele, caíra igualmente do cavalo, ou seja da garupa da prepotência e da maldade. Agora, uma luz intensa brilhava debaixo de seus olhos, que se dirigiam para aquela mulher ali, completamente abandonada e sofrida. Percebia claramente todo o mal a ela injustamente infligido e seus olhos marejavam-se de lágrimas de arrependimento e bondade, ou, quem sabe, de amor. O difícil seria recompor sua vida depois de tantos sofrimentos e nefastos acontecimentos, somente dados à sua personalidade então distorcida, mas de qualquer maneira havia ainda uma esperança em seu coração e, felizmente, o consolo de poder fazer o bem a quem outrora tanto magoara, como reparação compensatória para lhe unguentar as feridas d´alma.

Ao cabo de alguns dias de tratamento medicamentoso e recolhimento, Lucrécia começava a melhorar; a hemorragia cessou e pouco a pouco suas forças iam voltando ao normal. Cesário (padre Tonico) exultava e todos os dias ia em visita à enferma em recuperação. Às vezes encontrava com Mateus, agora seu rival, mas, quando isso acontecia, se retirava, alegando muitas visitas a outros doentes do corpo e da alma.

O primeiro dos medicamentos prescritos pelo médico matou o mal pela raiz; contudo, por obra de Amaral, o segundo remédio matou a raiz pelo mal, e ao cabo de alguns dias aconteceu aquilo que mais se temia, a morte súbita de Lucrécia do mesmo modo que tinha acontecido com Cesário, agora levada não por uma inconcebível e tola trama, mas sim por uma sórdida e inútil vingança.

~ XXXVIII ~

O MARTÍRIO

Dizem que a vida
Não tem sentido
Sentido a vida tem
A vida só não tem sentido
Para aquele que vida não tem.

Aquele fatídico dia acordou como a anunciar o nefasto acontecimento: fechado, úmido e frio. Pairava algo de mórbido em toda aquela pequenina e infeliz cidade. Será que por mera obra da natureza ou por simples e triste coincidência? São coisas misteriosas que o homem tenta em vão explicar, mas que dele estão ainda muito distantes de vislumbrar.
    Era mais ou menos umas sete ou sete e meia da manhã quando a ama Efigênia entrou no quarto de Lucrécia levando-lhe o desjejum, como sempre o fazia. Lá chegando, encontrou a patroa mergulhada em um estranho sono profundo. Ia voltar para deixá-la descansar, pois sabia que a mesma ultimamente dormia muito pouco, passando às vezes a noite toda em claro. Contudo, antes de abandonar a alcova, colocou suavemente a mão em sua testa e logo a retirou rapidamente como se tivesse levado um choque, pois sentira que a mesma estava estranhamente fria. Ficou por alguns instantes ali paralisada, a indagar a si mesma o que estaria acontecendo, e, como que a afastar aquilo que mais as circunstâncias lhe indicavam, tomou a iniciativa de sentir-lhe a pulsação; primeiramente através dos seus pulsos, depois no seu protuberante e belo peito, bem acima do seu coração, mas tudo em

vão. Efigênia não conseguia sentir qualquer coisa que pudesse afastar o seu mal pensamento, por isso, numa última tentativa, em desespero, agarrou Lucrécia pelos ombros e a sacudiu a fim de despertá-la daquele estranho e profundo sono, mas isso fora também em vão. Lucrécia não só não despertou como também voltou ao estado inicial, jogada, com os braços separados e a cabeça para trás, em repouso absoluto, parecendo uma grande boneca em decúbito dorsal. A ama esbugalhou os olhos, e logo os cobriu, com a intenção de impedi-los de ver aquela terrível e dolorosa cena, que a confrangia consideravelmente. Passaram-se apenas alguns poucos segundos até que Efigênia, voltando daquela estupefação paralisante, soltou um lancinante grito de pavor, seguido de um acesso de choro convulsivo. Toda a casa fora sacudida, despertando e atraindo todos os demais serviçais, que vieram correndo ao encontro da velha, que parecia vir voando escadaria abaixo. Todo aquele estrépito fora tão violento que logo atraiu os vizinhos mais próximos, ávidos por saberem o que estava acontecendo e pretendendo acudir, em razão daquele desespero que se projetava como fogo através das portas e janelas. Estava tudo consumado! Lucrécia, a bela e elegante ex-primeira-dama daquele pequenino, mas pujante município, estava morta, e morta para sempre, como um dia acontecerá irremediavelmente com todas as gentes.

Ah, a morte, sempre a morte! Aquela que liberta, aquela que apavora, aquela que nos segue como uma zelosa mãe desde o nosso nascimento, que não nos abandona e nunca nos abandonará, pois um dia nos pegará pelas mãos e nos levará ao seu seio quente e desconhecido lá bem no centro da Terra, onde, libertos dos sofrimentos, descansaremos para todo o sempre.

Isso lá um certo dia, é claro, um dia desconhecido e misterioso. Mas este ainda tardava a chegar ao corpo da dama de branco, pelo menos por enquanto, pois a referida dama de preto ainda não chegara a pegar a sua bela e fina mão.

Não, ainda não, mas certamente que não tardaria, pois estava bem a caminho, caminho este traçado intencionalmente pelo astucioso e ignóbil boticário Amaral, que, a título de vingança pela traição de Lucrécia, ministrara a ela a temida poção vodu em lugar da fórmula fortificante prescrita pelo doutor Hipócrito. Aquela mesma que há quase um ano dera também para seu "amigo" Cesário. E dessa forma a vingança sorria em seus lábios pela certeza do resultado, como no caso precedente. A certeza de que, de uma forma ou de outra, jamais acordariam do sono profundo aqueles que a ingeriam, ou, então, virariam verdadeiros e terríveis zumbis, mortos-vivos a aterrorizar para sempre o sono e a vida das pessoas, mas aí já é uma outra história, que não anteciparemos, pois o futuro, como dizem, somente a Deus pertence.

Como era de se esperar nesses casos, chamou-se de pronto o médico, o doutor Hipócrito. E, é claro que por razões bem explícitas, fora chamado igualmente o capelão auxiliar da paróquia, o misterioso padre Tonico. Ambos chegaram juntos com aparente angústia e pesar em seus rostos. Alçaram rapidamente a escadaria em direção ao quarto da "defunta", ainda não acreditando no que tinham ouvido da negra ama. Hilário Hipócrito tomou o pulso de Lucrécia, examinou-a bem e auscultou seu coração, no entanto somente pôde, cabisbaixo, constatar que a sua ex-paciente estava irremediavelmente morta. Tonico, de sua vez, procurou socorrer Lucrécia, constatando que a mesma tinha os olhos embaciados, bem abertos em direção ao alto. De repente, não se pode precisar o por quê, o falso padre sentiu um calafrio a percorrer-lhe toda a espinha, vindo de sua nuca, como se alguém ali lhe tivesse jogado algo congelado, que às vezes parecia como fogo a queimar-lhe todo o corpo e toda sua alma, descendo lentamente, em contágio total. Lembrou-se, então, por um mecanismo de imagens semelhantes, de sua catarse em situação praticamente idêntica. Veio logo a sua mente a procedência dos medicamentos, porque tivera uma semelhante e horripilante experiência em um passado bem próximo, e, por essa razão, antecipou por dedução uma triste certeza da maldade que estava em curso e o conhecimento de suas causas e efeitos. A primeira vontade que teve foi de ir imediatamente até Amaral e estraçalhá-lo como se fosse um verme, mas logo se deteve. Primeiramente, pela inutilidade da coisa; segundo, porque não era mais aquele homem de outrora. Mudara, e mudara muito. Agora, somente acreditava no amor e repudiava a vingança ou qualquer outro meio violento. Ademais, se fosse realmente verdade o que aventara como hipótese de uma quase certeza, ainda haveria como salvá-la, e do mesmo modo e meio por que fora salvo nas mesmas circunstâncias, por seu jagunço, Raimundo, naquele fatídico dia de seu enterro. E isso é que para ele agora mais valia. Não uma vingança pura e simples, mas uma atitude contrária ao mal infligido, transformando-o em verdadeira punição. Acreditava, assim, que o bem venceria, por sua força maior, finalmente, o mal.

A história agora se repetia não como uma farsa, mas como realidade, uma triste realidade. O doutor acabara de decretar a morte de Lucrécia por insuficiência cardíaca, induzida e pouco a pouco agravada por uma debilidade prolongada. Determinou-se então em meio a choros, gritos e prantos que fosse a dama enterrada logo, pois o caso era daqueles a não se ter dúvida alguma sobre o óbito e suas causas. Desse modo, foi dado início aos concernentes trabalhos fúnebres. O corpo foi preparado pelas carpideiras oficiosas "urubulina" e "corvulina", as mesmas, e não por coincidência, que velaram o corpo de Cesário. Lucrécia, como seu "ex", tivera também seu belo corpo lavado e, em seu caso, vestido a rigor com um longo e belo vestido imaculadamente branco, como era do fino gosto da "defunta", e, finalmente, colocado em um rico caixão, trazido às pressas pelos funerários de sempre, impecavelmente vestidos de preto fechado e portando o tradicional e profissional semblante fúnebre.

A cidade chorava inconformada com mais essa morte dramática, totalmente inesperada. Muitos acorreram à frente da casa querendo saber das suas causas e consequências, para de qualquer modo prestar, pelo menos, solidariedade. Mas a quem? Lucrécia era a última daquela desgraçada família, e talvez por isso mesmo o sentimento da perda fora em muito potencializado. Além do que, ela sempre fora considerada a mãe dos pobres, uma espécie de Evita capivarense, não por seus dotes políticos, que obviamente não os tinha, mas por sua bondade ao prestar auxílio aos mais necessitados, o que fazia, talvez, para compensar sua vida triste e sem sentido. Agora o povo lhe retribuía, seja lá como for, como se fora uma santa, sem sequer se importar com os reais motivos de sua caridade, aliás, longe de serem considerados, ou com tudo o que a "oposição" dela falava às escondidas, como era de conhecimento geral; e se realmente fossem verdadeiros os fatos desabonadores a ela atribuídos, o que até duvidamos, tais maldosas acusações pesavam muito pouco, principalmente agora, na balança do conceito popular, porque povo é povo: é fiel a quem lhe dá de comer e lhe acaricia a cabeça, principal razão do degradante populismo.

Muitas flores e coroas vieram de todos os lados, não propriamente de políticos, mas de entidades caritativas, muitas delas fundadas pela própria morta. Morta? Ainda não! Lucrécia não respirava como se estivesse em seu estado normal, mas respirava como se morta fosse, imperceptivelmente, e a tudo ela podia observar. Seus olhos foram por diversas vezes fechados, mas relutavam em abrir até que permaneceram meio entreabertos, como se dera com seu "finado esposo".

E Mateus, o que é feito dele? Fora ele, antes da "morte" de Lucrécia, aconselhado pelo pároco auxiliar, após muita conversa, a se afastar dela, alegando que assim seria muito mais fácil prestar-lhe auxílio naquela grave situação de saúde por que passava, precisando mais do que tudo de repouso e tranquilidade, bem como para afastar de vez qualquer suspeita contra a moral da doente (deixando transparecer, de maneira muito clara, a suspeita que sobre o mesmo pairava de maneira geral). Assim, Mateus, muito a contragosto, arranjou um pretexto para uma curta viagem de "negócios" em uma cidade vizinha, centro comercial da região e pertencente a outro município.

Voltando aos fatídicos fatos, encontramos novamente o padre Tonico, meio desarticulado pelos acontecimentos, querendo à força conversar com Lucrécia em seu caixão enfeitado de flores, a ver se, de algum modo, conseguiria perceber algum vestígio de vida na mesma, certo de que (por enorme suspeita de Amaral e por experiência própria) Lucrécia, como ele, estaria ainda viva. Nisso acreditava piamente, em razão de uma interior necessidade de expiação. Para tanto, agia com muita discrição, a fim de não despertar qualquer suspeita por parte daqueles ali já presentes, chegados para prestar à "morta" as suas últimas fúnebres homenagens. No entanto, apesar de todo o esforço, não conseguia obter qualquer indício positivo que o tirasse daquele estado de angústia depressiva. Às vezes, as lágrimas corriam dos seus olhos, descontroladamente, as quais enxugava de maneira disfarçada.

Lucrécia observava cheia de pavor tudo que se passava, escutando mais do que vendo, e imaginava com horror o martírio por que passara seu ex-marido, Cesário. Avaliava, por experiência própria, todo o seu calvário de sofrimento. Calvário que ela teria agora que percorrer e certamente por castigo de Deus. Acreditava tardiamente que Cesário realmente tinha sido enterrado vivo, e que a ela, por triste ironia, caberia o mesmo terrível destino, porque ninguém jamais teria condição de desconfiar do drama por que passava. Ninguém! Estava sozinha naquela situação desesperadora, sem qualquer esperança de sobrevivência. Castigo que ela bem merecia, muito embora, em sã consciência, tivesse quase certeza de que jamais acreditara na louca versão de Amaral sobre a tal poção vodu. Para ela, Cesário tinha na realidade morrido por falência coronária, dado que já apresentava problemas cardíacos, que, se não graves, eram suficientemente potentes para produzirem o resultado morte. Sofria ele de uma espécie rara de disritmia, agravada naturalmente pela constante angústia em que vivia, premido pela desmesurada ambição política.

Vinha ela, portanto, fazendo teatro com Amaral, fingindo acreditar em sua doentia versão. E tão bem representou que acabou por duvidar do que realmente acreditava, passando por isso, por uma mera fantasia, a sentir-se até compensada, por um complexo mecanismo psicológico de defesa, contra todo o sentimento de dor por que passara nos seus infelizes anos de casamento.

Agora, infelizmente, tudo ficara muito claro: Cesário morrera sim, mas fora mesmo sufocado dentro do seu túmulo, como lhe anunciara aquele monstro do Amaral! "Que horror, meu Deus!", pensava ela lá no fundo do seu leito de morte encomendada. Sentiu-se, então, mais do que nunca culpada e portanto merecedora daquele horroroso fim, mas que, contraditoriamente, a ele se opunha por um sentimento de sobrevivência e orgulho.

Tentou desesperadamente mover-se, mas estava como que toda amarrada por cordas invisíveis. "Talvez o padre Tonico desconfiasse de tudo, quem sabe?", pensava ela por um recurso extremo de última esperança, já que via aquele bondoso padre a todo momento aproximar-se do seu caixão com visível tristeza e preocupação. Por vezes sentia que chorava. Total engano?! Às vezes via-o agindo de maneira estranha, como se quisesse a todo custo ressuscitá-la. Iludida mais uma vez! Sabia bem que merecia aquele castigo, e como!, mas recusava-se a acreditar que seria por vontade divina, como em princípio crera. Sempre aprendera, desde criancinha, que Deus é misericordioso. "E somente ele, que lê os corações do homem, poderá entender-me e perdoar-me", continuava assim a pensar durante o seu martírio, a titulo de consolo.

A alma de Lucrécia era uma profundeza de sentimentos ambíguos, que oscilavam ao sabor de seus recalcados sentimentos, ora para cima, ora para baixo, num turbilhão de falsas realidades e quiméricos sonhos de satisfação interior. Afinal de contas Lucrécia era uma mulher, e quem ousa entender o recôndito do coração feminino, se nem elas mesmas entendem?

Nesse momento, as carpideiras lhe informaram o que ainda precisava ignorar de sua infeliz e conturbada existência:

— É, Maria, que coisa mais estranha essa morte... hein?

— É, Joana, faz quase um ano e nós estavámos trabalhando o marido. Parece até castigo, menina!

— É mermo, se menina... Nessa merma casa e nesse mermo lugar... Ma que castigo é esse...? Castigo de quê? O que vosmecê ta dizendo, Maria?

— Sei lá não... parece que foi bem merecido... Não acha não?

— Bem, isso não sei... ma que essazinha aqui não andava lá muito bem... ah, isso não andava não!

— Que todo mundo sabe, sabe... mas até aí, ó Joana, o que é que tem a ver com sua morte? Coincidência?

— Sei lá, comadre! Nesse mundo há tanta coisa, né? Será que pegô a merma doença do maridozinho?

— É possíve, minha amiga, é possíve... As carças são as merma... ou não são?

— Não são não, comadre, não são não. Não vamo confundi cueca com calcinha.

— Ah, ah, ah, entendi, entendi, vosmecê é do diabo!

— Tesconjuro! Vira pra lá essa boca!

— Eu apena tô dizendo o que sei e que todo mundo sabe... sabe ma não fala, não é mermo?
— É mermo... E o que não fala não existe. Estou certa ou não?
— Olha, comadre, que não estou vendo os caras...
— Que caras, comadre?
— Os sócios...
— Que sócios, se menina?
— Os de cama e limitada, comadre.
— É, tem razão... E por que será?
— Chega de conversa, vamo começá a choradera, que tão chegando as visita.

E as duas alcoviteiras de imediato encetaram um canto lúgubre, lento, bem marcado e choroso; talvez aquele mesmo que entoaram durante o velório de Cesário. Afinal de contas, também o repertório daquelas senhoras carpideiras não era muito extenso, convenhamos, e qualquer semelhança não seria certamente mera coincidência, mas uma insuficiência.

Lucrécia a tudo ouvia com certa indignação, não com espanto ou curiosidade por ter conhecimento dos fatos aventados, senão pela maledicência e exagero. Mas sabe-se que quem conta um conto, dizem, sempre aumenta um ponto! Além do mais, a terrível situação em que se encontrava não dava qualquer espaço a considerações de tais afirmações, mesmo que injustas e mentirosas, no que diz respeito aos seus reais sentimentos. O que ela queria mesmo era se livrar daquele incômodo torpor que a sufocava e a oprimia pela nefasta promessa de um enterro impróprio. Observou, então, a aproximação do padre Tonico, que a olhava fixamente como que a perscrutar alguma coisa que o preocupava muito e que parecia ir além da morte. Tentou num hercúleo esforço manifestar-lhe a sua triste condição, mas em vão. Nem uma lágrima, uma só, mesmo que imperceptível, brotara de seu olhos. Naquele momento, o padre falou-lhe como a segredar-lhe uma pequena frase que lhe deixou chocada e ao mesmo tempo esperançosa: "Lucrécia, minha querida, perdoe-me, se me ouves." Agora, sim, sentira os olhos embargados, mas Tonico já tinha se afastado, deixando ela em mais uma perplexa dúvida, terrível dúvida cruel!

Lucrécia voltava assim ao seu calvário, merecido calvário, segundo ela mesma, às vezes abatida pela culpa, admitia. Sozinha e impotente. "E onde estará Mateus? Ainda não o vi ou lhe ouvi a voz. Onde estará o meu amor?", pensava ela em seu derradeiro pensamento até cobrirem com a tampa o caixão, tornando-lhe mais difícil ainda a respiração e a envolvendo numa indizível e horrorosa escuridão. Escuridão antecipada do seu último desejo e esperança de vida. Da vida que tanto necessitava para sua ressurreição como pessoa, como mulher e como mãe, que sabia, por instinto, vir a ser, dada a presença de uma nova vida que pulsava no fundo do seu ventre. Agora, não mais rogava por si, senão por aquele que estava em seu útero, clamando inconscientemente por sua vida. E por ele lutaria até morrer!

Ainda, felizmente, podia respirar, pois não lhe vedaram a tampa do caixão de todo, ficando as borboletas dos parafusos apenas posicionadas em suas tarraxas (simples desleixo ou premonição?), já que iria dali para a missa de corpo presente, antes que alcançasse a morada definitiva e eterna de todos nós: o cemitério. E que ali volvesse ao pó por toda a eternidade (*revertere ad locum tuum*). Pó que se misturaria à terra, negando todo o sentido da vida. Pelo menos o sentido que a vida nos dá, e que teimamos em nela acreditar, seja por fé ou por conveniência.

~ XXXIX ~

NO CEMITÉRIO

Finalmente, Lucrécia fora trasladada para a matriz a fim de receber as exéquias religiosas em missa de corpo presente. E na hora prevista, uma vez que não tivera, como Cesário, as tais homenagens "politiqueiras" de costume. Entretanto, apesar de não ser mais a primeira-dama municipal, o povo, agradecido, lhe retribuía agora em sua derradeira viagem o amor e a atenção que a mesma sempre lhes cumulara. Nada lhes importava senão, é claro, na miséria em que viviam, a boa lembrança de seu dedicado amor e respeito por todo o tempo em que vivera entre eles, pois o amor perfuma as almas indelevelmente, assim como o ódio as dilacera e corrompe. Ademais, Lucrécia era como a própria bela adormecida, ainda cheia de formosura e de encantos mil, à espera de seu príncipe encantado, que, com um mágico beijo, a depertaria, e isso não era somente um sonho, e sim parte de uma trágica realidade. Se Cesário era bem-apessoado em razão de sua presença, ela se destacava pela graciosidade, elegância, pelo olhar triste e profundo que emanava de seus belos olhos negros e também pelos seus gestos e atitude, os quais lhe angariavam simpatia por parte daqueles que, de um modo ou de outro, eram igualmente tristes e infelizes. E isso nada tinha de carismático, muito pelo contrário, era, sim, pura empatia.

Na morte é que se vê, muitas vezes, o caráter das pessoas que se vão, apesar de sabermos que de regra as aparências enganam. Uma coisa é o conceito público; outra, muito diversa, é a verdadeira personalidade de cada um, já que, de resto, a alma humana é um poço profundo de mistério, coberta de infinitos matizes de razões e impulsos inexplicáveis, e até mesmo para aqueles que são assim indevidamente julgados. E se cabe aqui alguma metáfora, digamos que é ela uma ilha cercada por estreitas regras sociais. A imagem pública permanece agregada à imagem do falecido; a outra, a mais profunda, morre com ele, e somente, às vezes, parte da mesma emerge por força de suas obras, e mesmo assim com o passar dos tempos.

Acontecia que, no caso de nossa dama, a coisa funcionava com três diferentes diapasões sociais: do puro sentimento popular, do sentimento preconceituoso da classe média e do sentimento indiferente da classe alta. Quanto à classe média, nada mais teve do que sua social presença em sua casa, durante o velório; da classe rica, suntuosas coroas carregadas de condolências e esfarrapadas desculpas pela ausência deliberada. Mas, como tudo na vida tem as suas compensações, a classe pobre, o povo, postou-se na porta, apesar da chuva fina que caía durante quase todo o dia e até à hora da saída do féretro em direção da matriz, momento em que foi ovacionada por uma calorosa salva de palmas, acompanhada de um saudoso canto de despedida (adeus, adeus, eu vou partir...).

A missa transcorreu chorosa e silenciosa, rezada pelo ex-amigo e confessor Dom Camilo, que não escondia sua sincera tristeza pelo brusco desaparecimento de sua protetora. Arrastava, assim, o ritual sem quase que tirar os olhos do caixão onde descansava Lucrécia, estendida à sua frente, diante do altar. Camilo tinha uma verdadeira adoração por ela. Fora ela que tinha conseguido fundos para a reconstrução e ampliação da igreja, quando fustigada por uma grande tormenta, que, de resto, abalou todo o município. Além do mais, conhecia-a profundamente, se é que se pode dizer assim, através do sacramento da confissão, partilhando com ela todo o sofrimento e humilhação que a pobrezinha sofria por parte de Cesário, marido autoritário, sem escrúpulos e sentimentos. Mas, convenhamos, o que poderia ele fazer diante das circunstâncias? Depois, sua missão quase que se esgotava no amparo espiritual e cristão. Por vezes, ia um pouquinho além, mas sabia de suas limitações, o que lhe frustrava a verdadeira ação encomendada por Cristo, deixando-o bastante acabrunhado e cheio de sentimento de culpa. Nos dias mais críticos, recolhia-se à sua cela a conversar com o seu Cristo imaginário, o qual lhe aconselhava ter paciência e perseverança. Dizia-lhe também, o Cristo, que Lucrécia tinha nesta vida que passar por essa privação para melhormente alcançar a graça do paraíso.

Dom Camilo, ao se recordar agora desse conselho, esboçou sem querer um largo sorriso de satisfação, que logo inibiu, levantando as mãos para os céus e conclamando os fiéis presentes a um "louvado seja Deus", no que foi respondido imediatamente com o costumeiro "para sempre seja louvado", e a um "viva Lucrécia!", tendo como resposta um efusivo e geral "Viva" retumbante.

Durante a função, padre Tonico acompanhava à certa distância, mais interessado no movimento e presença das pessoas do que nas rezas, enquanto fingia rezar o terço que desfiava em suas nervosas mãos. De repente, pareceu-lhe ver um rosto hediondo entre a multidão que se apinhava à saída da igreja: "Era Amaral... Era ele, aquele monstro!", pensou, indo ao mesmo tempo em direção daquela inconveniente aparição. Contudo, quando lá chegou, a tétrica figura tinha se dissipado por encanto. Saiu imediatamente da igreja, todavia não mais conseguiu, por mais que tentasse, divisar qualquer sombra do canalha. Então voltou para dentro do templo no momento em que Dom Camilo encerrava a encomenda da alma da "morta".

O caixão foi então conduzido ao cemitério em uma carreta própria, percorrendo o mesmo doloroso caminho que antes tinha percorrido o carismático e populista "ex-prefeito", quando de seu fatídico enterro. Durante todo o percurso foi a "defunta" ovacionada pelo povo que a aplaudia debaixo da chuva fina que ainda persistia em cair como num choro bem comportado da boa mãe natureza, que igualmente chorava a sua querida filha.

No cemitério tudo já estava preparado. Lucrécia seria provisoriamente colocada em uma das gavetas laterais do mausoléu da família Albuquerque, como era de se esperar, já que Cesário tinha sido enterrado a pouco, como sabemos, no mausoléu central. Assim mesmo insistiu-se em colocar um caixão sobre o outro, o que, por preconceito de valor, de cargo e de sexo foi prontamente descartado. Seria como se alterar a ordem natural das coisas, imutáveis na cabeça daqueles pequenos e tacanhos burgueses.

Padre Tonico, ou Cesário, que vinha logo atrás do féretro, precedido por um pequeno sacristão bem-aparamentado e carregando um turíbulo a aspergir incenso, adiantou-se a fim de certificar-se de que ninguém se atreveria a abrir a lápide de seu túmulo, e tinha boas razões, bem o sabemos, para tanto. Também não queria que Lucrécia fosse de pronto colocada e fechada em uma daquelas terríveis gavetas, que ele mesmo, tempos atrás, tremera de medo de o ser. Mas isso já era bem mais difícil de se conseguir, dada as circunstâncias daquele momento. Era preciso um bom e inarredável argumento, que ele procurava a todo custo inventar. Suava frio na medida que os trabalhos se iam adiantando em sentido oposto. "Mas será que Lucrécia estaria realmente viva como ele?", pensava com grande preocupação. "Tudo era de se crer, mas com que certeza? Eis a questão! Não podia, entretanto, falhar, pelo sim ou pelo não, isso era um tremendo risco que jamais poderia correr. E não permitiria, custasse o que custasse."

E nunca se deve desesperar, pois, quando menos se espera, surge uma qualquer deixa, não se sabe de onde, como e por que aparece. Foi o que de fato aconteceu, por incrível que pareça, bem naquele derradeiro momento em que se ia fechar o caixão para enfim deslizá-lo na prometida gaveta mortuária. Eis que surgiu uma voz terrível, vinda da boca de um homem do povo, conhecido como um forte líder espírita, um médium, daqueles que dizem receber os espíritos dos mortos e que com eles falam, quando querem, com familiaridade. A voz era indizível e terrível a sua mensagem. Indizível, porque parecia, ou melhor, não provinha dele mesmo, mas de alguma entidade feminina; terrível, porque bradava em alto e bom som: "Não me enterrem, pelo amor de Deus! Não me enterrem! Não me enterrem que estou viva! Por favor, por favor!" E isso repetidamente, até desaparecer por completo. O homem de quem a voz procedia estava agora caído e se debatia em transe como um louco, a ponto de ter que ser contido e levado à força para fora do cemitério, de onde voltou a fazer o mesmo apelo, e com aquela mesma voz tumular e transmudada.

A partir desse imprevisto e estranho acontecimento, todo o cemitério ressentiu-se, afinal, o palco era bem propício a tais manifestações. A noite se aproximava célere, ajudada pelo tempo nublado e pelo chuvisco que teimava em cair lentamente sobre todos os personagens que compunham aquele triste cortejo fúnebre. Toda aquela gente foi sacudida por uma aura espiritual negativa, começando a bradar. Uns a chorar; outros poucos a repetir o mesmo estribilho: "Não me enterrem! Não me enterrem!"

Lucrécia já não acompanhava mais nada; tinha realmente perdido a consciência diante de toda aquela ameaça que pairava sobre sua tênue existência (a vida é curta, mas longo é o sofrimento), e somente deu conta de si novamente ao ouvir uma voz que lhe parecia muito familiar, num discurso inflamado, como um experiente político. Era justamente a voz do padre Tonico, que punha em ordem aquela tremenda confusão, usando de sua autoridade religiosa e de seu já reconhecido carisma, aproveitando o ensejo para conseguir o seu muito desejado intento de salvar Lucrécia de um possível enterro prematuro, intento esse que, de outra forma, teria sido muito difícil de conseguir. E assim se expressou ao povo com veemência do alto de uma campa, como também fazia Cristo:

"Meus caríssimos irmãos, todos nós amamos muito dona Lucrécia, mas não podemos deixá-la insepulta para sempre; isto seria um ato de desrespeito a ela e a seus familiares, que muito embora não estejam presentes aqui por força do inesperado. E não somente porque somos cristãos, católicos ou não, não importa! É também um crédito de que todos nesta cidade lhe somos devedores pelas obras que empreendeu com todo amor e carinho. Todavia, peço a todos um voto de confiança! É que devemos interromper o sepultamento imediatamente, deixando para fazê-lo somente amanhã de manhã, quando nossos corações já estiverem consolados suficientemente com a graça do bom Deus, nosso amado e querido Pai. Sei que todos vocês concordarão com a nossa proposta, que é de boa fé, amor e, principalmente, de bom senso! Ficarei em vigília durante toda essa noite, rezando por sua alma e pelo nosso consolo, mesmo tendo a certeza de que a nossa querida Lucrécia já está no paraíso gozando as alegrias compensatórias de sua santidade durante a vida. Peço-lhes, então, que vão em paz para as suas casas, rezando, como eu o farei, para que todas as perdas e misérias por que temos passado ultimamente se convertam em felicidade para nossas famílias, nossa cidade e nosso amado país. Que Deus os acompanhe, meus queridos e amados irmãos!"

Ouviu-se então um surdo "Amém", acompanhado de algumas persignações e da saída de todos do campo-santo em direção a suas casas, como costumavam fazer ao deixar a missa domingueira. Observamos que esse povo não era e nunca fora fanático. As crenças eram diversas, mas o Deus era único e a todos contemplava na medida da fé e crença de cada um. Não havia assim qualquer espaço para fundamentalismo, o que inclinava o povo, felizmente, para um sistema de liberdades democráticas. O que lhes faltava era a fé nos homens públicos, mas isso já é uma outra história a contar, talvez em outra oportunidade, como já em outra ocasião nos manifestamos.

Após o esvaziamento do cemitério, quando o mesmo começava a mergulhar na escuridão da noite que já se anunciava, Tonico, acompanhado ainda pelo sacristão-mor e pelo menino condutor do turíbulo de incenso, determinou aos coveiros que colocassem o caixão de Lucrécia no mesmo lugar onde outrora fora deixado o féretro de seu marido Cesário, ou seja, em cima da lápide de mármore que guarnecia o suntuoso túmulo dos patriarcas da família Albuquerque, postado bem em frente ao altar da capelinha. Após o que, Tonico, fechando ele mesmo a tampa, deixou, de caso pensado, de atarraxar as borboletas de segurança do caixão, sem que alguém disso desse conta. Assim feito, partiram todos para fora do cemitério, não sem antes, entretanto, o padre encerrar com cuidado reverencial a porta de ferro batido que protegia a capela, deixando contudo de trancá-la à chave, pela mesma razão que se descuidara ao encerrar a tampa do ataúde de Lucrécia, como deveria se dar por uma compreensível questão de prudência.

Logo o silêncio se fez absoluto e Lucrécia chorou de verdade a sua triste condição humana. A condição de uma mulher que em toda sua vida apenas quis amar e ser amada. Mas o que mais lhe doía nesse momento era o abandono de seu amado Mateus, pois durante todo o seu calvário notara a ausência dele. "Como seria bom vê-lo de novo, pelo menos uma última vez!", pensava a infeliz desterrada mulher. É que o coração tem as suas razões que, às vezes, ultrapassam todas as nossas expectativas, já que é ele o "estofo" da vida.

~ XL ~

DESESPERO E MORTE

Mateus, como já vimos, saíra da cidade por conselho do padre Tonico, a fim de poupar maiores sofrimentos a Lucrécia. No fundo, no fundo, o falso padre queria mesmo afastá-lo de sua esposa, movido por um ciúme sem aparente explicação. Mateus, inocente de tudo, partiu, acreditando piamente ser o melhor a fazer para a recuperação de sua amada, apesar da dor que a separação lhe impingia. Fora, então, para uma cidade de maior recurso, contígua a Capivara da Serra, distante mais ou menos uns sessenta quilômetros. E fora com uma desculpa bem articulada: ia pesquisar na biblioteca pública daquele centro mais adiantado fatos acontecidos no passado daquela cidade, pois tinha o firme propósito de escrever um livro sobre a sua história. Tinha uma agradecida lembrança dos tempos áureos de sua vida ali passados, porque nela muito aprendera, fizera muitos bons amigos e fora muito feliz. Era como a busca de um tempo perdido que, passado, somente deixara o rastro de sentimentos vividos, principalmente aqueles que ferem a fundo a alma ou o coração pelo lado do bom viver, que, apesar de passageiros, iluminam os caminhos futuros de nossas vidas.

Sabemos, indubitavelmente, que as notícias boas andam de carroça, já as ruins voam. Desse modo, Mateus logo tomou conhecimento do desenlace de Lucrécia. A princípio não quis acreditar de jeito nenhum, mas ao cabo de algumas horas de angústia e incerteza voou para Capivara da Serra, a fim de se cientificar pessoalmente daquelas nefastas e incrédulas notícias. Pegou a última condução da noite e nela veio carregado de um misto de raiva e tristeza. Raiva pela impotência que a distância lhe impunha; tristeza pela perda, ou mesmo que pretensa perda, de sua bem-amada Lucrécia; mas claro ficou, como de regra sói acontecer com todos nós, que esperava com toda força de seu coração que tudo aquilo não passasse de um descuidado engano ou até, quem sabe?, de uma brincadeira de mau gosto. Possuído por essa risonha esperança, imaginava Lucrécia vivinha, abrindo seus braços quentes assim que ele adentrasse pelo seu quarto da maneira costumeira como sempre o fazia ultimamente.

Mas parecia que tudo conspirava contra ele. Aquela chuvinha danada que caía há dias tornara a estrada de terra batida quase que impraticável. O ônibus vinha sacolejando pelos buracos e poças d'água, acumulados pela intermitente chuva. Novidade não era, pois naquelas circunstâncias meteorológicas sempre se dava o mesmo, sendo que por vezes até a completa interdição da estrada. Fatídica estrada esquecida pelo chamado poder público, que, do alto de sua majestade, ignorava totalmente as questões de maior importância para a comunidade, como de regra acontece com a educação e a saúde, para não se falar em outras de não somenos importância, como habitação e saneamento. Mas isso é outra conversa que não pretendemos tergiversar. Certo está, e não seria necessário dizer, que a viagem de hora e meia durou na realidade três ou quatro horas. Era como a carroça à frente do burro; e ainda dizem que o burro é o culpado de tudo, coitado!

Mateus chegou esfalfado, todo molhado e com os sapatos cobertos de lama. Desceu feito um louco do ônibus, olhou para todos os lados e, sem nada vislumbrar, célere correu, após alguns minutos de hesitação, para o único lugar onde poderia encontrar alguém que lhe arrebatasse aquela torturante e maldosa notícia, que, como uma coroa de espinhos, sangrava a sua alma tão profunda e avassaladoramente: o famigerado Bar Chopim. Diziam seus assíduos frequentadores que era ele como um puro e verdadeiro coração de mãe, porque a todos acolhia sem qualquer distinção, o que, com as devidas considerações, não era nenhum exagero.

Lá entrou com os olhos esbugalhados como um sonâmbulo fantasma. Foi essa a justa impressão dos que ali estavam naquela chuvosa e triste madrugada em uma das mesas mais recônditas, bem no fundo do estabelecimento, a comentar os fatos daquele nefando dia.

Heitor, que lhe era mais chegado, prontamente levantou-se, indo em sua direção; todos os demais fizeram o mesmo, contudo permanecendo ainda próximos à mesa em que estavam, com as mesmas caras de espanto.

— O que foi, meu camarada... por que você está assim dessa maneira? — indagou Heitor de maneira suave, buscando uma resposta mais pela aparência de espanto do amigo do que por qualquer outro motivo.

Mateus, todavia, não lhe respondia, como se estivesse se recuperando de um forte abalo interior. Heitor, percebendo a situação por que passava o amigo, colocou de leve sua mão direita no ombro direito de Mateus, na tentativa de acalmá-lo, convidando-o a sentar-se com eles, apontando com a mão esquerda em direção à mesa onde os demais permaneciam perplexos com aquela patética cena.

— Não, não... não quero sentar. Preciso que você me diga uma coisa... com toda a sinceridade — disse Mateus a Heitor, finalmente.

— Sim, sim, meu amigo... Mas o que você quer saber?

— Se alguém morreu hoje nesta cidade... É que tive uma terrível notícia... Um terrível sonho!

— Calma, meu caro, calma, por favor... não sei nem como falar! — Respondeu Heitor, quase que a tremer de receio, percebendo o desconhecimento de Mateus sobre os últimos fatos ocorridos na cidade, ao mesmo tempo que temeroso do que poderia acontecer caso dissesse a verdade.

Olhou para os demais colegas como que a pedir socorro, não obtendo deles qualquer pronta iniciativa; todavia, ao cabo de alguns instantes, Francisco veio para junto dos dois, afastando-se da mesa cautelosamente. Vendo que Heitor permanecia mudo, postou-se do lado direito de Mateus e segurando o seu braço, numa antecipação de consolo, disse-lhe:

— Ela... morreu... meu amigo... ontem pela manhã... Lucrécia...

Ao ouvir o que mais temia, apesar de já o saber mas não querer aceitar, Mateus adquiriu uma expressão de profunda dor e, agarrando os braços dos dois amigos, começou logo em seguida a gemer e chorar em um comovente espasmo convulsivo, lançando um profundo e assustador grito de dor, seguido de confusas e dolorosas palavras:

— Não, não, não pode ser... não! — E sufocado pelo choro ainda prosseguiu — Minha Lucrécia... minha Lucrécia!.. A única pessoa que me amou de verdade! A única que também amei. Não, não e não!

Dito isso, deixou os amigos e partiu em direção à saída do bar, bamboleando como um bêbedo e ainda repetindo aquela expressão de negação da verdade crua e nua que a pouco ouvira, e que, apesar de meras e tolas palavras contraditórias, era de fato o que, incrivelmente, o consolava. Todos os presentes tentaram segurá-lo, mas Mateus desvencilhou-se violentamente. Então, Expedito, que estava mais afastado, advertiu os demais em alto e bom som:

— Deixe-o, deixe-o... Ele precisa desabafar! — E depois, com voz mais calma, justificou, repetindo o mesmo argumento. — Ele precisa desabafar...

— Mas, Expedito, ele está desesperado! Ele pode cometer algum ato impensado, um ato insano! — Argumentou José, o bancário. Ao que Expedito respondeu-lhe professoralmente:

— Ninguém se mata no estertor da dor. Quando passar a crise, ele voltará certamente, e aí poderemos ajudá-lo convenientemente.

Os outros ficaram olhando quase que hipnotizados, como que buscando uma outra razão para não seguir Mateus, sem culpa.

Mateus saiu do Bar Chopim como um desesperado, em direção ao único lugar onde poderia sufocar de algum modo a sua imensa dor: o cemitério.

O cemitério, àquelas altas horas da noite, permanecia imerso num sepulcral silêncio. O único som audível era o canto dos grilos ou de algumas aves noturnas; uma delas, a mais perceptível, por causa do som agudo e longo que emitia, como um grito de lamento, conseguia arrepiar quem a ouvisse, mormente naquele funéreo campo.

O tempo começava a mudar; as nuvens mais esbranquiçadas voavam em direção ao nordeste, levadas pelo sobro do sudoeste. Às vezes a lua aparecia furtiva como que querendo dissipá-las com seus raios prateados, iluminando aqui e ali, feito um enorme vaga-lume à procura de um lugar de repouso. E o repouso se deu justamente bem à frente do mausoléu dos Albuquerque, onde Lucrécia padecia o horror de um anunciado enterro em vida, a tragédia das tragédias de sua vida breve e infeliz.

Nesse ínterim, Mateus assomou à porta gradeada do campo-santo e, encontrando-a trancada, sacudiu-a com todas as suas últimas forças. Queria porque queria e precisava porque precisava, como um suspiro derradeiro, estar com sua amada; ou então constatar um qualquer engano a respeito do que menos queria acreditar; ou, talvez, despertá-la com um abençoado beijo, como se fora o esperado príncipe encantado de Branca de Neve. Toda a enganosa esperança que sustentava ajudava-o, de certo modo, a suportar aquele inominável sentimento de perda que lhe rasgava a alma, como um afiado punhal imaginário.

Mateus rodeou parte do cemitério em busca de uma outra entrada. Como não a encontrasse, encorajou-se adentrando pela mata adjacente, onde o muro podia ser ultrapassado. Assim o fez, vencendo a última barreira para chegar ao mausoléu, onde certamente, pelas aparências de recente enterro, estaria o corpo de sua amada.

Nesse ínterim, Lucrécia, sem sequer admitir que já estivesse enterrada, rezava e sonhava pela sua libertação daquela terrível situação de morta-viva.

De repente, Mateus estancou, como um predador à vista da presa indefesa; é que vislumbrara uma claridade ao fundo de uma capela que se destacava no cenário pelo seu tamanho e majestade. "Era ali, com certeza!", pensou. Encaminhou-se em sua direção como um sonâmbulo, tomado de incontrolável emoção.

Qual não foi o seu espanto ao perceber um vulto todo vestido em preto diante de um caixão, repousado em cima de uma lápide campal, dentro daquele destacado mausoléu. Sua curiosidade explodiu. Ainda mais perto, pode perceber que aquele caixão estava estranhamente aberto. O vulto levantava agora o braço direito segurando alguma coisa ainda não identificada; contudo, de repente, um raio de lua certeiro a iluminou, fazendo-a brilhar. Mateus não teve, então, nenhuma dúvida: era um afiado punhal. Sentiu um raio gelado a percorrer-lhe a espinha dorsal de cima a baixo e debaixo para cima, como em curto circuito. Isso ativou de pronto o seu raciocínio, de tal ordem que concluiu com igual velocidade, ou seja, com a velocidade da luz, que quem estava ali deitada era sua amada Lucrécia, e que a mesma corria perigo, apesar do seu estado mortal e, portanto, irreversível.

Já o vulto em negro não se identificara prontamente no seu pensamento. Mas isso não era importante! Importante mesmo era detê-lo, e para tanto seria necessário um movimento mais rápido do que a mão suspensa prestes a cair sobre aquele corpo estendido e sem vida. E as circunstâncias exigiam um socorro urgente.

Mateus partiu como um raio para cima daquele fantasmagórico vulto, sem qualquer receio e sem qualquer outro pensamento senão detê-lo daquele ato vil. No entanto, aquele sórdido e sorrateiro vulto sentiu pelo movimento de Mateus, ou ainda por um instinto animal, que estava sendo atacado. Voltou, portanto, bruscamente no momento exato da chegada do rapaz, cravando, por um mero ato de defesa, o horrendo e mortal punhal bem no seu desprotegido peito. Este, em consequência do ferimento sofrido, somente pode soltar um grito surdo que ecoou pela noite adentro. Segurou-se ato contínuo àquele vulto, sem ao menos reconhecê-lo, e pouco a pouco foi escorregando à medida que perdia suas forças até jazer ao chão ao lado do caixão, todo ensanguentado. Se ele conseguira resguardar à incolumidade corporal de sua amada, infelizmente não conseguira preservar a si mesmo. Mateus jazia ali ao chão bem abaixo e ao lado da tumba onde logo acima repousava o caixão de Lucrécia. E assim fora por uma dessas imposições de um destino cruel e injusto e pela simples razão de ter amado com toda intensidade aquela que ali ora jazia.

O frio e impiedoso assassino, uma vez certo de ter-se livrado daquele indigesto e inoportuno opositor, não satisfeito, voltara a concluir loucamente a ação de execução de Lucrécia para que jamais tivessem qualquer dúvida sobre a sua morte. Desse modo, levantou novamente o punhal, mas dessa vez teve sua mão enrolada por um longo fio, qual uma cobra. Voltou-se em seguida, puxado para fora, cambaleante, mas ao tentar fugir fora detido por outra exemplar chibatada à altura do pescoço que, nele enrolando, o projetou ao chão. Daí em diante foram só chicotadas em cima de chicotadas, até que, levantando-se a custo, saiu aos pulos, como um gato que estivesse sendo perseguido por um enorme cão danado. Era, e ele não tinha qualquer dúvida em reconhecer, o seu perseguidor: o terrível, e já bem conhecido dele, Cavaleiro Negro!

    Pulava aterrorizado por cima das campas na escuridão a impedir que o misterioso cavaleiro o alcançasse, conseguindo afinal pular o muro do cemitério, contíguo à mata cerrada. Seu perseguidor não pode alcançá-lo, mesmo que montado a cavalo, porque teve que interromper a busca para socorrer Mateus. Volveu, descendo para tanto da montaria, e chegando junto do amigo tomou-o em seus braços na esperança de poder salvá-lo. Queria levá-lo consigo, mas Mateus apenas balbuciava o nome de sua amada. Agradeceu àquele homem desconhecido, e simplesmente deixou essa vida para se juntar em outra, como pensava, à sua metade inseparável, sem a qual sua existência não teria qualquer significado, tal a força do amor que o envolvia e o transcedia.

    Cesário chorou a morte do antigo companheiro. Colocou novamente seu corpo inerte carinhosamente ao chão, poucos degraus abaixo do caixão onde repousava o corpo inerte de Lucrécia, e saiu em desesperada carreira em direção à mata por onde tinha fugido o impiedoso assassino, o terrível boticário Amaral. Agora, tudo o que queria era justiçar à altura aquele canalha por todos os seus feitos demoníacos. Por si, por Lucrécia e pelo seu amigo Mateus.

~ XLI ~

O ACERTO DE CONTAS

Nesse ínterim, enquanto o Cavaleiro Negro caçava o vilão, que logo, logo conhecera, mesmo no escuro, pelos seus trejeitos e malignas intenções, Lucrécia despertava pouco a pouco de seu profundo torpor vodu, como se fora um pesadelo, e que de fato realmente o era. Vinha até então acompanhando dolorosamente todo o desenrolar de sua tragédia: seu abandono ali, a espera angustiante para o enterro na manhã seguinte; o abominável fechamento do caixão, onde jazia naquela horrível e tenebrosa catalepsia; a sua abertura imprevista, cujo feitor reconhecera, com mudo desespero, como sendo o odioso Amaral; a covarde tentativa do mesmo contra a sua vida, sem que sequer pudesse defender-se, ou até mesmo se lamentar; e, finalmente, a chegada de alguém que, em iminente risco da própria vida, tentara impedir o monstro de executar sua macabra intenção.

Levantou-se lentamente, impedida que estava de atitudes mais enérgicas, e lançou um olhar para onde, logo abaixo, jazia o corpo de alguém em completa imobilidade. Àquela visão, seu coração sobressaltou-se em disparada a quase lhe retirar o equilíbrio, que já lhe era bastante precário. Tinha urgência em saber quem seria aquele que ali estava quase que a seus pés e qual seria o seu estado físico. Sua intuição batia asas a levar o seu pensamento a conclusões que não queria de maneira alguma acreditar; sentia seu coração pulsar forte em suas têmporas, fazendo-a quase que jogar-se para fora do caixão direto ao chão. Uma penumbra cobria todo o ambiente, que, apesar da precária iluminação, dava a impressão de aumentar a escuridão ali reinante, dissipada tão somente pelos círios postados em ambos os lados do altarzinho. Contudo, fora pelos raios da lua, àquela altura bem acentuados, que invadiam o fúnebre recinto, adentrando pelo soberbo telhado de vidro daquela suntuosa capela mortuária, que identificou aquele misterioso vulto prostrado ali diante de si. Constatou com profunda e imensa dor a sua identidade. Era o seu amado Mateus, não havia qualquer dúvida, infelizmente. Agarrou-o com um desesperado ímpeto no intuito de reanimá-lo e, aos prantos, já então sentada, colocou sua cabeça em seu colo, momento em que pode perceber o ferimento mortal pelo sangue, que ainda úmido, tingira todo o seu peito e escorrera também para o frio chão marmóreo. Lucrécia emitiu, então, o uivo de uma loba ferida ao mesmo tempo que chorava e se descabelava, expressando em palavras quase que inteligíveis a sua imensa dor: "Oh, meu amor! Oh, meu amor! O que fizeram com você, meu anjo amado! Antes eu tivesse sido enterrada viva para não o ver dessa maneira, por minha inteira culpa, abatido como um cão... e por aquele animal sem alma e sem compaixão! Ah, que dor a minha... Ai, meu Deus! Leve-me também, que a vida pra mim acabou aqui, agora!"

E assim dizendo levantou-se, olhou para todos os lados, mas já nada mais reconhecia, nem a si mesma. Tinha uma única intenção, uma intenção final, um resto de sanidade mental: encontrar o monstro e abatê-lo sem qualquer piedade. Saiu em direção do baixo muro que divisava o cemitério da mata que levava à Serra da Capivara e desapareceu na terrível escuridão daquela trágica, inefável e fatídica noite: a noite do fantasma da louca mulher de branco.

Enquanto se desenrolava o drama de Lucrécia, Cesário, travestido de Cavaleiro Negro, percorrera toda aquela região em vão, em busca daquele frio e cruel assassino. Naquela escuridão, seria muito difícil encontrá-lo, até porque este, pelo tempo que lhe fora dado enquanto Cesário socorria Mateus, já deveria estar muito longe dali. Mas "não perderia por esperar, porque o castigo viria com certeza, e a cavalo", pensava Cesário, invadido por uma raiva que a custo tentava estancar para não ser tomado por um instinto primitivo de vingança assassina, o qual a sua nova personalidade repudiava veementemente. Resolveu, portanto, que iria entregar o assassino, se o encontrasse, à justiça, para que pagasse muito e muito caro pelo assassinato de Mateus, sem pensar, todavia, que isso implicaria em desmascarar-se, o que seria, convenhamos, bastante complicado por vários motivos, inclusive pelo seu orgulho ferido por aquela trama idiota pela qual se deixara ingenuamente levar.

Lembrou-se então, após ter conseguido com grande esforço um razoável equilíbrio, que precisava urgentemente voltar ao cemitério para salvar sua esposa, de qualquer maneira, custasse o que custasse! Assim, galopou de volta ao campo-santo e, pulando o muro majestosamente, parou junto ao mausoléu, aliás o seu próprio mausoléu. No entanto, ali chegando, sentiu sua face a queimar, enquanto por contradição seu sangue gelava. O caixão, o féretro de Lucrécia, ricamente forrado de cetim branco, azulado pelos raios da lua, nada mais continha. A "morta" tinha desaparecido como que por mágica, misteriosamente, enquanto o corpo frio e ensanguentado de Mateus jazia no mesmo lugar que antes o deixara. Nada mais tinha a fazer ali; a única coisa que o preocupava naquele momento era o paradeiro de sua esposa, porque a via em perigo mortal diante do desaparecimento de Amaral, de quem tudo esperava. Assim, partiu novamente em direção à mata, onde procuraria, se fosse necessário, até o amanhecer, que já não tardava. Vasculhou toda a área, em vão. Sem qualquer esperança de encontrar um ou outro, resolveu, por intuição, procurá-los no único lugar possível de encontrá-los: na "cova" do empedernido assassino.

Cesário acertara em cheio, pois Lucrécia, uma vez liberta do sono mórbido em que estava, sacudida pela trágica morte de Mateus, vestida num longo vestido branco, descabelada e quase que inconsciente, dirigia-se com um predestinado fim: executar, por sua vez e conta, justiça com as próprias mãos.

Após ter alcançado a mata contígua ao cemitério, a desditosa mulher de branco (como *a posteriori* ficaria conhecida em toda aquela região, tal o impacto que infundira às testemunhas que lhe viram naquela inesquecível noite) dirigiu-se por um instinto infalível à casa do assassino de Mateus. Como conhecia muito bem a região, fora-lhe fácil alcançá-la pela parte de trás, onde se situava, ao sopé da Serra da Capivara, na parte das nobres construções, um pouco afastada do centro. Uma vez lá, fora-lhe fácil penetrar justamente por onde vinha, pelos fundos, através de uma portinhola que dava acesso ao quintal. E daí penetrara na casa pela porta de serviço, que já encontrara estranhamente escancarada àquela hora da madrugada.

Já em seu interior, caminhou lenta e sorrateiramente, como uma gata em busca de sua presa, subindo a esadaria até alcançar o sobrado. Era lá em cima que ficava situado o quarto de dormir do abjeto boticário; aliás, um magnífico aposento muito bem decorado e guarnecido por uma enorme cama de casal ao estilo colonial, já de muito conhecida de Lucrécia. Sua porta encontrava-se entreaberta, facilitando a visão para o interior da alcova, não deixando perceber quem por acaso viesse de fora.

Amaral encontrava-se em sua confortável espreguiçadeira, ali mais jogado do que sentado. Sua cabeça pendia para um dos lados, apoiada no amparo mais alto, da esquerda. Sua mão direita segurava uma garrafa de aguardente pelo gargalo, quase que vazia, a qual repousava meio deitada ao chão. Um clarão de lua iluminava por trás aquele espectro que assomava silenciosamente, vindo da varanda dos fundos da casa, cuja fisionomia ficava, por isso, eclipsada.

Lucrécia, o pavoroso vulto, penetrou lentamente naquele cômodo até se colocar ameaçadoramente diante do vilão empedernido. Ficara assim ali, paralisada, como que a antecipar o gozo da vingança que se desenvolvia célere em sua mente enlouquecida. E não durou muito a movimentar-se em direção àquele resto de gente que jazia a sua frente, como um verdadeiro trapo humano. Ajoelhou-se em frente ao miserável, quando a tênue luz de um abajur, postado em cima de uma escrivaninha próxima, iluminara agora seu semblante fantasmagórico, bem como sua desgrenhada cabeleira negra e o seu vestido de cetim branco, já meio surrado pela difícil caminhada pela mata, a produzir um aterrorizante aspecto. Quem a pudesse ver destacada por aquele contraste de luzes teria certamente a impressão de ver uma triste alma penada ou uma vampira ávida de sangue, que se arrastava em direção à vítima com os dentes protuberantes prestes a lhe morder a jugular.

E foi numa fração de segundos que tudo aconteceu, pois, em um único golpe certeiro, Lucrécia, enraivecida, levantou-se e partiu para cima de

Amaral, agarrando seu rosto numa fúria incontida e dilacerando-o com suas unhas pontiagudas e afiadas, cegando-o, assim, no estertor de um paroxismo de loucura e terror. Amaral, acordando de seu precário estado psicológico, agravado em muito pela quantidade de álcool ingerida, tentava, como um celerado, se desvencilhar das mãos justiceiras daquela horrorosa figura humana, em vão, porque lhe faltava força, coragem e determinação, abatido pelo inusitado e inesperado ataque, posto que a surpresa é a maior aliada de qualquer intervenção estratégica.

A cena tétrica e trágica não durou mais que poucos segundos, ao cabo do que, Amaral, juntando todas as forças que ainda lhe restavam, tentou livrar-se da agressora, que ele, no precário estado em que estava, acreditava ser o fantasma de Lucrécia. No entanto, como já nada mais enxergava, já que tinha os olhos completamente ensanguentados, partiu desesperado, como uma verdadeira e furiosa cabra cega, em direção ao nada, até que, pela indicação de uma tênue e difusa claridade solar, chocou-se violentamente contra a vidraça da larga porta da varanda da frente, reduzindo-a em mil pedaços, após passar por cima do corpo inerte de Lucrécia, que jazia desmaiada, indo, por fim, projetar-se no frio chão de pedra do seu jardim, ficando ali, entre as rosas e os jasmins, morto para sempre e por toda a eternidade.

Justo nesse momento surge ali, naquele lúgubre cenário, onde se dera toda a indizível cena de horror, a figura do Cavaleiro Negro, o qual, guiado igualmente por um instinto certeiro, ali viera e ali achara não somente Lucrécia, mas também o seu arqui-inimigo Amaral. Após ir até o guarda-corpo da varanda por onde caiu o desgraçado, constatou o seu bem merecido destino, o destino de todo celerado. Ato contínuo, arrebatou Lucrécia do chão, onde permanecia naquele mesmo estado de inércia, descendo rapidamente com a mesma em seus braços a se afastar rapidamente daquela desgraçada e mórbida alcova. Colocou-a na garupa do seu cavalo logo que a mesma reagira um tanto de seu desmaio, embora ainda inconsciente, e partiu em direção à subida da serra, pensando em atingir o mais rápido possível um qualquer lugar seguro.

Nesse mesmo momento surge a empregada de Amaral, Maria, que, estatelada de horror, apenas pode ver da sacada da varanda de trás, ao longe, uma mulher toda de branco, que pereceu-lhe com o que subindo aos céus. Eis que na garupa da montada do Cavaleiro Negro era a única imagem visível na escuridão daquela hora. Correu então à varanda da frente, cuja porta se apresentava toda estilhaçada, chamando-lhe logo a atenção, quando vislumbrou o corpo de seu amo, no que soltou um horripilante grito a acordar toda a vizinhança. E lá realmente jazia o corpo do desgraçado boticário no frio chão do seu jardim, entre rosas e jasmins.

Toda a cidade acordou, muitos acorreram à porta da suntuosa casa do boticário, apenas ouvindo e temendo a inacreditável história de Maria a respeito de um fantasma que subia aos céus e que certamente tinha sido a causa de toda aquela tragédia.

Pela manhã, encontraram o caixão de Lucrécia vazio e concluíram uns pela real identidade da misteriosa mulher de branco; outros, mais crédulos, pela elevação de sua alma aos céus, o que ainda hoje acreditam piamente, fazendo disso motivo de fé a curar-lhes os males do corpo e do espírito. Outros, ainda mais sujeitos a fantasias, criaram a lenda da "mulher de branco", que nas noites enluaradas roubava as criancinhas para sugar-lhes o sangue. Verdadeiro terror que padre Carlos, o conhecido Dom Camilo, teve que exorcizar por muitas e muitas vezes de suas ovelhas, libertando-as de malignos e cruéis espíritos.

Conquanto isso tudo acontecia, as autoridades policiais, descrentes por natureza, passaram a empreender diligências para desmistificar mais uma daquelas lendas que embalavam e, ao mesmo tempo, turvavam os corações dos cidadãos capivarenses, encontrando a tal famigerada e misteriosa mulher de branco, com o fim de restabelecer a ordem e a paz social, fins norteadores da justiça e da lei.

~ XLII ~

CONCLUSÃO

Cesário, ou o garboso Cavaleiro Negro, não teve, devido àquelas complicadas e perigosas circunstâncias, outra opção do que arrebatar Lucrécia do cenário da trágica morte do boticário e levá-la para algum lugar afastado dali, mas ao mesmo tempo seguro. E esse lugar, por ingrata contradição, não seria outro além do nosso muito conhecido Sítio do Encontro. Mas havia complicadores para tal empreitada. Primeiro, por que Lucrécia não estava em seu perfeito estado de compreensão e equilíbrio psíquico; segundo, pela distância a percorrer até o sítio; terceiro, por ser noite; tudo agravado ainda mais pela conhecida dificuldade do caminho, em sua grande parte atravessado por uma densa mata.

Era uma empreitada bastante desafiadora, mesmo para o experiente Cavaleiro Negro. Pensou por alguns instantes em levá-la para a sua própria casa, mas isso se lhe afigurou logo impossível, em razão de outro acontecimento igualmente misterioso, senão trágico: o seu desaparecimento de dentro do cemitério, bem como o assassinato de Mateus, o que por si só levaria a suspeitas, como óbvio seria, na direção da pobre mulher, agora mais do que nunca sem qualquer condição de defender-se. Outra opção seria levá-la para o dormitório da paróquia. Contudo, tal hipótese significava com certeza um grande risco para sua identidade, acrescido ainda de que o acesso para lá em segredo seria, agora, no tumulto vivido pela sociedade em razão dos últimos acontecimentos, praticamente impossível, mesmo que pretendesse uma emergencial entrada pelos fundos do edifício, a qual costumava usar durante suas misteriosas cavalgadas noturnas quando Raimundo lhe trazia o seu fogoso e negro cavalo alazão.

Tudo muito bem considerado, apesar da pressão daquela trágica situação, resolveu, então, por derradeiro, voltar à identidade de padre Tonico, cujo disfarce naquela noite carregava em um dos alforjes levados na sua montaria, e deixar Lucrécia aos cuidados de um casal de camponeses de sua inteira confiança, mais perto do perímetro urbano. Ali passaria a noite, sedada, para que no dia seguinte, com auxílio de Raimundo e sua companheira, pudesse levá-la para o sítio anteriormente citado em total segredo e completa segurança.

Assim foi tudo empreendido com muito sucesso. Fora ela, portanto, convenientemente asseada pela mulher do camponês, e suas roupas foram trocadas por outras, mais adequadas, levadas para esse fim por Cesário, logo no dia seguinte, para a dura viagem até o seu esconderijo.

Durante o trajeto, Lucrécia houve-se com muita calma em razão dos fortes sedativos dados a ela para bem dormir naquela noite; entretanto, ainda aparentava completa alienação da realidade em que ora vivia, à parte daqueles tristes acontecimentos dos dias precedentes. Ia, assim, calada, parecendo viver em um mundo estranho e distante, o que de certa forma alegrou padre Tonico, por lhe facilitar a difícil empreitada.

Chegando ao sítio, permaneceu durante uns cinco ou seis meses em absoluto repouso até o fim de sua gravidez, tempo esse em que, conquanto passasse fisicamente bem, sua saúde mental ia de mal a pior, mostrando-se arredia a se guardar a sete chaves em um mundo autista que era somente dela e de mais ninguém. Desconhecia completamente Cesário, como padre Tonico; e se ele mesmo se apresentasse como outrora fora, por hipótese, não teria surtido efeito melhor.

No início do seu retiro, houve várias tentativas de busca e apreensão, efetivadas pelas autoridades policiais, as quais farejavam como cães toda a região. Um certo dia, deram eles com Raimundo, que procurava alguma caça, como de regra sempre fazia. O jagunço, apesar de muito arisco, todavia desprevenido, não teve muito o que fazer senão arrostar o perigo. Pensava ele que aqueles homens armados estavam a sua procura, levados pela sua antiga má fama. E naquelas circunstâncias por que passava naqueles tempos jamais poderia pensar de outra forma. Por conseguinte, sacou do rifle e partiu para cima dos homens em franco desespero, sendo por isso abatido impiedosamente como um cão raivoso. Tudo facilitado, não somente pela surpresa, como ainda mais pela desproporção dos contendores: cinco contra apenas um. O jagunço, após uma luta renhida, foi covardemente crivado de balas. Constatado como morto e, em seguida, carregado para a cidade, foi lá alvo de grande estrépito e temeroso espanto da população, já há muito traumatizada por aqueles trágicos e inexplicáveis acontecimentos anteriores. Ali estava materializado, como defunto, mais um indício daquele inexplicável mistério, pelo qual aquela simples cidade vinha sendo acossada.

Cesário ou padre Tonico, ciente do triste fim do seu homem de fé e coragem, resolveu logo, antes que fosse tarde, transferir Lucrécia do Sítio do Encontro para outro lugar mais seguro, onde pudesse, com tranquilidade, chegar ao final da gravidez, que já se anunciava próxima. Entrou, assim, em contato com um convento de freiras, que ficava bem afastado da cidade, obtendo, em razão de sua autoridade eclesiástica, permissão para que a parturiente enferma fosse levada para lá de imediato. Isso foi feito com todo critério e boa sorte.

Após a transferência de Lucrécia para o convento, Cesário, prevendo a chegada, mais dias menos dias, dos homens ao sítio, o que certamente aconteceria, principalmente devido à morte de Raimundo, tomou uma drástica mas prudente decisão, levado pelo perigo que agora corria: ateou fogo ao casarão e em tudo que pudesse comprometê-lo ou levantar suspeitas sobre a sua real identidade, que agora tinha necessidade de manter velada e para sempre, porque tinha ele um plano diabólico; entretanto, convenhamos, muito ladino. Queria voltar, mas jamais o faria como dantes. Queria agora ser um novo homem, e já o era de fato na pessoa do padre Tonico, em corpo e alma (e por que não também na roupagem do justiceiro Cavaleiro Negro?). Personagens que o ajudaram sobremaneira a conquistar, e de forma mais justa e honesta, o respeito de toda a população capivarense.

Segundo seus planos, ficaria na posse do seu legítimo patrimônio e poder, o que faria com a finalidade de fazer justiça para aquele desvalido povo, redimindo desse modo seus antigos pecados políticos, os quais o torturavam desde que se transformara de um homem morto a uma rediviva personalidade do bem, o extraordinário "padre Cavaleiro Negro".

Amélia, companheira do jagunço morto, fora igualmente para o convento como acompanhante de Lucrécia até que a mesma parisse, após o que se arranjariam as coisas com outros critérios e outros meios afins, como afinal se daria, pois dizem que a justiça tarda mas não falha, pelo menos por ordem divina, convenhamos!

Chegado o esperado dia do parto, Lucrécia, apesar de permanecer completamente alienada, deu à luz a um lindo e sadio menino, a quem, vejam vocês!, padre Tonico (identidade que agora mais lhe cabia) batizou com o soberbo nome de Cesarino, o qual seria o herdeiro absoluto de tudo que pertencia à família dos Albuquerque. Para tanto, padre Tonico, usando do prestígio religioso e da força política que ao longo do tempo conseguira granjear, conseguiu a tutela plena e absoluta do seu afilhado, por adequados meios judiciais.

Todavia, como na "vida real", nem tudo se deu como deveria, infelizmente. Lucrécia, já de muito doente e abatida mentalmente, não resistiu ao difícil parto, agravado ainda mais por sua idade pouco recomendável para parir, mormente nas condições precárias em que se encontrava, distante de recursos mais adequados. O doutor Hipócrito de tudo fizera para salvar a vida da infeliz, em vão. O doutor serviu como testemunha da filiação de Cesarino, já que fora médico de toda a família, conhecendo por isso mesmo muito bem Lucrécia (então bastante desfigurada pela doença). O pai figurou na certidão, pasmem!, como Cesário de Albuquerque, seja por falha de memória, seja por gratidão ou por interesse, como de regra costuma acontecer, ou por qualquer outro motivo semelhante. Afinal, ninguém disso ficou sabendo, e também por isso ninguém perguntou. Certo está que ficou o dito pelo não dito, e, como já dissemos antes, qualquer semelhança seria, como de resto o fora, mera coincidência.

Padre Tonico ingressou na política, que era mesmo o seu forte desde nascença, como ele mesmo dizia, conseguindo eleger-se prefeito de Capivara da Serra, logo após o término do primeiro mandato da oposição, que fora curto e infeliz.

Mas para que não se termine esta inusitada e dramática história com um sentimento de desanimador pessimismo, como grassa por aí em nossos confusos e tristes dias como erva daninha, devemos acrescentar com muita alegria que Cesário, agora padre (não somente por isso, convenhamos), homem mudado pelos desencantos da vida, conseguiu dar uma exemplar contribuição para a erradicação da miséria, da ignorância e da intolerância em seu pequeno mundo, que mais tarde servirá, com certeza, de exemplo para todos os homens de bem, já que é por eles que o mundo avança e por eles vale a pena se viver! E, por tudo isso, dizemos, Amém!!!

Entrou pelo bico do pinto... quem quiser, hum!!! Quem quiser? Quem quiser que conte quatro... que atrás vem o pato!

FIM

Impressão e Acabamento:
GRÁFICA STAMPPA LTDA.
Rua João Santana, 44 - Ramos - RJ